仙田随笔

吴云涛 ◎ 著

时代出版传媒股份有限公司
安徽文艺出版社

图书在版编目（CIP）数据

仙田随笔 / 吴云涛著. -- 合肥：安徽文艺出版社,2024.9
ISBN 978-7-5396-7930-3

Ⅰ.①仙… Ⅱ.①吴… Ⅲ.①散文集－中国－当代
Ⅳ.①I267

中国国家版本馆CIP数据核字(2024)第025989号

出 版 人：姚 巍
责任编辑：汪爱武　　　　　　　　装帧设计：禧墨文化

出版发行：安徽文艺出版社　　www.awpub.com
地　　址：合肥市翡翠路1118号　邮政编码：230071
营 销 部：(0551)63533889
印　　制：合肥禄祺芭印务有限责任公司　(0551)65840698

开本：880×1230　1/32　印张：8　字数：208千字
版次：2024年9月第1版
印次：2024年9月第1次印刷
定价：42.00元

(如发现印装质量问题，影响阅读，请与出版社联系调换)
版权所有，侵权必究

序

2023年6月30日，我很高兴地收到老家宿松县文联名誉主席吴云涛同志的自选集《仙田随笔》书稿。这是一份饱含信任和请托的送行礼，我细心地把它装入行囊，与为数不多的几本书收藏在一起。其他书皆为公开出版物，只有云涛兄这一本当时还"待字闺中"，正等着一家出版社慧眼识珠，隆重推出。

云涛兄是家乡的贤达，很早就加入了安徽省作家协会。他很注重乡土文化的搜集、整理和研究，并且成果颇丰。他以自己细腻的描写、真挚的抒情、翔实的叙事，将家乡的文化呈现出来，让家乡人读出一份熟悉和敬重，让外乡人读出一份羡慕和厚重，尤其让我们这些远离家乡又思恋乡里的游子读出一份亲切和语重心长。下面我就聊聊自己先睹为快的体会，权作读后感，也算给老兄交一份作业。

一

《仙田随笔》共有三辑：

第一辑"阡陌留香",篇数最多,计二十五篇,挑得起排在第一的重担,可谓"一马当先"。此部分原书稿有两篇随笔,一是《贤者之范——读方济仁先生〈松风斋杂谈〉〈宿松古今谈〉》,应算一篇很厚实的读书随感,有情有义有传承;一是紧接着的一篇《乡贤石长信:修身立言 励志立功》,可作为一篇翰林院庶吉士"名奏"和著述的阅读札记,有史有料有心得。这两篇读书笔记,经我建议调整到了第三辑"枕边读书"。

第二辑"垄上烟雨",数量不少,计十七篇,十足的家乡的味道,宿松的味道,被作者描述成"一种思乡的味道"。无论是被细雨笼罩着的"茶娘的茶馆",还是名叫春槐的"上铺的兄弟",或是"小院的枇杷",以及"花香一隅""金银花开",其中水墨意境、同学情谊、芬芳记忆、人生寄托、花好月圆,不仅抒写得饶有趣味,而且古朴、纯真、深厚、细腻,让人久久难以忘怀。作者以精细的笔触,形象地为我们还原了生活的奥秘,让读者亦如作者一样被点燃,思念故人,胸怀真情,向往良善。

第三辑"枕边读书",原稿已有十三篇,加之第一部分移入的两篇,为十五篇。既有"清初三才子"之一的朱书名篇《规林》的读书笔记,又有清代小说家曹雪芹名著《红楼梦》的连续五篇阅读体会来压阵,那就不仅是篇幅可观,而称得上蔚为大观了。《红楼梦》的五篇阅读体会告诉我们,不管我们浅读、细读、精读、深读,《红楼梦》都当得起"枕边书"。

二

云涛兄"枕边读书"第一篇,即《呜呼高哉渊明风》,写的是"读朱书《规林》"的随感,感叹第一位进入翰林院的宿松英才朱书,选择"与陶渊明不一样的入世之路",但心中照样"存着报国无门、济世无路的苦闷和感伤"。朱书是"清初三才子"(另两位是戴名世、方苞)之一,桐城派古文先驱,倡导皖江文化的第一人。《规林》这首诗是朱书《仙田杂咏》二十三首中的一首。《仙田杂咏》是他在受聘参与编纂《宿松县志(康熙志)》(刊印于1685年)时,感念家乡的人文风物、名胜古迹而创作的一组古体诗。

宿松第三位进入翰林院的英才是被称为"清末旷代一逢"的石长信,光绪二十四年(1898)四月登第,入庶常馆期满,被光绪帝召见,钦取一等第四名,授职翰林院检讨。《乡贤石长信》详记了他"修身立言、励志立功"的行状。其"立功"之一,是曾在奏折里指出,"张之洞与美国公司的毁约之举是固执的,比较含蓄地表述支持借外债修路。这种开放思维在当时也是不容易的"。其"立言"之一,即抄送清史馆的《仙田集略》。1914年的冬天,民国政府清史馆发函,收集各地方清代著述。已深居简出的石长信接受宿松史馆的礼请和委托,网罗众家,搜辑成编,同时依据宿松道光年间地方志所载三国至明代的集目,拓展内容,合著为《仙田集略》。

"仙田瑞谷",网上有此词条,早先一览,发现错漏百出,不如云涛兄《仙田瑞谷》详略得当、剪裁合理的记述——与其说它是对宿松十大古景点之一的介绍,不如说是宿松历史地理沿革的考略。公元前184年,即西汉高后四年,始置松兹侯国于仙田铺,也就是今天宿松县城东北二十五千米处的凉亭镇。公元5年王莽篡位,松兹侯国降为松兹县(后改名为宿松县)。是年,中散大夫张何丹上疏弹劾王莽,被贬为松兹县令。史载,张县令为官清廉,体恤民情,重视农业,在仙田这个地方组织培育出一种穗大粒满、味道香甜的优良稻种,田在仙田,稻乃瑞谷,合称仙田瑞谷,世代相传。从仙田瑞谷走出来的当代著名诗人有贺东久和祝凤鸣。

"仙田",具体指仙田铺,借指我的家乡宿松县。云涛兄的《仙田随笔》,与宿松先贤的文集诗作一脉相承,传承着源远流长的仙田文化,建构着属于自己的乡土记忆,记述着耕读传家的宿松风貌,呵护着相思点点的故乡烟雨。

"'地方'作为泛指时,可以是闹市,可以是乡村。但一个'地方'如果被特指,或者在某人那里成为'乡土',首先是因为它在此人的生命中建构起了一种记忆。"湖南作协副主席蔡测海长篇小说《地方》,我还没有来得及阅读。南京师范大学博士生导师谭桂林教授为小说所作的书评借题发挥,让我眼睛一亮。特别是谭教授关于"乡土文学本质"的论述,可谓言简意赅,一语中的,俘获我心:

"乡土文学与乡土题材文学不一样,乡土文学本质上是一种记忆的文学,这种记忆既关乎人事,也关乎物事。人事的记忆聚集在精神的深处,是一种情绪的遗存,在岁月的淘洗中则容易淡化和稀薄,而物事的记忆往往溶解在乡人的血肉之中,化成乡人的生命基因,走到

天涯海角都是一个消不了的生命标记。"（见 2023 年 8 月 16 日《湖南日报》）

关于乡土文学创作这一论述，可谓切中肯綮。当年读刘亮程的散文集《一个人的村庄》，我读出了"人与物的关联"。今天读云涛兄的《仙田随笔》，我们将体会到宿松在他的生命中能建构起一种什么样的记忆呢，又将引发读者，特别是像我一样出生于宿松、生活在他乡的读者怎样的回忆。

三

著名学者、鲁迅研究专家王得后写道："故乡，忘不了你。而且奇怪，我只在你怀里生活几年，我至今忘不了故乡的方言；而我漂泊于异地，待的时间比在故乡长得多，几种方言不是没有学会，就是一离开就忘得一干二净。故乡与人，有什么魔法呢？还是与我有特殊的缘分？"（《年轮》，花城出版社 2023 年 7 月版）

我十八岁离开宿松，至今已有四十年，却从未感觉离开过她的怀抱。有父母的地方，永远是故乡。我的父母远去快三十年了，但故乡在我心中一天比一天重，重到隔个一年两年若不回乡走一趟，故乡的旧人旧事就会从梦里走过来；重到不管身边人如何京腔京调，只要传来一句宿松乡音，我便立马土话喧天不管谁来"捉砣"；重在故乡的每一个讯息，都让我牵肠挂肚，喜讯令我喜笑颜开，坏消息使我跳脚大骂。细读《仙田随笔》，"阡陌留香"引发了我的回忆，"那些善良朴实的父老乡亲，那些古韵绵长的民风民俗，都像山野的晨露和早春的细雨，浸润着我少年时的心田"（《家在山水之间》）。而今在我这半老不老的年龄，这些益发如阳光，照亮着我心里的每一处暗角，治愈着曾受过的委屈与忧伤。"垄上烟雨"打湿了我的思绪，让我跟云涛兄一样，总想在烟云雾霭笼罩的蒲河边、金银花开的水乡泽湖旁流连忘返，甚至童年的雪、茶娘的茶、坪上的风、垄上的花，都一一让我回到青涩的少年时光，懵懂、纯朴，如一张白纸好画新画。

湖光山色，宿松特色；水月松风，人文之风。若要用一首诗来状写宿松，我愿不顾格律地抄改宋代诗人卢梅坡的《雪梅》（梅雪争春未肯降，骚人阁笔费评章。梅须逊雪三分白，雪却输梅一段香）来抒写宿松的"松湖"：

> 松湖争先未肯重，
> 骚人搁笔费评功。
> 松须逊湖三分月，
> 湖却输松一阵风。

松与湖，平分宿松景色，恰如其分。

今日宿松，从西汉时之松兹侯国降为松兹县，从隋朝时高塘郡改为高塘县又改为宿松县，名虽一路改，行政范围亦有所变，但当地的风土人情即使遇到移风易俗，因为附着土地形成的历史地域文化，也时刻在熏陶着世代人心民俗。人心与文化相互交融，总会变成那方土地上的常情常理。物质上的新科技日新月异，但常情常理塑造的人心和人性亘古不变。物华天宝，总与人杰地灵紧密相连。云涛兄的记述和描写，为此做了很好的诠释。

"在心为志，发言为诗。"（《诗·大序》）散文、随笔的书写，最能体现真善美，因为它是作者心胸的真情流露、心志的自然展示。"知我罪我，其唯春秋。"宿松春秋要依靠云涛兄一样的人坚持不懈地表达下去。他不仅实地行走调查，而且孤灯陪伴记录，偶尔"闲望故山"抒怀。"略纪"季札衣冠冢（《古风过乡野 留香已千年》），虽说从略，实为考辨，一处被岁月尘埃湮没的古迹遗存，通过云涛兄以心传心的追根求源，便开发出宿松季札墓的历史价值；陆"游"小孤山（《陆游未尽的游兴》），昭明太子庙（《牧笛横吹昭明台》），这些诗人墨客在宿松的过往与留恋，经过云涛兄或精心点缀，或细心编织，一一点拨出魅力宿松的地理堂奥；钩稽索隐文南词与黄梅戏（《黄梅戏自采茶来》），以图谱写桑落洲诗书画文化（《烟雨桑落洲》），山水相融、书画一体，山水相连、一洲三省（皖赣鄂），透过云涛兄别具匠心的考古论今，更加展现出松兹文化的开放胸怀。这既是宿松地理风景之一览，也是其历史文化的缩影。作为传统戏剧，宿松文南词已于2019年11月被列入国家级非物质文化遗产名录。宿松黄梅戏更是一本内容丰富而厚重的书，如果让云涛兄来设计这本书的封面，他说"首先要用拨云见日的亮色，但也会选一种世事沧桑的底色"。爱国若无乡土文化、乡梓人物、乡里故事为依托，这个爱或许就不会那么深沉有力。

四

云涛兄退休前，他生活在家乡，我工作在异乡，他与我路相远，但性相近。他长我几岁，经历丰富，经验丰满，我十分敬佩。他初中一毕业，就考上宿松师范，家人高兴，邻里羡慕，从此捧上铁饭碗，躬耕教坛育桃李。而我只是考上宿松中学，为中午能吃个饱饭，还要想着多用了饭票晚餐该咋样节省下来。我们俩都有过从教和办报的历史，那是与粉笔、墨水和纸张打交道的过程，也是语言表达、思想交流和灵魂相互碰撞激荡的正途。他"走在回家的路上"，勤思善记，无论散记"登罗汉尖"，还是笔记"家乡地名""乡风旧俗""乡村旧学"，不仅记在本子上，而且记在心头上，一篇篇随记都散发着浓郁的家乡味道。随着岁月的流逝与政绩的积累，他主政宿松教育部门，教学相长，杏坛花开，每年中考升学率、高考录取率都稳步提升。他访古探幽，枕边读书，操觚染翰，实践与情思融于笔端，抒写出一篇篇关于家乡教育教学教师的"乡学小考"，既是史，又是思。他深耕教育这条线，热衷文化这个面，向先贤学习请益，扬乡梓孝良善心，自己也成了宿松内外公认、赞美的乡贤。

宿松在外成名的文史哲大家，据我所知，在京的就有中国唐史学会会长、教育部历史教学指导委员会委员、入选国家"百千万人才工程"的清华大学历史系教授张国刚，有中国第一位文艺学博士后、国家社科基金评审专家、文艺理论家王列生，有在哲学研究领域与黄梅戏艺术界的吴琼一样声名响亮的中国人民大学哲学院教授吴琼，有我的宿松中学同班同学、中国华侨历史学会副会长、曾任北京大学世界史研究院教授、现任华侨大学讲席教授吴小安，有鲁迅文学奖得主、茅盾文学奖的最年轻评委、中国人民大学文学院副院长、文学评论家杨庆祥，还有东西方诗人联合会主席、世界诗人大会中国办事处副主任、上海外国语大学教授杨四平。他们术有专攻、业有所长、著有大作、名有显闻，都是文史哲领域的权威学者、博士生导师，平时指点文史、激扬文字、言之凿凿、驾轻就熟、各成一家。他们若能拨冗点评《仙田随笔》，自然画龙点睛，引人入胜。

宿松在京作家贺东久、欧阳青、罗元生，以研究网络文学见长的中国传媒大学专职研究员李安，若以他们的创作实践与经验评析《仙田随笔》，自是相得益彰，畅人情怀。

宿松盛名于京的要员、院士、将军，个个精通文墨，若能请他们为《仙田随笔》或作三言两语，或发崇论闳议，定能一语中的，启人心智。

云涛兄从宿松来京城定居，恰巧与我同住一小区。我们散步遛弯，促膝而谈，或街头风声，或社会风向，或国际风云，海阔天空，多有共鸣，属志合者不以山海为远、道同者更愿咫尺为近。他邀我为他的《仙田随笔》写几句话，我以为纯粹沾了两人路近的光，也算为家乡在外的名宿大咖代了小劳，实乃荣幸之至。

杨庆春

（空军报社原社长 高级编辑）

癸卯年秋改定于京城寓所

目录 CONTENTS

第一辑 阡陌留香

003 乡土歌谣中的女子
007 村名指引归家路
010 归林
012 八里江的春天
016 黄梅戏自采茶来
028 登烽火山
031 走在回家的路上
035 家在山水之间
040 仙田瑞谷
042 登罗汉尖散记
046 牧笛横吹昭明台
　　——太子庙的文化记忆
048 烟雨桑落洲
　　——桑落洲诗书画中的文化图谱

062 古宅炊烟
064 星光黯然阡陌路
　　——旧时乡学小考
068 流浪的飞萤
　　——乡村旧学笔记
071 以哭当歌
　　——乡风旧俗笔记
075 土语的嬗变
080 野菜之"野"
084 下仓访古
088 湖光中的红色记忆
091 小渔村的深情守护
101 古风过乡野 留香已千年
　　——宿松季札墓略纪
107 清朝末期的二郎河之战
115 严恭山三题
122 棍犟

第二辑 垄上烟雨

127 闻香小语
130 花香一隅
132 初到蒲河

135 茶 娘

138 上铺的兄弟

142 补鞋记

145 红灯笼

147 克什克腾观日出

149 枇杷熟了

152 童年的雪又在下

154 天 籁

156 候鸟的故乡

159 暖席

167 水乡龙韵

169 汤塝观鸟

172 北浴山水

第三辑 枕边读书

179 呜呼高哉渊明风
　　——读朱书《规林》

186 一朝风化清

189 考古学的用处

192 芳心与佛心
　　——《夜雨秋灯录》读书笔记

195 窄如手掌，宽若大地
　　——读余华长篇小说《活着》

199 小镇书香

201 陆游未尽的游兴

205 贤者之范

　　——读方济仁先生《松风斋杂谈》《宿松古今谈》

212 乡贤石长信：修身立言 励志立功

217 宫花里的世故人情

　　——《红楼梦》读书札记（1）

220 香菱学诗

　　——《红楼梦》读书札记（2）

222 贾母的明月中秋

　　——《红楼梦》读书札记（3）

226 秦可卿之死与贾元春晋升

　　——《红楼梦》读书札记（4）

228 尤二姐之死，胡君荣是庸医还是帮凶？

　　——《红楼梦》读书札记（5）

231《黎歌》眉评摘抄

　　——读作家胡竹峰《黎歌》

235　后记

第一辑 阡陌留香

乡土歌谣中的女子

家乡歌谣经历了几朝几代乡民的集体创作,依然有其古朴、散漫、粗粝的原始风貌。

春节前后,我浏览了散存各处的数百首家乡歌谣。得益于那些栉风沐雨、不计名利得失的乡土文化工作者,他们的乡野采风、搜集整理,抢救了一批即将随风飘逝的口头文学。

我关注了乡土歌谣里的女子,她们是歌谣的主角。已成过往的女性乡民,仿佛还在田畴河畔走动,在灶边炊烟中衣袂飘飘。她们即使从古老的歌谣中走出来,也依然散发出乡野的气息。

表达情爱的歌谣占较大比例。它们的特征是女性视角,第一人称(也有第三人称的);其集体化创作、民间性以及口头表达方式,使得内容足够大胆和泼辣。像《十想郎》这首歌谣,唱女子对情郎日思夜想,有情有爱,歌词大胆泼辣,层层递进,不加掩饰。结束句"郎得相思姐得忧,世间万物难解愁",也是如此直白,不绕一点弯。《情谣》这一首里面,女子从一更天唱到五更天,听者脸红心跳,含蓄的也就是这样的句子:"五更里来月下山,姐叫哥哥采牡丹。"

《撑竹排》这首歌谣曾存在于我的记忆中,里面似乎有一些火辣辣的句子。现在我看到的这首歌谣,火辣的色彩稍淡,依然风情摇曳:"情哥河里撑竹排,姐提丝篮下河来。时常相见难相识,相视无言口难开。

无心插柳不言栽，旷野郊外自成才。情哥扬竿打姐水，姐把香帕扔竹排。情哥接帕笑哈哈，心随浪花逐河漂。情姐羞答桃花面，叮嘱良机莫错过。我家住在紫竹坡，三间瓦屋朝南坐。一进顺边门向西，奴家专等情郎哥。心肝掏给我的哥，莫做山伯呆头鹅。有道真情长流水，采得野茶香味多。"

经过当代文艺工作者的改编，《撑竹排》已可登大雅之堂。改编之后的主人公，已经是现代版的女子。民俗文学的时代性，决定其不应该超越时代。像汉乐府、南北朝的一些民歌，如《陌上桑》《木兰辞》，其作品的思想性并没有超越那个时代，只是在那个时代具有某种开放性。

同热烈与开放并行，家乡情歌也有婉曲和柔曼、不失节奏感和画面感的。一首《十月歌》，看似是女子同男子诉孤单之苦，实际是倾诉女子自己的情愫，只是多了一分回环往复的细腻与意韵："五月单身是端阳，糯米做酒兑雄黄。门旁插的菖蒲艾，桌上摆的檀木香。""全身打扮油搽头，单身哥哥好风流。相思月圆人团圆，月老为我淑女求。"还有《恋歌》："画鹊花中画，妹子把眼睃，好似明月照绫罗来。""孔雀花中画，哥哥把眼睃，好似明月照紫袍来。"可见民间歌谣的俗中有雅。

除了歌咏情爱，歌谣的另一主题就是表达女子对美好生活的向往。最流行的是《打铁歌》。《打铁歌》源自何地，似不可考证，在四川、湖北、安徽等省都有不同版本，首句多为"张打铁，李打铁，打把剪刀送姐姐"。流传到宿松县，又有多个版本。从覆盖区域和词句的固化程度，应该首推二郎河流域流行的《打铁歌》，其具符号特征的句子是"二郎河的姊妹多，不做生活（农活或家务）板（专门的意思）唱歌"，其最具光泽的句子则是"堂前吃饭婆捡碗，房里梳头郎插花"。旧时代的女子地位低微，她们对生活最大的向往，就是在家庭里能有婆婆关心，丈夫娇宠。

　　描写待嫁的女子的歌谣不少，构成了一组比较灵动的《小姑歌》。其中《一棵树，七条根》中"堂厅吃饭哥哥骂，灶下洗碗嫂又嫌"一句，同《打铁歌》形成对比。小姑娘发誓出嫁之后不回娘家来的一句"手拿石头沿路丢，石头开花我回头"，刻画的是受了委屈又调皮倔强的小姑娘形象。《金花姐，银花郎》："桂花床上鸳鸯枕，鸳鸯枕上蛾眉月；蛾眉月上九条龙，外母莫嫌女婿穷；女婿穷得般般有，桃花落地点点红。"用小姑娘同母亲说话的口吻，刻画了一位不求富贵、追求爱情的女子形象。《姑娘十想》："想着七郎卖烧饼，想着八郎开炕房。想着九郎做裁缝，想着十郎卖干姜。"除了知府和中堂，姑娘想嫁的都是乡间手艺人。这是男耕女织时代背景下非农经济的萌芽吧。

　　成年女子的表达在歌谣里显出几分机智幽默。像《媳妇好为难》："八鸠上树脚弹弹，我做媳妇好为难。扯根丝茅做扁担，菜篮挑水上高山。高山头上起绿葱，荷叶开花接莲蓬……"用一连串完全不能实现的事物诉说在婆家受到的刁难，形象生动。带情节的叙事民谣《走娘家》中，出嫁女子回娘家时受了嫂子的气，赌气离开时对哥说："妹说哥哥我回家，等你家猫儿不吃食，等你家狗儿不看家，等你家桃树不结果，等你家柳树不开丫。"对女子形象的刻画十分俏皮，有立体感。

　　即使是一些低俗而无格调的歌谣，在摒弃糟粕后，也能从生活记录的角度，看到旧时女子所受的不平等待遇，看到她们被欺凌，以及无奈中透出的辛酸。像《等郎媳》中："大姐周岁郎，醒着怀里抱，睡着窠里摇""日里喂食口对口，晚上把尿抱上床。儿郎紧扯奴家奶，轻唤小郎莫荒唐，我是你老婆，不是你的娘"，揭示了封建制度对女性的摧残。

乡土歌谣也为研究地域风土人情、历史文化提供了实证。乡土歌谣属于民俗文艺，不属大雅。歌谣里的女子没有宫廷贵妇和淑女的高贵、典雅，只得山野花香、水塘藕甜之俗趣。我希望在品读乡土歌谣时能不薄古今，不弃雅俗。雅有雅之美，俗有俗之趣，乡土歌谣里面毕竟也有很多光明正直的情愫。

刊于 2023 年 2 月 6 日《安庆晚报》副刊

村名指引归家路

小时候，母亲带着我去外婆家。沿着茯苓畈蜿蜒的洋马河，一直往前走，就能望见一个叫堰岸上的村庄。外婆总在村口的大柳树下等着我们。正月里的寒风吹动着外婆的白发。

家乡安徽省宿松县，曾经是古松兹侯国，有着两千多年的建县史。这里有着许多像堰岸上一样的村落。游子思乡，最难忘记自己村落的名字。村落的名字总是那么温馨和甜蜜。

家乡在长江北岸、皖鄂赣三省接合部。据《宿松县地名录》统计，全县有近五千个大大小小的自然村。村落的取名，或依据地形地貌，或依据居民姓氏，或展现一段历史，或展现民俗乡风，千姿百态，各具风韵，构成独特的乡村记忆。

村落以地形地貌取名的最多。一般在山区和丘陵区，村名尾字多有尖、叉、垄、壳、坦、石、沟、洼、地、夹等。如：陈汉乡的骑骡尖、打杵叉、烂泥垄，北浴乡的乱石壳、筲箕坦、锅川石，隘口乡的剪刀石，二郎镇的石竹沟，凉亭镇的缸钵洼、燕窝地、蟹子夹。这些村名拙朴、形象、生动。洲区和湖区因为地势低，多水，村名的尾字多是墩、营、圩、埂、湾、港、坝、湖、渡等，例如张墩、桂营、史家营、石坝、罗渡。比起山区和丘陵地区，洲区、湖区的一些"姓氏＋地貌"式的村名就少一点灵动的趣味，却同样饱含着厚重的人文和历史。例如，汇口镇以营为尾字命名的村落多，是因为明初朱元璋的军队曾经在这里安营垦荒，宗营就是安营的宗姓军人居多。

有一类村名，有着优雅的画面感和有韵律节奏的动感。如柳坪乡的风古屋，陈汉乡的滴水岩，隘口乡的甘露坡、风声村、望云冲、过矶石，孚玉镇的桐子园，华亭镇的白露窠，许岭镇的秋藤村，佐坝乡的渔雁村等，村名的背后都有一段故事。华亭镇黄大口村有刘家篱、张家摆、古岭曹等村落，名字都有较强的地域风味。在陈汉乡，有鸡鸣冲、白鹤冲、虎踏石、官堰头等，几个村落连在一块，透着浓浓的山间野趣。

一些村名背后的乡间故事十分优美。陈汉乡的九登山，背后是"五祖寻母九次登山"的传说。陈汉乡的上马石，背后是本县"田园宰相"石良从这里上马西征的故事。汇口镇的归林村属古彭泽的域地，东晋诗人、彭泽县令陶渊明在这里作"阻风规林"二首，"规林"即"归林"。佐坝乡的得胜山是一个小渔村，属横路洲。这里曾是有名的古战场，是朱元璋训练水兵的地方。元末明初，这里发生过惊心动魄的战事。五里乡的南台山曾是唐朝闾丘县令为诗人李太白筑台供其读书的地方。

古老的村名，记录了地域历史文化。如仙田铺、太子庙、杜溪屋、枫香驿、沙塘陂……仙田铺这个村落在两千多年前就已经得名了，可追溯到西汉高后四年（前184），始置松兹侯国在仙田铺。沙塘陂，在县城以东，因李白《赠闾丘处士》有"贤人有素业，乃在沙塘陂"的诗句而留名。太子庙也有多年的历史。相传梁朝昭明太子编纂《文选》期间游历各地，在多地留下了文化遗迹，其中包括宿松。明熹宗年间，宿松民间流传昭明太子在葫芦坡下显圣，于是由乡绅牵头建起了一座庙，这座庙就是太子庙。清朝有两位宿松籍的翰林院编修石葆元、朱书都有诗文予以记述。

有的村落的名字显得俚俗、率性、个性张扬，显示出顽强的生命力。隘口乡有个村落叫懒牛退轭。牛轭是耕地时套在牛颈上的曲木。华亭镇有狗尾欠、苦岭咀、坟峦屋、驼背树屋、吴家破屋这些自贱之名。把这些自贱之名梳理出来，也很有意思。这些屋场里多有书香门第、耕读世家。隘口乡的古山村落，民间至今还称之为估亩山。传说古代粮官丈亩到此，山路崎岖，难以清丈，便登山估亩，因此而得名。华亭镇的先觉岭，老百姓俗称"酸脚岭"，形容岭太长了，走到这里脚走酸了。也有雅俗共赏的，如华亭镇的雪山洼，地处横山腹地，冬季积雪时间长，故名。长铺镇的鹅公包、泥里鳖、河塌乡的黑漆门楼，程岭乡的黄鳝咀，汇口镇的快活岭……名字俗，却顺口。还有的村名因时间久远产生讹传，如保持畈原为宝池畈，乌池村原为污池村，韩文岭原为寒梅岭。

随着时代的发展和城镇化进程的加快，家乡的一些村落已经消失了，然而作为文化记忆，村名仍在。我喜欢用乡音来喊出村落的名字，乡音乡韵，沁入心扉。家乡的村名既是乡愁，也是游子归家的路。

刊于2023年2月3日《安徽日报》副刊

归林

家乡宿松，两千多年前汉高祖在这里设松兹侯国。我对县内数千个自然村落的名字进行过一些梳理，发现许多村名十分古老。长江边上有一个归林村，归林村之名源于东晋年代，有一千六百多年的历史。作为地名，它承载了一段历史，以及厚重的地域文化，有着饱满的诗意和人文质感。

作为古老的村名，它至今还鲜活地指引着游子归家的路。

归林，古柳桃林，风啸水吟。有关归林的传说、掌故都很有诗意。如说陶渊明眼见八卦阵百年残柳，九柳只剩下五柳，叹世道沧桑，遂自号"五柳先生"。还说，"采菊东篱下，悠然见南山"的"东篱"，不是东边的篱笆，而是周瑜八卦阵的东门，为"东篱"。"离"是八卦中的一卦，为正东，所以谓之东离。

归林原属于古彭泽县，是陶渊明当县令的地方。长江河岸崩陷，古道南移，归林就在安徽宿松境内。归林的悠悠古风、绵绵诗意也是宿松文脉之一。

清朝文学家、翰林院编修朱书是宿松古乡贤，他的《仙田杂咏》中有一首《规林》，借魏晋南北朝的衰亡，以及刘裕立刘宋的故事赞扬陶渊明。他在题记中特别标明规林就是归林村。

从古彭蠡泽、桑落洲，到八卦阵的规林，再到一个里、一个庄、一个村，作为地域的归林在不断地收缩，而诗意中的归林却在不断地放大。像归林村这样一些古老的地名，都是记忆的载体。与史志、谱牒、文论等不同，归林的记忆是鲜活的，同时，还富有诗的意韵。这种记忆，重新塑造了归林，使得它超脱凡俗，淳化民风。

家乡至今还鲜活地引导着游子归家的地名何止归林？仙田铺都两千多年了，它承载着多少先贤、多少诗文？还有太子庙、沙塘陂、麻地坡、求雨岭……这些非物质的遗存，正在等待人们发现它们的价值。

明月思乡，古老的地名也是游子的乡愁。

刊于2023年1月8日同步悦读公众号

八里江的春天

时近春分，邀约几位朋友游八里江。清晨出发前，接到八里江江豚保护协会夏友明的电话，他也要去江边，是去协助中国地质大学的专家团队做"江豚第一湾"规划。于是，夏友明便陪我们同游八里江。

驱车出县城，经过复兴路，再从驿三闸边驶入长江同马大堤，转至江外永天圩，来到了八里江边。

我们站在三江口一处江湾的沙滩上。所谓三江口，就是江心洲把长江分隔出的两条支流，以及鄱阳湖出水口，三江在此交汇的地方。三江口距离江西湖口县城的水码头四千米左右，古时候就称这一江段为八里江。但现在当地村民口中的八里江，上自九江小池口，下至宿松小孤山，有数十千米。史料记载，八里江的称谓在元朝的时候就已经有了。

此时正是繁花似锦的春天。永天圩内满地金黄的油菜花，圩堤上绽放的樱花，以及堤脚下粉嫩的水菊、青绿的荠菜，刚刚拱土而出的芦笋苗，共同装扮着八里江。沙滩上细如粉末的沙粒，被江浪冲洗出一条条弯弯的波纹，像水面上泛起的涟漪。我们走过的沙滩，留下踏雪寻梅般的脚印。

这处江湾是视野最开阔的地方。远眺庐山峰峦起伏，对岸的石钟山钟灵毓秀，往前看得见鄱阳湖大桥、江心洲上林立的电力风车，近前是长江上穿梭的船只、岸边摇曳的白杨林，这些构成了一幅八里江的春江画图。今年长江水位不高，江面却像海一样蓝蓝的。风把江水一波一波送上沙滩，发出轻柔的哗哗声。

想起史料记载的一则同八里江有关的文坛佳话。一三〇三年三月初三，元朝的一班文人墨客齐聚八里江边的桑落洲，纪念书圣王羲之诞辰一千周年。这是一次历史上著名的书画聚会。元代画坛泰斗赵孟𫖯、高克恭共同以《桑落洲望庐山》为题材作了画。他们当年作画时，会不会就在我们现在站立的位置呢？当年有没有今天如此的春江美景呢？

夏友明介绍，八里江是长江"微笑精灵"江豚最主要的繁衍生息地。江豚是我国特有的物种，国家一级保护野生动物，被誉为"水上大熊猫"，目前长江江豚种群数量有一千二百多头。八里江段，特别是三江口，有众多的回水湾，水流平缓、鱼类繁多、水草肥美，给江豚提供了良好的生存环境。

站在沙滩上看永天圩，一间三层建筑的民房楼顶上，横着"八里江江豚观察站"的牌匾。宿松县汇口镇的村民于2018年成立八里江江豚保护协会，协会设立了江豚观察站，组织了一支江豚义务巡护队。对面九江江心洲的村民接着也自愿成立了八里江江豚保护协会的分会。安徽师范大学也在这里设立了淡水生态学八里江观察点。江豚保护协会观察有记录，巡护常态化，为保护江豚发挥了突出作用。

夏友明是江豚保护协会的发起人之一。他介绍说，倡议成立江豚保护协会的，是安徽农业大学的何家庆教授。何教授是全国劳动模范、全国扶贫状元、全国优秀科技工作者。从2015年开始，他每年都要来宿松洲区开展农业种植调研，传授农民瓜蒌种植技术。一次坐在船上，何教授意外地发现了江豚的踪影。了解到江豚濒临灭绝的情况，他意识到保护江豚刻不容缓，并立即开始调研，很快提出了设立江豚保护区的建议，同时倡议唤醒群众的保护意识，成立民间江豚保护协会。那时还有人对提出设立江豚保护区不理解，担心影响经济发展。何家庆教授带着夏友明等人到处奔走，做了大量宣传工作。何家庆也是八里江江豚保护协会最早一批的会员和名誉会长。

参观完江豚观察站，我们继续在永天圩堤上欣赏八里江的春景。历史上，这里是灾难频发的地方，几乎年年有洪灾。唐代诗人白居易的《大水》一诗，就是记录这里洪灾的。1998年长江特大洪水，永天圩破圩泄洪，一排排民房被卷入狂魔般的江水里。如今，长江流域的洪涝灾害得到了根治，江湖安澜，苦难已经成为记忆。眼前，蓝天白云，水清木秀，鸟飞鱼跃。八里江畔处处生机盎然，洲区群众安居乐业。尤其是党中央推进十年长江大保护以来，长江生态环境得到极大改善，天更蓝，水更清。据介绍，在八里江，早晚可见三五成群的江豚，人们曾经在三江口回水湾看到了近百头江豚逐浪戏水、嬉闹游玩的壮观场景。中央电视台《远方的家》栏目组，就是在这里拍摄江豚翻滚腾跃的画面，并直播江豚保护协会是如何观察和巡护江豚的。

继续溯江而上，我们来到皖鄂交界处归林段的一处回水湾。这里是陶渊明写"阻风规林"诗和三国周瑜设水上八卦阵的地方，现在被人们亲切地称为"江豚湾"。由于不是主航道，且水域宽广，江豚喜欢这样安宁温馨的环境，游到这里嬉戏的江豚就很多。发起成立八里江江豚保护协会的会员单位之一的曹湖小学就在堤外不远处。曹湖小学是全国第二所保护江豚的示范学校。

江风拂面，水波粼粼。对岸的江心洲白杨碧岱，两岸油菜金黄，绿油油的麦苗已经到了疯长的季节。江豚湾的河床较深，曾经是历史上的长江崩岸处，江边全部是护岸石。这里襟江带湖，与龙感湖相隔才几千米，有水、有林、有麦苗、有莲藕，同时也是二级野生保护动物野生白天鹅的天然栖息地。据媒体报道，去冬今春有近万只白天鹅在曹湖村前的八里江滩涂上栖息。江面上，天鹅时而低空飞翔，时而嬉戏觅食，成为一道独特的自然生态景观。这也是目前八里江上最大规模的天鹅群越冬的地方。江豚巡护队的队员们同时也承担了白天鹅的巡护任务。

　　可惜我们来迟了几天，白天鹅刚刚离开八里江。它们在草长莺飞的季节一路向北，到冬季再回来。如今只有江豚在春江里快乐地休养生息。江豚和白天鹅汇聚八里江，一个在天上，一个在水中，这里该是怎样神奇的地方！清朝诗人彭玉麟有描写八里江的诗句："桃花岑旧飞红雨，桑落洲新长绿芜。惟有疲民苏未易，不堪庚癸岁频呼。"那时春色虽好，但水灾兵祸，民生多艰。如今时代不同了，八里江春和景明，万象更新，乡村振兴发展，迎来了真正的春天！

刊于 2023 年 4 月 19 日《安徽日报》副刊

黄梅戏自采茶来

一

立夏数日,梅子由青变黄,采茶的黄梅季节到了。在我们家乡,谷雨之后就叫"茶春"。采茶的男女,边采茶边唱歌,这山唱罢那山和,彼此呼应,不绝于耳,这一唱啊就是数百年!歌唱得有腔有调,唱得情深意长,于是山水之间就有了黄梅采茶歌。

"生怕分秧节候差,手叉泥脚水翻花。弯躬不暇伸腰起,却斗高声和采茶。""布谷声中夏正长,田歌竞唱采茶腔。"不仅是茶山茶农唱黄梅采茶歌了,分秧插田的农夫劳累了也唱,撒网捕鱼的渔姑收网时也唱。唱黄梅采茶歌能忘记忧愁,唱黄梅采茶歌能排解疲乏。又曰:"农功寝息,报赛渐兴,吹幽击鼓,近或杂以新声,溺情惑志,号曰采茶。"这时已经是农闲之日了,黄梅采茶歌从夏天唱到了冬天,还在唱,一直要唱到正月,唱到元宵秉烛夜游华灯闹。

眯上眼睛,想象黄梅采茶歌是故乡一位邻家姑娘清纯俏丽的模样。我的家乡在皖鄂交界的宿松县,同湖北黄梅县山分牛背脊,田分泥鳅沟。是的,谁的乡村记忆里没有这么一位小女孩?她机灵、喜乐、活泼、好动,想哭就哭,想笑就笑,讨得远亲近邻、叔伯婶娘个个喜欢。她叽叽喳喳的,像家门口一只报春的喜鹊。大家习以为常,边劳作边唱黄梅采茶歌,已是乡村生活中最充盈最丰满的一部分！

由唱歌到演戏，演的是乡村草台上的"草台戏"，演唱独角戏、三小戏（小生、小旦、小丑），三打七唱热闹得很，从老人到小孩都爱听爱看。借着龙灯庙会、红白喜事，搭起戏台，载歌载舞。戏词是借着乡村的故事而编的，《打瓜园》《夫妻观灯》《闹花灯》《打猪草》《打豆腐》《过界岭》……烟雨蒙蒙花落时，人生离合悲欢歌。戏台的中心都被乡村的小人物占据，熟悉的形式、熟悉的生活，一会儿在戏里，一会儿在戏外。

戏曲的草台班社也如雨后春笋般成立，数黄梅县、宿松县的最多，附近的星子、九江、彭泽、太湖、望江等县市也不少。乡村艺人之间，你来我往，搭班串戏，已成常态。

黄梅采茶歌的姊妹也多，秧歌、渔歌、柴歌、灯歌、打铁歌、哭嫁歌……黄梅采茶歌九腔十八调，除了黄梅调、采茶调、花鼓调，还融入了渔鼓、高腔、胡弦、莲花落、文南词的声腔和调式。就像一位村姑，花容月貌、能歌善舞。黄梅戏在黄梅、宿松原来叫采茶戏，到了怀宁叫怀腔，到了安庆叫皖戏。宿松一带，采茶戏的唱法粗犷，垫字多，用帮腔，锣鼓过门，属于老的唱法。新的唱法柔婉、抒情，垫字少，不用帮腔，丝弦过门，已经形成怀腔了。宿松县最早将其命名为黄梅戏。

王梓林是宿松黄梅戏戏班班主。1938 年，黄梅戏"抗战班社"演出了《双赶子》《卖花记》《三鼎甲》《罗帕记》《送香茶》等数十个剧目，边演戏边宣传抗日救亡。还有一个戏班在许岭古镇演《三宝记》《送香茶》《山伯访友》等戏。当地秀才胡性存吟诗："不堪世乱竞繁华，一曲霓裳万姓嗟。口调人翻新乐府，腰纤女唱送香茶。"抗战胜利后，班社的乡村艺人又编演《哑女告状》《孟姜女》《井尸怪案》《闹花灯》《董永卖身》《讨学钱》等剧目。

茶花飘零残月落，黄梅戏唱传千古。大地在苏醒，黄梅戏从黑夜唱到天明，唱出了天际的亮光。

二

黄梅戏出身不高贵，出自皖鄂采茶人家，吹的是山野之风，喝的是江湖之水。有家乡的乡贤说黄梅戏的命理是"生于民间，死于庙堂"。孟晋老先生著文称"黄梅戏自采茶来"，采茶在民间，采茶的是乡民。

采茶戏《逃水荒》记录了黄梅戏在江湖上漂泊的哀怨与悲伤。清乾隆四十九年（1784），宿松、黄梅一带大旱，第二年又发大水，几年间水患频仍。采茶姑娘初长成，却遇水灾连连，民不聊生。水荒来了，谋食者操胡琴、打花鼓、敲渔鼓、唱道情，穿街过户，倚门卖唱。这时的黄梅采茶调，也称打锣腔、二高腔，都是些土里土气的名字。高腔在岳西县流行，对早期黄梅采茶戏影响较大，故宿松、望江一度称采茶戏为"二高腔"。

泪眼向花，乱红飞过。苦菜开花香自苦，黄梅戏唱出一把辛酸泪，苦中之乐。以前只听说采茶戏随水漂流到宿松，后来看资料得知，宿松的父老乡亲在大水年头也带着采茶戏，向东，向南，依街乞讨卖唱。从乾隆到嘉庆，再到道光年间，采茶戏渐渐流行开来，据史料记载，到道光年间黄梅采茶戏在以怀宁为中心的安庆地区最为流行。

早期地方风俗志对黄梅采茶戏的记载显得很纠结，既描述正月元夕"张灯度曲，步月踏歌"的热闹欢腾，又记载十月立冬"杂以新声，溺情惑志"的郑声之斥。有这样一则趣话，有韵有味。旧时某年新春之日，宿黄边境的松梅岭街头搭台唱戏，唱戏的是两县的采茶戏艺人。戏唱得好，观众也多，好多观众还是黄梅县的老百姓。不料突然下起大雨，看戏的人却兴致不减，一个也不肯离开。街上几个酸秀才看不惯，便写副对联贴上戏台，讽刺艺人和观众，联云："日照青松嫩，雨落黄梅老。"台上的艺人反应快，当即在联下添加几个字："日照青松嫩芽秀，雨落黄梅老调新。"秀才们又气又恼，狼狈而退。

黄梅戏取柔曲软调，唱男女之情，因而被官家所讳忌，不许其登大雅之堂。宿松县志载，当时的《地方自治条例》提出禁止"出会、唱戏"。草台上偶有格调不高的小戏，像《探妹》《叹五更》《十八摸》《皮瞎子算命》等，这些低俗的戏没有生命力，乡村戏台上也不多见。

四月的乡村，农家开始布谷，也准备酒食，搭起戏台，招亲朋故友听清新的采茶歌。一人唱、几个人帮腔，这就是早期的黄梅采茶戏。清代黄梅的别霁林诗曰：""多云山下稻苏多，太白湖中鱼出波。相约今年酬社主，村村齐唱采茶歌。"清代桐城的张英诗曰："黄梅节近苦滂沱，正是山中力作多。雨湿短蓑泥没骭，农人犹听插田歌。"清末秀才谢敬仁的《省亲偶见》诗流传更广："翁操四胡桂树下，妹弄渔鼓唱'思嫁'。妇孺迷恋文南词，日落西山不归家。"文南词和黄梅采茶戏是姊妹戏。冬冷夏热，自然更序，于黄梅采茶戏，是牧歌四季。

三

我虽在宿松县二郎河古镇上出生、长大，小时候却没有看黄梅戏的经历。古镇南街有个文工团，演出的地点在天主教堂改成的一家剧院，当时只唱样板戏。镇旁边有一处国有磷矿的生活区，经常放广场电影。乡村旧戏的那些模糊场景，我基本上都是从大人们的口里听来的。

我对戏台的直观印象是家乡北浴乡的廖河戏台。廖河戏台分上下两层，纯木构造，四根圆木高高支擎，下层为休憩之处，上层是主体，除了舞台，还有化妆阁、乐器所、道具厢。台前两柱刻有倒趴的双狮，各抱绣球，回首相望。这已是江淮地区最古老的戏台，有四百多年的历史，也是我亲眼所见的家乡唯一保存完整的古戏台。

廖河戏台旁边的村民廖竟成家里，保存有三十余本黄梅戏手抄本、近百件古戏服，还有一对唱戏时挂在戏台两边用于照明的七宝莲灯。据上了年岁的村民回忆，1935村里唱大戏，一个叫吴节如的师傅，带着戏班子连唱了八天黄梅戏。吴师傅嗓子好，唱功也好，观众场场爆满。吴师傅不识字，没有戏本，廖竟成的太爷爷就把吴师傅留在村里多住了几天，吴师傅唱，他一句句地用草纸记下来。剧本有《世代仇》《小苍山》《白衣记》《木兰从军》《七仙女送子》等，这也成了廖河自己的戏班最殷实的"家底"。

乡村古戏台当然多，但有的坍塌了，有的拆除了，许多都没有了踪迹。临时搭建的，那叫草台。用稻草搓绳索来捆绑台柱子，捆扎得牢牢的，称作草台，民间的戏班子因此就被称作草台班子。草台的台面是各家各户临时扛来的门板，平展、厚实。

草台左右没有侧台，后台也只是用晒筐、篾帘子随便隔出来的。乐队伴奏时一般没有遮挡风雨之处。伴奏起先只是竹板、胡琴、小锣，后来加入了丝弦和吹管，与宿松的断丝弦锣鼓相仿，便有了文场和武场。演大戏时，伴奏乐队就要搭棚，隔出专门位置。这是听人描述的戏台模样。前些年我在乡村偶遇过几场草台戏，却是戏班自己开着货车，把车斗的挡板展开，挂了电灯，放置音响，虽有点现代感，但着实简陋。

旧时请得起戏班来唱戏，是村子的门面和排场。大的屋场在农闲时也请人来教戏，选出族上的年轻男女，自己演。逢红白喜事，乡绅和有些钱财的，就开始张罗唱戏。过年过节要唱戏，唱戏当然也如乡下人过节。大人杀猪、杀鸡、打豆腐，屋前广场上小孩子在跑铁环、打地老鼠……

锣鼓一敲开始暖场，然后戏台上跳加官，戏还没有唱就先热闹起来了。搭草台不容易，就大戏小戏、日场夜场地唱，俗称"流水戏"。也有男女演员约定一个故事，曲调都是现成的，上台来现编现演，这也被称为"流水戏"。生旦净末丑，登台就是戏，酸甜苦辣，悲欢离合，人生本来就是一出戏。台上台下都入戏，跟着哭，跟着笑。借着戏，对旧礼教恶势力，一字一句，无情怒骂；借着戏，对民间苦难与不幸，一咏三叹，尽情倾诉。也唱情，也唱爱，把平日劳作时的向往、追求融入戏里，那是属于乡下人的美好！

明月照山河，黄梅戏声起。笙歌阵阵，戏曲声声。戏台上，唱的是声腔，舞的是身段。手眼身步，行云流水，顾盼生辉，摇曳如风。

四

宿松、黄梅的山区都是茶乡竹海。花草百年，溪水百年。一样的明月和清风，一样的山径和石阶……

竹乡花正开，戏唱情和爱。《打猪草》这出小戏，原来也叫《扳竹笋》，唱的是旧时宿松山里因偷竹笋引起的乡事。黄宿交界处的柳坪乡蒲家河是这个故事的发生地。这个戏唱了百年，当年的竹笋长成了毛竹，子子孙孙，有数十代吧。毛竹在泥土之下盘根错节，总不腐朽，生发的都是鲜活的联姻关系。竹子的顽强生命力在于根部。根部的隐忍就是勃发，旧根须的死亡就是新生。

《打猪草》通过一男一女的对唱表演，描绘了一座竹林，一个春天，笋子从土里冒出来了，溪边是青葱水灵的猪草。这对青年男女离开竹林，一路"对花"，他们一转身，一抬手，一甩袖，一绕手帕，就是荞麦花、莲蓬花、芝麻花、石榴花的形象。

《打猪草》戏里的妹子陶金花要是化为了山竹，那满山遍野的新竹就是她的几十代玄子玄孙了。

《打猪草》戏里的妹子如果是兰草花，那也香过了一个多世纪，山野幽谷，处处是兰草的清香。花香四溢，山风也带走过，溪水也带走过，带走的是芬芳，带不走的也是芬芳。蒲家河这一处的兰草，是越来越香了。

戏中看山的小伙子金小毛也是傲立的山石，或是风口上的一棵松树吧。

松风把黄梅采茶歌托上云端，飘飘荡荡，到了罗汉尖的山腰，又到了山脚之下。山下是柳坪乡的长溪河，是大地畈，是燃灯寺，是二郎庙，是雷水、古镇……

长溪河水流到二郎河古镇。二郎河古镇被黄梅戏、文南词的烟火味野草味浸润。这里有戏社，有写戏本子的，有唱戏的和教唱戏的，敲锣打鼓、吹拉弹唱，样样都有。太平天国时期，古镇还组织了第一个随军唱戏的女子戏班。

黄梅戏《打猪草》是男女"对花"，恰如一枝兰花出山野。

地方文史专家们考证了《打猪草》小戏的"生长"过程。蒲家河崔家坪是故事发生地，二郎河古镇完成了小戏的磨合和成形。那些为提升《打猪草》戏曲艺术水平的乡村艺人们，有好多竟然是我的街坊邻居，是我儿时伙伴的爷爷奶奶。

茶山竹海多戏迷，柳坪山里人爱看戏也是出了名的。据传，1946年的正月里，彭泽、湖口、广济、黄梅、蕲春、太湖、潜山、岳西、桐城、怀宁、安庆和宿松当地的二十多个戏班聚集柳坪乡的邱山，连续演戏四十六天，几乎把当时的黄梅戏传统剧目做了一次展演。黄梅戏伴着山乡过年，商贾云集，游人如织，花灯、龙灯、排灯点亮村前屋后，唱戏、看戏、评戏……山乡被黄梅戏淹没了。

五

方玉珍唱戏在三省八县是出了名的，即使离世已过百年，每当讲起黄梅戏的名角时，人们还会谈论到他——这么一个小伙子，有着好嗓子、好身段、好记性，是个天生唱戏的坯子。方玉珍十六岁时，家境贫寒，带着弟弟到江西星子县一个叫李河的地方谋生，学的手艺是打铁。李河有个采茶戏戏班，方玉珍白天打铁，晚上学戏。火炉的灼热、铁的坚硬、戏中的似水柔情，都融入方玉珍流浪的人生里。铁烧红了要放进水中去淬火，反反复复，生活也是如此。方玉珍经历过磨难，他和弟弟后来进入李河的戏班，以唱戏为业。开始演唱的是《韩湘子化斋》《吕洞宾戏白牡丹》《山伯访友》《乌金记》等传统采茶戏，他自己常常演小生、须生或小丑，弟弟演花旦、青衣，兄弟俩往往演"夫妻戏""兄妹戏"，在九江、星子、德安、瑞昌、武宁等地走村串乡四处巡演，声名大振，红极一时。

方玉珍会唱会演，也善于编歌编戏。"张打铁、李打铁，打把剪刀送姐姐。姐姐留我歇，我不歇，我要回家打夜铁……"这首宿松妇孺皆知的民歌，就是由他编的。《过界岭》已成经典黄梅戏小戏，也是他根据二郎河界岭小街的一个乡间故事编排的。

方玉珍三十三岁时结束异乡漂泊回到家乡宿松，继续唱戏，并收王梓林、王国府、朱婆生等十余人为徒弟，教唱黄梅采茶戏。他们在宿松城乡，本省的望江华阳、怀宁石牌、太湖徐桥，以及邻省鄂、赣的黄梅、彭泽、九江、星子等县演出，还曾唱到了上海、武汉等城市。方玉珍晚年在九江县五老门、蔡家山等处教戏，教授了不少弟子。

王梓林是方玉珍回到家乡的第一年收下的徒弟，当时王梓林十三岁。学成之后，王梓林同江西、湖北的采茶戏艺人合组戏社，沿长江各埠演艺谋生。抗战爆发后，王梓林回乡带领王国府、杨国英、许友光等组织"抗战班社"，赴本县城乡和邻县潜山、太湖，用乡戏宣传抗日。

国难之时，这批乡村艺人"颇具风骨"，谓之艺德。

六

黄梅戏这个名字好。黄梅是县名，也是节令。"黄梅时节家家雨，青草池塘处处蛙。有约不来过夜半，闲敲棋子落灯花。"黄梅时节，就是"农人犹听插田歌"的日子。黄梅戏这位邻家小姑娘，无论在戏里戏外，总不会老。黄梅戏这个名字，少些官家气度与皇家气派，但就是出身草根，接晨风雨露，接天地灵气。

一颗露珠养一株苗，黄梅戏是灵芝苗。

宛若清道光年间的一幅旧画，烟雨中廖河戏台上在唱着黄梅采茶戏，戏台是明朝嘉靖年间的戏台。乡绅贺作衡边看戏边撰写一副楹联："频邀姐妹三三，敢从圣学堂中，送一盏香茶，又何必东阁翻情，西楼吃醋；为访友朋个个，游到春林深处，撇几枝新笋，也免得竹山打瓦，野店逃荒。"联语嵌入了《送香茶》《西楼会》《撇竹笋》《上竹山》（《过界岭》）《吴三宝游春》《余老四翻情》《余老四打瓦》《蔡鸣凤辞店》等多个黄梅戏剧目。楹联状情、状貌。

宿松古桑落洲上，有个地方叫快活岭，杨树林戏台就搭在快活岭上。江岸古镇、水边送客亭、火神庙，都是乡戏的土壤。各处的班社要让名角在杨树林的戏台上唱出戏艺的高低，戏迷要在这里过足戏瘾。还是那位乡绅贺作衡，仍然醉在戏里出不来。他为杨树林戏台撰写楹联："杨妃春色，西子秋波，演出些，媚态柔情，问今世，有几双醒眼？林下樵歌，溪边渔唱，弹到那，高山流水，怕古来，无两个知音！"

乡贤吴汉亮先生选编的《宿松风情楹联集》中，专列了"戏台联"，其中有十六个古戏台上的二十七副戏台楹联。梅王庙戏台、松梅岭戏台、枫林嘴戏台、二郎河戏台、老厅戏台……地名依旧在，只是戏台渺然。戏台楹联雅致脱俗，文采张扬。戏台是树，见其繁；楹联是花，见其香。可以想象得到，有那么一段时光，皖鄂赣的乡村旧戏以黄梅戏为主，似春来花千树，一阵阵馥郁繁华。

再列举宿松戏台楹联一、二、三：

一、月夜好消闲，看银烛光中，满眼扶摇金翡翠；林钟方协律，听荷花香里，有人高唱玉玲珑。（火王庙戏台联）

二、枫林嘴上，热热闹闹，以兴观，更喜值岁稔时和，大家拜拜神祇，谢谢天地；新舞台中，打打敲敲，非是戏，纵演出赏善锄奸，不过扬

扬古道，劝劝世人。（枫林嘴戏台联）

三、美哉，怪哉，这也奇哉，一班江湖子弟，时而将，时而相，**富贵陡然来**，终归是假；看了，听了，莫忘记了，几日热闹排场，亦**有忠，亦有孝**，纲常仍不错，倒可认真。（趾凤河戏台联之三）

七

花落花开，一年又一年，唯有黄梅戏，声声不断。唱人间情爱，唱人间百态，唱人生的艰辛与苦难，唱美好的幸福和未来。

新中国成立后的家乡黄梅戏（包括文南词），是一本丰富而厚重的书。如果让我来设计这本书的封面，当然首先要用拨云见日的亮色，但也会选一种世事沧桑的底色。

黄梅戏是地方戏曲中一张亮丽的名片，是全国五大地方戏曲剧种之一。黄梅戏已经唱响全国，享誉海内外。

七十余年山河壮丽，旧貌换新颜。家乡宿松县的黄梅戏艺术是戏曲花海之中的一朵浪花、一朵玫瑰，老树新枝，经风见雨，浮沉艺海，依然幽香盈盈，勃发生机。

黄梅戏久经传唱，依托山水而生存。她是属于山乡的，但又能纳百花之香，跨江湖芬芳。她从民间来，也不避"庙堂"远。她熏田野风，沾染儒雅味，少凝重，不刻板，轻快地行走于绿水青山间，飘荡于天上人间。

还是以家乡宿松县黄梅戏的发展为例：

根在民间。1953年，宿松乡村有民间剧团一百六十三个，演职员四千多人。比较出名的剧团有廖河剧团、松峦剧团、新声剧团、曙光剧团、中心剧团……1952年9月组建全省第一家专业黄梅戏剧团和平剧团（1994年改为剧院）。1978年，一批"文革"期间遭遣散的老戏曲艺人重返舞台。至今，除了专业演艺团体，还有民间的戏曲演艺公司，草台班子也不少。乡间有爱唱戏的，也有爱看戏的。

魂系乡土。老艺人杨国英说"三十六大本，七十二小折"为黄梅戏乡土之本，所谓"三六传后世，七二振家声"。专业剧团成立首秀《梁山伯与祝英台》，文南词晋京演《抛球》。1978—2007年的三十年间，县剧团恢复传统大戏五十多本，小戏三十多折。大戏如《白蛇传》《天仙配》《孟姜女》《狸猫换太子》《窦娥冤》，小戏如《春香闹学》《戏牡丹》《打猪草》《闹花灯》《过界岭》……

源于生活。离开了老百姓，离开了生活，黄梅戏就是无源之水。除了演《于无声处》等一批现代剧目，家乡专业剧团还注重挖掘有时代气息和地域特色的题材，创演了《城里亲，乡里情》《五更月》等多部现代大戏和《便民桥》等一批现代小戏。

刊于2023年第三期《黄梅戏艺术》杂志

登烽火山

谷雨的前一天，登烽火山。

烽火山在宿松县凉亭镇境内，山不高，无奇石无陡崖，无名木无异草，是皖西南丘陵地区一座很普通的小山。

然而《太平寰宇记》和《大清一统志》都记载了烽火山，清道光年间及1921年的《宿松县志》还对地理志中记述烽火山的一些讹误进行了订正。这至少说明烽火山有其非一般之处。

烽火山是一个相当古老的山名，得名于中国南北朝齐国的永明八年（490）。地理志上记述了这样的故事：齐国和陈国划江而据，但相互之间征伐不断。由于这座山山势高敞，可以瞻望四野，是一处战略制高点，所以齐国在此筑起了烽火台，烽火山始而得名。烽火台是古时候用于点燃烟火传递重要消息的高台，由此见得烽火山的重要性。

穿过大理石牌楼，拾级而上，过重担亭，即登至山顶。登高四望，凉亭畈的古镇村落、稻田阡陌，尽收眼底。

熟悉情况的本地朋友指给我看，往东四五里，是古松兹侯国的府址仙田铺；往北，有昭明太子筑分经台的法华寺，有"南国小长城"之称的白崖寨，有名胜古迹严恭石道。古驿道自东向西延展，枫香驿就在山脚下的不远处。居于众多名胜古迹之中，烽火山孤峰独立，凡而不俗。

知晓了烽火山壮怀激烈的喋血战事，谁都不会对其等闲视之了。特别是抗战时期，这里进行了一次悲壮的载入史册的"烽火山阻击战"。此战，尽显中华儿女气壮山河的英烈壮举，可歌可泣！

以前在地方史志上看过有关"烽火山阻击战"的记载。在山口，凉亭镇政府建有纪念园，在《纪念园简介》碑刻中亦有概述：1938年春，抗日战争重心转移到了华中战场。宿松是长江水陆要冲，下监沪、宁，上控荆、湘，成为武汉保卫战东线外围作战的重要阵地。6月初，日军攻占合肥、安庆后，分水陆两路进犯宿松。陆路日军以第六师团今村、牛岛两个支队为主力，于6月初在合肥集结，7月26日占领太湖，27日进犯宿松，企图打开大别山东南通道，沿古驿道进攻武汉。中国国民政府重兵布防阻击日军西进。27日，国民革命军第八军十五师三团五百余官兵奉命坚守烽火山，迎战日寇。在敌强我弱、腹背受敌的情况下，国民革命军英勇无畏，顽强抵抗，弹尽后以刺刀拼杀，激战三日三夜，五百余官兵全部舍身报国。战后，附近百姓收殓烈士遗骨，葬于烽火山山腰。

山腰上有抗战胜利之后由当地村民为英烈立起的纪念碑，碑文为"气壮山河"四个字。地方政府也建有纪念塔碑和牌楼，牌楼楹联为乡贤王振寰撰文，寒川石书。

作为军事战略高地、交通咽喉地段，烽火山历代都被战争的烟云所笼罩。据有关府志记载：明万历十七年（1589），宿松、太湖农民起义风起云涌，朝廷军队曾驻守烽火山和枫香驿，围剿起义军。明崇祯十年（1637），农民起义军张献忠与明军史可法多次激战于烽火山。清末太平天国英王陈玉成的军队也曾驻扎烽火山，与清军展开拉锯战。

历史虽为笔墨所著，翻开却是血雨腥风。

清明时节,气温回升,烽火山的空气潮湿,山花争相开放。风不动,花草林木亦不动。从山腰到山顶,红星点点的是杜鹃花,也叫映山红。我留意了一下,同家乡其他山峰的漫山红遍相比,烽火山的杜鹃花开得显然要迟些。灌木丛中的杜鹃花树架子高而壮,分枝多而纤细,枝端叶多质厚,绽开的花冠阔阔的如漏斗形,更多的还是绿叶裹着的花苞,正待绽放。

记得家乡诗人何其三曾写诗《冬日登烽火山见野杜鹃花》:"游人一看尽嗟呀,烽火山头片片霞。应是英雄灵复显,初冬才见杜鹃花。"读这首诗时曾诧异于"冬鹃"之奇。后来才得知,南京老东门明城墙脚下也出现过冬杜鹃。春天的花,在秋冬反季开的,海棠、桃花、梨花也有类似的花事。虽然这是大自然的物候所致,但我却情愿是英雄的灵魂复显,因为这是民族气概。我不擅旧体诗,随心所欲,顺口而出,以表敬意:

杜鹃花发映山红,烽火山祭花之灵。

最是杜鹃花烂漫,春风轻拂英烈魂。

刊于 2023 年 5 月 31 日《安徽日报》副刊

走在回家的路上

小小的地名，走进故事里，大约就永远丢失不了。故事，是小小地名回家的路。

一

二郎河是一条流淌着水、游动着小鱼儿的河，也是有着店铺、猪行、牛行、菜市场的一条街巷。我们家乡的人有时将它笼统地称为河街。我从中街到南街念书，到新街看戏，到北街买盐，大概就像一条鱼儿在河街里游来游去。我们这里大约也被称作过农业社、公社、乡，现在称二郎镇，但贯穿始终的称呼还是二郎河。二郎河包含了其他称呼所没有的一些东西，包括猪牛行里的嘈杂喧闹、石板桥上的熙熙攘攘。邻乡的人相约到我们这里来，都会说"下河里去"。大约他们希望像我那样做一条自在的鱼，在河里游动。是谁开始把我们的家乡叫二郎河的，我不知道。爷爷奶奶那个时候叫二郎河，在他们之前也叫二郎河。爷爷奶奶已经作古数十年了，二郎河这个名字却还是水灵灵的，像个年轻的姑娘。我们家乡有民谣唱道："二郎河上姊妹多，不做松伙板唱歌（松伙：土语，活计、事情的意思。板：土语，专门的意思）。"这首民谣唱了多少年、多少代，流传得越来越广，二郎河上会唱歌的姊妹总是年轻，总也不老。一个好的地名，也是不会变老的。

二

脱贫攻坚阶段，我所联系的村子叫九登山村。九登山因弘忍法师幼时"十日寻母、九次登山"的传说而得名。山建罗汉禅林，前面有塘，环甃以石，相传十八罗汉沐浴其中。此山常笼罩在云雾之中，产异蔬、名茶、灵药，志书记载为罗汉荡山。因弘忍寻母传说而出现的"十日尖（武猖坡）""相见湾"，也在罗汉荡山上。我据此以为，九登山不是山名，而只是这个村的村名。山中偶遇一长者，我趋前问，九登山是山吗？长者捋捋胡须，反问我一句："九登山不是山，我们吃什么？喝什么？"拱手谢过后，觉着有所参悟。弘忍之法，长者之禅，都在此山此水之间。峰藏于谷，泉汇于池，供奉粮食果蔬，滋养子民之处，皆为九登山。

三

1988年的夏天，宿松诗人祝凤鸣回到家乡，在县城"小小书店"买到了一本美国诗人的诗歌选集。美国诗人梦幻般地描述乡村景象，奇迹般地点燃了祝凤鸣的诗歌激情。同样在这个夏天，在故乡的凉亭中学，祝凤鸣读到了日本诗人秋谷丰写乡村的一组诗。秋谷丰的诗句，将祝凤鸣对乡村梦境般的回忆"一网打尽"。在家乡，在那些蛙鸣犬吠的夏日的深夜，祝凤鸣写出了如《枫香驿》《白石坡》等一批早期诗作，并由此确立了他的朴实、稳健而又神秘的诗风。

三十多年后的这个夏天，我在宿松读祝凤鸣的诗集《枫香驿》和文集《樱桃变黑之月》，感叹诗人的家乡情怀。即使像《樱桃变黑之月》这样有着世界文化视野的文集，也都散发出如稻草气息般的乡愁。除了枫香驿、白石坡，作为诗歌题目的家乡地名还有芦花村、严恭山、子贡岭、白崖寨、烽火山等。不知是凉亭河这些地名走进了凤鸣的诗歌里，还是当时已是他乡游子的凤鸣在家乡的地名中走不出来了。

四

我的诗人朋友吴忌，他的出生地叫油榨岭，村名为油榨村。那里铺天盖地的油菜，遍地金黄的油菜花，成为诗人心中永远的春天。"油榨"只是一个地名，但诗人情有所系，仿佛这是专属于吴忌的地名。几年前，在网络上有人问匿名的吴忌："你是谁？"吴忌答："我是油炸的诗人啊。""油炸的——诗人？"网络上有人惊呼。有人追问："你的日子……不痛吗？" 诗人吴忌笑了，为家乡这个刚烈的地名而骄傲。在那个深夜，他告诉网络上的人们，他热爱油榨岭，他甘愿做"油炸的诗人"，为家乡深情地歌唱。

五

岁月是一条长长的河，许多我们心心念念的物和事都在河里流淌着，流向很远很远的地方，慢慢地就看不见也记不住了。例如一条沟、一汪潭的名字，例如一墩一岭、一巷一坊的名字。然而，幽微也是一种存在，虽不是五岳四渎，但同样沐浴过天地之灵气，装扮过山川之秀美。

宿松乡贤吴汉亮先生从1977年开始整理家乡的地名小故事，编著了《宿松地名典故》。他从岁月的河流中把一些鲜活的小鱼儿打捞出来，突破视觉和记忆的局限,让我们知道一些乡土的过往。地名加上典故,就有了灵性,这个地方就能呼吸、能生长了。你记得的就不仅是这条河源自哪里,你的家坐落在何处,更知道了为什么受了惊吓时母亲拖着扫把到村头槐树下为你招魂,知道了为什么离家越远梦见自家屋头上的炊烟就越清晰。灵动的家乡是游子永远的人生信标,让他知道天有多高,地有多厚,即便他登得再高也不会自傲,他知道自己有几斤几两。

汉亮老先生亲切、自然的叙述方式让人仿佛置身于祖屋的厅堂。这样的文字就省却了许多的客套、铺陈和阐释。先生仿佛知道,面前是归家的游子,一缕淡淡的茶香、几句浓浓的乡音,就能勾起血浓于水的记忆。有时介绍一处地名会带出一长串的地名,带出的地名又有乡里人知道的诸多情牵梦绕的小故事。列出两段这样的文字,你慢慢体味:

长溪河源自今柳坪乡长溪山罗汉尖主峰旁的邱山村,有两个几乎一样长的源头,一在罗湾村民组屋后鹞鹰寨和高山寨之间的宿黄(梅)界岭,二在白果树村民组屋后宿蕲(春)界岭,两河汇于邱山和龙河间的龙潭崖。长溪河自北向南流经柳坪全境,在隘口花学上边的燃灯寺出口,绕西折南经隘口的古山汤咀入二郎河,全长约二十千米。

铜铃河源自与黄梅县柳林乡塔儿畈和宿松柳坪乡朱山寨、砍头寨以及大地村叫雨尖西侧交界的山中,流经北冲、东冲和南冲等三冲地带,自西北向东南在铜铃桥前2千米处的梅家咀汇入二郎河,与石咀头相对,全长约十一千米。

刊于 2023 年《朝阳阁》杂志夏季刊

家在山水之间

我家从二郎河集镇搬迁到刘坡村，是在 1974 年的冬季，那年我十一岁，读五年级。那时我还是一个不谙世事的懵懂少年，并不知道搬家下乡后，生活会有哪些改变。

其实，二郎河集镇和刘坡村也就一河之隔。二郎河是安徽省同湖北省交界处的一个古镇，小桥流水、深街小巷，从上街、南街、新街、下街，到隔河的下埠街，你似乎走过的是一段悠远而深邃的过往。刘坡只是一个小山村，松风竹影、泉淙鸟鸣，虽然有周家花屋这样的庭院老宅，以及二郎庙、白旗营、红旗营这些历史的印记，但在我幼时的感觉里，这里是一处原始而质朴的乡野。

二郎河集镇上有带店面和阁楼的房子，对面就是新街。奶奶最是不舍这里，因为这毕竟有她和爷爷白手起家创下的家业。举家搬迁，傍山而居，恐怕也是父亲一生中最艰难的选择。父亲微薄的薪水，母亲辛勤的劳作和靠工分挣来的口粮，面对姐姐、弟弟、妹妹和我四个嗷嗷待哺的孩童，已经是难以为继。在那个只有微弱星光的早晨，我们一家摸黑上路，跨过木桥，踏过坎坷，奔的是天亮之后的温饱。父母当时想必并不知道，他们带领儿女们走向的，其实是更为阳光、更为宽阔的人生之路。

刘坡并不是我们吴家的祖居地。我的祖居地在往西北的大山里面，称作南冲岗家榜。祖父兄弟三个，老大、老三走出大山落户刘坡。我的祖父闯荡一番之后，就和我的奶奶在二郎河集镇栖居，以剃头、卖酒为生。从合作社到人民公社，在那个物质贫瘠的年代，我们这个大家庭的状况，其实也是许多家庭的缩影。搬到刘坡去，也是因为有伯父、叔父两个至亲家庭在那里。

刘坡多山岗，山不高，多起伏，山林中藏着大大小小的水塘、水田、旱地，在我记忆中，这些都是出粮食的地方。我们这个小村落有十来户人家，有姓刘的、姓朱的、姓张的、姓金的、姓吴的和我们三家。这个村落和周家花屋的住户一起组成一个生产队。生产队给了我家宅基地、自留地。田地多了，五谷杂粮也多了，家里养了猪、鸡、鸭、鹅，我们放学回家还帮母亲挣点工分。父母教我们把乡邻爷爷奶奶、伯伯婶婶叫得亲热。划分责任田之后，每当家里有什么重活，除了伯父、叔父，其他乡邻也来帮忙。谁家置办酒席，也一定会请我家去，母亲总让我去，我也一定占一个席位，爷爷、叔伯们对我都是爱护有加。我很快熟悉了这里的乡风民俗、村言俚语，也觉得大家没有把我们家当外人。

到刘坡的第二年，我就升到二郎初中读书了。1978年，春招改为秋招，我考取了宿松师范学校。这四年，学校读书之外的日子，我都是在刘坡度过的。在那段日子里，物质贫瘠但精神充实，总有被亲情包裹着的感觉。奶奶年过古稀，常年做饭、喂猪，总也不愿意闲下来。她管理着家里的米缸，我每星期要带九斤米，总是奶奶从缸里一小瓢一小瓢地舀到米袋子里。奶奶用小杆秤称好了，交给我之后，总要用几根手指头从米袋子里撮起几粒米，放回缸里。多年以后，我才知道这是奶奶祈福家里粮食丰足，米缸满满。即便她是最喜欢我这个大孙子的，言语行为上也没见着偏心，但我们都还是这样认为。母亲起早摸黑，田里地里，辛勤劳作，吃苦受累，干的都是男劳动力的活。我那时正在长身体，饭量大，无意中说起自己在校很少吃饱过。后来星期六中午回家，母亲总会留着满满的一铝锅饭给我，在一旁看着我吃完。有次我无意间看见，母亲看我时眼里有泪花，在温暖中我体会了母亲疼爱儿女的心，自己也仿佛一下子懂事了许多。那时上学，不仅要向学校交上九斤米，还要交上五分钱，是柴火钱。凑不齐柴火钱时，母亲就会挑些米糠、红薯之类的上街卖。即使是在那么艰难的日子里，母亲也总是那样温和，从没有打骂过我们兄弟姐妹。

父亲是吃国家粮的基层干部，也是个工作狂。他在乡村和单位都有人缘，对儿女却十分严厉。回到家里，他只过问我们两件事情，一是读书，二是劳动。我家有一个不算小的院落，除了西南边用土砖砌了一方矮矮的墙，其他三方都栽的是刺槐树，代替了院墙。北边靠着公家的稻场，东边是小小一片水竹林，正门口栽的是柑橘，院子中间是数十棵泡桐树。这些树木都是父亲带着我们栽种的。他带头挥锄踩锹，挖凼填土，施肥浇水，在黄土岗上经营出一个绿意盎然、生机勃发的山村庭院。我们不仅从中体会了劳动的艰辛，也体会了劳动的快乐。父亲还用黄土拌砂石，在泡桐树林里铺一条圆形的跑道，寒暑假时，我们就在这上面晨跑。

我们就在这林子里读书，朝霞暮霭，春夏秋冬。听得见门前田垄上劳动的喧闹，看得到母亲疲惫地从田间归来。瓦屋顶上炊烟袅袅，竹林里鸟语虫鸣。想来在那个年月，乡野田畴之间，父亲有意而为，为我们辟出这么个读书的地方，的确是书生气。

刚到刘坡的那几年，还没有恢复高考，父亲督促我们读书的方向性并不强。印象中,他关注我们的课本和完成课堂作业的时候不多,老是要求我们背诵些唐诗宋词,看些文学杂志。他经常剪些报纸副刊的小说、散文回来,读给我们听。家里有本破旧的《红楼梦》,有一寸多厚,发黄了,是父亲的藏书。我背着父亲,偷偷地看。父亲发现后,并没有责怪我,反而对我大谈《红楼梦》。他是熟读《红楼梦》的,记得里面的许多诗文,并且就书中人物和情节生发出诸多感慨。我当时听不懂,但对世事洞明、人情练达已经有自己的领悟了。我也能背诵《唐诗三百首》《宋词选编》等里面的一些诗词了,特别记得像"山月不知心里事""竟折团荷遮晚照""留得残荷听雨声"等一堆奇特的句子。我知道,父亲是有自己的文学梦的。他的文学创作在那个年代算是小有成就了,已经在《文汇报》《安徽文学》等报纸杂志上发表了好多作品。他是真正懂文学的,而"文革"断了他的文学梦。我有一种猜想,从二郎河集镇上的那个小阁楼,到刘坡的这个泡桐树庭院,父亲最大的转变,是把他青春年少时期的文学梦转移到了儿女们身上了。

我们姐妹兄弟都是向往读书的。姐姐很小就承担了好多家务,中途还休学了几年,等到我考取了师范,她才复学。刘坡小学就在我家旁边,听得见上课的铃声。铃声响起,姐姐会把手中做的事情停顿一下,听一听琅琅书声。为了我们读书,姐姐付出了好多啊!弟弟是调皮的、贪玩的。我那时养了一只能学舌的八哥,不知怎么惹到了弟弟,他就把八哥摔死了。我为此打了弟弟,这是我印象中唯一一次打弟弟,也因此后悔了好久好久。他会读书,也是偏文科,但后来读省重点程集中学,那里只有理科重点班,他就改学理科了。妹妹那时还小,最为伶俐可爱,全家都宠着,在她读书方面,我就没有印象了。

父亲对我们读书是立了好多规矩的,也费了好多心。在家时,要求我们每天在规定时段读书、做作业,只有腊月三十,正月初一、初二除外，同时又要求我们去挖树坑，挑土填坑。后来伯父出来干涉了，说犯禁忌，开春头上不动土，我们才可以疯玩几天。我们读书、做作业的时候，家里和外面的人都不能干扰，一块玩耍的乡邻小伙伴都得离开，连奶奶和母亲都不会支使我们去干其他事情。父亲一回家就查看我们的作文本和日记，看到认为好的作文，他会招呼我们到一起，他自己读，边读边评点。我从初中就有记日记的习惯，经常是按照父亲的要求观察生活，记录些小场景、人物，记录生活中的一些细节。父亲会用红笔做些批改。实际上他是将我往文学创作的路上引导的。后来恢复高考，父亲也在家指导我写作文，那就是如何审题、如何立意等套路了，那是功利所迫，非他的本意。他甚至还辅导我的语法和修辞，自创出"定主定宾，状谓补谓"口诀，作为我补习语法的速成法。

　　我们的家就这样地融入了这个松风古韵、泥土芬芳的村落。我们放猪放牛，砍柴草，挖野菜，自认为是乡下的孩子。乡邻们也用称许的眼光看我们，觉得我们愿意劳动，喜欢念书，又知书达理，碰见长辈立即站立打招呼，小伙伴们在一起时从不惹是生非。母亲告诉我们，生在一乡，打在一帮，谁家有需要帮忙的事情就要上前去帮。记得我家柑橘树后来挂果了，成熟了，母亲将橘子分成一袋袋的，让弟弟妹妹一家家地送。每当做完这种事，弟弟妹妹都要兴奋好几天。

　　二郎集镇和刘坡都是养育我们的地方，也都是我们的家乡。在刘坡，正是我记事又想事的年龄，难以忘记的人情物事就要多些。那些善良朴实的父老乡亲，那些古韵绵长的民风民俗，都像山野的晨露和早春的细雨，浸润着我年少时的心田。我不管身处何处，都有这山野的烙印。刘坡是我们读书和劳动的地方，也是我们学着为人习文的地方。也许，当年父亲传递给我们的文学梦，就是让我们把人做好。

刊于 2023 年《朝阳阁》杂志夏季刊

仙田瑞谷

仙田瑞谷是宿松县的十大古景点之一。作为历史文化的印记，它呈现的是春华秋实的景象。它既是民以食为天的农耕文明的呈现，也是人与自然融合的精神图腾的展示。

稻花飘香、菽浪滚滚的仙田瑞谷，似乎只是一个季节性的景象。但在宿松民间，仙田瑞谷早已演进为值得骄傲的地域文化。老百姓心里的仙田瑞谷，必然是春夏秋冬，四季芬芳的。

《宿松县志》和《宿松县地名录》对仙田瑞谷均有记述，诸多地方文史中还有详尽的考证文字。仙田瑞谷处在宿松县城东北二十五千米处的凉亭镇。两千多年前的西汉高后四年（前184），始置松兹侯国于宿松仙田铺。西汉末年王莽篡位，松兹侯国降为松兹县（后改宿松县）。这一年，中散大夫张何丹上疏弹劾王莽，被贬为松兹县令。史书上说，张何丹爱民如子，重视农业，组织培育出了一种穗大、粒重、味道香甜的优良稻种，被称为仙田瑞谷。获得丰收的百姓称颂张何丹，各地的耕农也纷纷来这里求得良种，从此仙田铺得名仙田瑞谷，世代相传。

一个地名承载了一位百姓认可的地方官的好政声，传播了两千多年。史载，张何丹为官清廉，体恤民情，为地方百姓做了许多实事。公元18年，松兹大地久旱不雨，张何丹在为民祈雨时不幸中暑身亡。县民为其修坟立碑，建庙祭祀。

几年前宿松县城建山水公园，想为宿松历史人物立塑像。南京师范大学美术学院李向伟教授，创作了张何丹双膝跪地、双手过头托举柳枝祈雨的艺术形象。初稿征求意见时，有人提出异议：在水岸华亭的现代公园里，建这个雕塑会显得不协调。实际上，张何丹为民祈雨塑像立起来之后，大受居民喜爱。为民请命、跪求苍天的张何丹受到老百姓的敬仰，说明民心是最准确的艺术标尺！

仙田瑞谷包含着凉亭河两岸无际的稻田。这里是宿松最大的畈区，依古驿道而得名凉亭镇。仙田瑞谷周边有多处名胜古迹，有同样被纳入宿松十大古景之一的严恭石道，具有"南国小长城"之称的白崖寨，有昭明太子筑分经台的法华寺等。宿松乡贤、清翰林院编修朱书有诗记《昭明台》："高台戍削群山中，杜鹃花发台上红。牧笛横吹过山去，犹说太子分经处。"枫香驿古驿道自东向西穿过仙田瑞谷。从仙田瑞谷走出去的著名诗人祝凤鸣，写出了他的成名作《枫香驿》："枫香驿／在以往的幸福年代／稻田里捆扎干草的／农家姑娘／在一阵旋风过后／总是想象皇帝的模样。"这里还走出了创作《中国，中国，鲜红的太阳永不落》《桃花谣》《莫愁啊莫愁》等歌词的军旅诗人贺东久。

祝凤鸣写了多首关于仙田铺的诗。他抒写的童年乡村，古朴、忧伤、唯美、神秘。这当然有别于眼前高压电钢架线纵横南北、高速公路高架桥贯通东西的现代田野风景。即使是乡村，这里也已经是绿树环绕，阡陌纵横，道路通畅，小楼林立。今日的仙田瑞谷民风和畅，生机勃发，一派和美乡村新景象。

宿松诗人何其三诗曰："何丹故事至今闻，已过千年仍忆君。遥想那时新稻熟，仙田铺上尽黄云。"是啊，百姓的光景越好，就越会怀念那位爱民如子的县令。

登罗汉尖散记

罗汉尖地处大别山南麓，皖鄂两省交界处，是家乡宿松县最高的山峰。春分时节，风和日丽。2022年3月27日上午，我与陈洁、雷鸣、会光诸友同登罗汉尖。

登罗汉尖有南北两条路径。我们选择从南面出发，驱车沿二柳公路进山，经过柳坪乡龙河村、邱山村，到达原国有罗汉尖林场的场部旁边。这时通往罗汉尖主峰有两条路，一是步行翻越一座小山，一是继续驱车攀爬一段斧凿开的山路，绕开这座小山。我们选择了后者。简易的山间公路崎岖险峻，但能节省一个多小时。车至山腰，地势平坦，下车后罗汉尖主峰赫然在目。仰望高处，看得见峰顶之上，蓝天白云衬托的风雨亭。

沿着山脊蜿蜒曲折的石道，我们开始了艰难的攀登。这段陡峭的石道大约两里，最能考验攀登者的体力和耐力。

山脊也是省际分界线，西侧是湖北，东侧是安徽。两边松涛滚滚，翠竹青青。罗汉尖的植被以松杉为主，有竹和少量芭茅，以及不知名矮树形成的灌木丛。

我们不时停下来歇息片刻，擦拭汗水。行到半山腰，已有"路在层顶上，人在半空行"的感觉。眼前叠峰积浪，郁郁葱葱，茶乡竹海，蔚为壮观。身处其境，想起家乡的文人写长溪山"竹气暗生凉，风来草亦香"的句子。往南，罗汉尖是长溪河的发源地，河两边绵延起伏的群山称为长溪山。往北、往东，罗汉尖又分别是北浴河、廖家河的发源地。三条河之水皆汇入二郎河。

一小时左右攀上峰顶。第一次站在了家乡土地上的最高处。多少年前我就经常有登罗汉尖的念头，现在终于实现了。我生性慵懒，少有攀登，如今却借家乡的这座山巅，俯瞰山水。峰顶铸碑，标明此山海拔为1013.14米。记得有乡友借谐音将这个数字巧妙地拆分为：千年守护，一生一世。守护青山绿水，守护人间情缘。新编县志、《宿松地名录》和一些著述，都认可此峰最高，但对海拔高度的量化不一，小有差距。我宁愿相信眼前这青铜所铸的山的高度，为数字里面的寓意。

远近的山水、林木、村镇、民舍，生机勃发，一派春和景明的新气象。这里还能清晰地看到钓鱼台水库碧绿的水面。由于有三面尖、罗汉荡山等山峰遥相呼应，西南还有一座山峰并肩而立，罗汉尖并不显得孤峰独傲。《（道光）宿松县志》是把邱家山、罗汉尖、罗汉荡山、三面尖列在一起记述的。志载："邱家山距县九十里，山阴为蕲州界。高矗云霄，为诸峰第一，亦名罗汉尖。"也就是说，邱家山是包括罗汉尖在内的环列的群山之名。志书中这样介绍罗汉尖："高逾千仞，可望数百里，雨后清晨始见，否则云雾笼其巅。多产异蔬，有罗汉菜。"

站在这里"可望数百里"，似乎难以印证。"罗汉菜"未有听闻，这一带所独有的"雨花菜"倒是远近闻名，不知是否为同一"异蔬"？这里的"罗汉尖云雾茶"也是名特优农产品。

在峰顶，我们还与湖北蕲春县三桥镇的五位男女村民相遇。他们边登山游玩，边采中草药——在罗汉尖主要是采蕨根苗。他们一律斜挎着布袋，像蕲春药圣李时珍采药的模样。罗汉尖一带也是当年李时珍经常采药草的地方——这既有文字的记载，乡间也流传着药圣在此悬壶济世的故事。

罗汉尖如何得名，说法较多。这里有古苍秀丽的珍稀植物罗汉松，有志书所载的"罗汉菜"，但同"罗汉尖"之名谁先谁后，实难考证。民间有罗汉菩萨降伏龙子的故事，称罗汉菩萨变成的大山即为罗汉尖，这种说法也显牵强。附近罗汉荡山有十八罗汉的神话故事，提及真假罗汉尖争高低，交代了罗汉尖的由来。因为有罗汉荡山古刹"罗汉禅林"的禅宗古意，我倒是宁愿信此一说。也许，罗汉尖、三面尖、罗汉荡山本为一脉三峰。

在风雨亭休憩片刻，一阵风过，感到丝丝凉意。我注意到，峰顶上的一丛丛灌木大多还未泛绿。走到近处细看，才见枝上如粟米般的叶芽。地面上，芭茅菀的新绿也才寸许。在山腰上，随处能见到马兰菜和苦菜，而这里的地面还没有泛绿。罗汉尖可能因为海拔较高，春天来得要迟些。山下已过仲春，这里还是初春的景致。春天虽然稍迟，但罗汉尖的春夏秋冬，最高处的四季，一定是最美的风景！

罗汉尖尚在旅游开发的初始阶段，前景广阔。一同出游的陈洁先生介绍，20世纪80年代，他曾作为县文物所的年轻干部，随队上罗汉尖开展过景区资源的考察。当年开展的是"南国小长城"白崖寨景区规划的考察，包括罗汉尖在内的一批名山秀水都被纳入考察范围。考察长达数月，连飞禽走兽、珍稀林木都在摸底登记的范围内。那时山上没有路，草木茂盛，稍有不慎，就可能坠入深渊。陈洁先生说，他至今都记得，有长者反复叮嘱不要"一失足成千古恨"。

回程时，我想起小时候听到的，县委书记和罗汉尖林场一位护林员的故事。这位县委书记和护林员交上了朋友，大雪天登上山，探望深山老林里的山民朋友。及至后来,在县委院内,我第一次见到这位书记,亦倍觉亲切。那天大院里静悄悄的,头发花白的书记在办公室门前边晒太阳边读书,没有人去打扰他。他的那份恬静,沉稳中透着的胸有丘壑,也许就是罗汉尖的高度。

牧笛横吹昭明台
——太子庙的文化记忆

太子庙是距离安徽省宿松县城八千米左右的一个村庄。《宿松地名录》记述,太子庙是当时的五里乡响堂村居委会所在地,并注明"29户、145人",是一个小的村落。清朝《宿松县志》的记载也很简单:"太子庙:在治东十里,旧建,祀梁昭明太子。"

有这样一个传说,一千五百年前的梁朝昭明太子带一些文人雅士,在宿松东乡葫芦坡的民舍居住过一段时间。明熹宗年间,宿松民间流传昭明太子在葫芦坡下显圣,于是有乡绅牵头在凿山南麓建了一座庙。这座庙就是太子庙,地点就在今五里乡境内。

太子庙,作为庙宇几经损毁,作为地名却是无人不晓。数百年来,这里的老百姓把昭明太子作为神来供奉。太子庙即使只是一个村落的名字,仍然是一方百姓福祉的寄托。在我的直觉印象中,太子庙更是一段路。这段路就是宿复线上一处三岔口,往南通达竹墩大官湖、龙湖,往东就是泊湖、黄湖。多少年过去了,三岔口上车来人往,川流不息。风萧雨寒,微光浅吟,太子庙这么一个小地名,留下的却是历史文化的印记。

昭明太子的仁德和殿堂级著作《文选》应当是一个整体。昭明太子和宿松也结有深缘。许多历史文化名城中都有昭明太子的文选楼和读书台。昭明太子编纂《文选》时四处游历，使得他在中国多地留下文化遗迹，其中便包括宿松。清朝宿松籍的两位翰林院编修石葆元、朱书都有诗文予以记述。石葆元的《分经台》："千古鸿文归选手，危楼百尺昔传萧。偶来净域分经卷，又见高台接斗杓。贝叶一编参上座，烟花三月话南朝。只今古寺空山里，梵呗钟声自暮朝。"朱书的《昭明台》："祖父舍身，子孙分经。是祖是孙，梁之昭明。高台戌削群山中，杜鹃花发台上红。牧笛横吹过山去，犹说太子分经处。"

两篇诗文记述的都是处在宿松柳溪山严华寺的昭明太子分经台。石葆元当时正受宿松知县之聘编写《（道光）宿松县志》二十八卷，顺手写下了《分经台》。朱书的《昭明台》写的显然不是湖北襄阳的昭明台。襄阳只是昭明太子萧统的出生地，而他主持编纂的地点在安徽池州、宿松，以及江苏南京、镇江等地。

还有一种说法，宿松太子庙就是柳溪的严华寺。这可能是一种误会。寺和庙有一定的区别，寺是佛教弟子生活、修行的场所，庙是供奉、祭祀鬼神的地方。同时，史料记载的是先有柳溪严华寺，再有昭明太子在此设分经台。宿松太子庙还是在五里乡宿复线三岔口这个位置上。

从明朝建庙至今也有四百来年，太子庙作为地名更容易存世。太子庙的由来实际是口口相传中的一段神话，它是百姓心中的一座神庙。既崇尚梁朝储君的仁德，也希冀文化血脉的赓续。正史里面对宿松太子庙的记述很少，《（道光）宿松县志》的一点记载也是在采访册中，实际就是老百姓的口口相传。我觉得这恰恰体现出了乡土文化的价值。用现在的说法，金杯银杯不如老百姓的口碑。历史的尘烟下面，我们无法看到的是当年昭明太子的俊逸、儒雅和洒脱，以及仁怀济世、厚德为民。虽然无法演绎，但我们相信有这么一段真实的故事。

烟雨桑落洲
——桑落洲诗书画中的文化图谱

小序

烟云罩月，雾锁大江。岁月悠悠无穷尽，长江到海不复回。

桑落洲，与江湖为伴，与日月共生。

桑落洲是长江中下游的一个古地名，处在现江西九江、安徽宿松、湖北黄梅三地接合部，南北朝时期就是著名的古战场，也是周瑜布设九柳八卦阵和练兵点将的地方。

历史上桑落洲几经易属：在汉代属于江西彭泽管辖，汉末又归九江浔阳。桑落洲几经岁月沉浮，洲体发生了巨大变化。

桑落洲如诗似画。是诗，她汪洋恣肆，古意沧桑；是画，她水墨凉薄，黄卷丹青。

桑落洲在诗中、在画中，也隐藏在馥郁久远的岁月里，萦绕在诗人的梦里。

桑落洲，你到底是什么模样？是江湖的烟雨？是古寺的青灯？是不知今昔何年的桃花源？是金戈铁马气吞万里如虎的古战场？

纵有诗文千百首，纵有画卷万千幅，桑落洲依然在月霞云翳里，在翻卷的浪花里，在飘然的鹅毛大雪里，在纷飞的柳絮里。雾里看花，花不语。

桑落洲与庐山近在咫尺，一起入云里雾里，一起入诗里画里。不识庐山真面目，只缘身在此山中。身是庐山客，你尚能进得去出得来。而桑落洲，江中蓬莱，湖中仙境，纵然千年已过，你仿佛在洲之外，没有进去，又仿佛是在洲之内，没有出来。

文人骚客，衣袂飘飘。借着他们的诗文，我多想找寻桑落洲的经络，探摸一下桑落洲的脉搏。借着他们的画幅，我多想揭开桑落洲神秘的面纱，一睹桑落洲拨云见日的真容。

桑落洲的诗文和画幅都在这里。岁月不老，存留着桑落洲的温润和芬芳。它们，或许是解锁桑落洲的密码。力透纸背，或许就是桑落洲的文化图谱。

对着桑落洲的诗画，人们在叩问：岁月不老，当然桑落洲的文化也不老。桑落洲的文化是物质的还是非物质的？桑落洲是历朝历代帝王夺天下的战场，是作为古代遗址而存在？桑落洲见证的是风起云涌，风花雪月，是神话和掌故，是作为非遗而存在？

不论是古遗址，或者非遗，都只是桑落洲文化的存续形式。这更像是一只酒瓶，瓶子里装的是什么酒？除了诗书画、送客亭、明月风帆，还有什么？除了点将台、八卦阵、八千里路风月长卷，还有什么？除了山河易改，世事更替，古镇、水码头、戏台、火神庙、战船、炮火、旌旗，以及荷花莲叶、鹭鸶、大雁、桃之夭夭、柳絮飘飞，还有什么？江湖水文化、戏曲文化、氏族文化，都可以装进这只酒瓶里面。桑落洲文化的瓶子可以是新的，酒却是越陈越香。

桑落洲的文化之花，开在哪一处阡陌田畴？她的地域之边界在哪里？皖赣鄂三省水陆相连，桑落洲多有区划变更。对于桑落洲文化的研究过去只是热在民间，这些年才得以进入课本、讲堂，进入学者的视野，于是开始有了一些地域之论、源流之辩。其实史实有真伪，文化无边界，花香入鼻，鸟语入耳，何论你村我舍？桑落洲文化是一个分割不开的整体。

昔日大江流

晚唐诗人胡玢写了一首很有名的诗——《庐山桑落洲》："莫问桑田事，但看桑落洲。数家新住处，昔日大江流。古岸崩欲尽，平沙长未休。想应百年后，人世更悠悠。"

诗人胡玢没有想到，一千多年之后，这首诗会出现在高考的地理试卷上，会进入高校的自然地理的教程里面，会在初中的"开学第一课"上，让学生仔细品读。

这首诗通俗易懂，无非是说，世事沧桑，看看桑落洲就知道了。几户人家建房定居之处，曾经是大江大河流经的地方。河岸在慢慢地崩塌，长江的流沙堆出的沙滩随着无尽的岁月在增长。想一想，人和自然都是一样，多少年之后，一定会是一番新的气象。

在研究自然的学者眼里，诗人胡玢是在揭示一个自然法则。地球自转产生地转偏向力，造成南岸"崩欲尽"，北岸"长未休"，长江改道。同时，弯曲的河道在经年的冲刷下，凹岸愈凹，凸岸愈凸。

自然学者无法还原历史的面貌，只能在史料中找寻蛛丝马迹。所以，胡玢的诗提供了年代、方位、图景，为学者研究长江地质发育状况和流水地貌提供了实证。这种时空和学科的跨越，以及一首诗歌在地理学、地理史志中的价值，想必是古今诗人都无法想象的。

桑落洲在人文和地理上有着极端特殊性。其特殊性之一，是地理位置上的特殊。古彭蠡泽是一个十分古老的地理概念。追溯到南北朝以前，浩浩长江将龙湖、感湖、大官湖、黄湖、泊湖、武昌湖、七里湖等湖泊水域连成一片。这就是古彭蠡泽。后来，长江主航道南移，北岸抬升，江堤出现，古彭蠡泽逐渐解体，各个大小湖泊就成了散落的珍珠。

不能忽视的还有古彭蠡泽和鄱阳湖如脐带胎盘一样的联系。在久远的年代，古彭蠡泽与鄱阳湖有部分重叠，这也为鄱阳湖继承古彭蠡泽提供了依据。水与水之间，就这样有了历史的对话和空间的承接。

桑落洲是古彭蠡泽的一部分。从水域上看，桑落洲承接了长江之水和鄱阳湖出口之水，北依被称为雷水的龙感湖。从地域上看，桑落洲雄霸现在皖鄂赣三省的部分陆地，大致包括今天江西的江心洲、湖北的刘佐、小池以及安徽的洲头、汇口等。

从桑落洲南望，对岸是庐山、石钟山，这是最能引发站在桑落洲上的文人骚客的诗情画意的地方。特别是登临石钟山，看江湖交汇，观清流与浊水的交汇，一线相隔，恍若梦幻。

从彭蠡湖到鄱阳湖的演变，正可谓沧海桑田。变化和发展是历史永恒的法则。胡玢的诗也是在告诉人们，山水也像天地万物一样，既有衰落又有新启，既有崩塌又有新生。

桑落洲也是千百年来兵家必争之地。船头变幻大王旗，樯橹灰飞烟灭。历史要记住的桑落洲，是它的江湖烟雨，把一个又一个时代搅得天翻地覆。它由于处在长江、古彭蠡泽、鄱阳湖水系的交汇处，形成了战略要冲，自古兵家必争。得桑落洲者得天下。作为古战场遗址，多少英雄豪杰在此拼杀。

三国时期,周瑜在此演绎千古风流。魏晋时期,狼烟四起,金戈铁马的刘裕,在桑落洲大战桓玄、卢循。南北朝时期,王僧辩与陈霸先在桑落洲白茅湾歃血为盟,最终成就一代帝王将相。元末明初,朱元璋大战陈友谅十八载,才有了明帝国的雏形。明末清初,李自成命丧桑家口,被桑落洲山铎真在的民团打死。山铎真在因害怕,逃到庐山东林出家,历史的车轮也因此被桑落洲所扭转,满族才能问鼎中原。清朝末年,太平军与曾国藩大战桑落洲,曾国藩几经磨难,十年后,他终于走上了人生政治巅峰。民国初年,李烈钧在此打响了反袁的第一枪。解放战争的渡江战役,毛泽东电文"西起九江(不含)",这里的不含九江之处,就是古桑落洲。

桑落洲上演了多少人间悲喜剧,有过繁盛,但更多的是兵荒马乱,灾害连连。清末洪水,灾民逃荒,流离失所,史志多有记载。新中国成立后,古桑落洲发生沧桑巨变,这里如今是春和景明,万象更新,乡村振兴,迎来了政通人和的春天!

灯火阑珊处

桑落洲不仅有江豚湖藻,桃红柳绿,汪洋恣肆,也有悠远绵长的人间烟火。相当多的史料记载了这里曾有过的繁华古镇、神庙香火,以及戏台上的曼舞、诗文的酬唱。

根据古地图记载,桑落洲上原来还有段窑镇,后来江岸崩塌,河床南移,段窑古镇消失了。失去家园的人们一分为三,一部分迁居程营,一部分迁居归林,还有一部分迁居现在的湖北黄梅县刘佐乡境内。赴刘佐的乡民至今还沿用了段窑这个地名。

段窑古镇至少在清朝末期还是一处繁华之地。这里设有巡检司、营地,有火神庙,有戏台,江边河营头为船埠,集贸市场远近有名。最具标志性的是,曾国藩率领的湘军曾在这里驻扎。

我们可以尽情地想象一幅画面。古镇上因为要消灭火鸟而敬火神,所以设立火神庙。火神庙每年六月初有盛大的庙会,因而筑戏台吸引乡众。戏台的出现,又给随水漂泊的采茶戏、黄梅调、文南词以登场的机会。从此莲花落式的沿街说唱变成登台小戏,小戏变成折子戏,唱戏又结合了花灯,变成灯歌灯舞。征战讨伐的间隙,歌舞升平。朝廷命官、枭雄武将、文人墨客和古镇百姓,聚于神庙之院,戏台之前,赏曲品茗。曲终人不散,畅饮桑落酒,喧嚣于高墙大院、长街深巷,醉于灯火阑珊处。

即使是搅动过历史风云的人物,也莫不是当年古镇芸芸众生之一员。像戏台上的生旦净末丑,他们终将走下人生舞台,但其诗文的印痕,今天还能复原出一些泛黄的影像。这些诗文中,记录了包括李鸿章、彭玉麟等历史名人的趣闻逸事。

李鸿章在桑落洲外出时,遭遇风雨,写了一首诗。古人写"阻风"桑落洲的诗有好几首,数陶渊明和李鸿章的最有名。"阻风"既是难料大自然的江湖风雨,同时又是旅人突然止步于路途,由动至静,最能体味人生无常,激发"顿悟"。李鸿章的《龙潭阻风怀彭雪琴方伯》:"秋风纵酒浔阳郭,夜月联吟赤壁舟。往事隔年如昨日,故人击楫又中流。万篙烟雨楼船静,六代江山画角愁。不见玄龙湖海气,卧闻凉吹撼汀洲。"

诗的背后有一段故事。诗中的彭雪琴即彭玉麟,安庆人,湘军将领,近代海军奠基人,也曾在桑落洲写过一首有名的诗:"桃花岑旧飞红雨,桑落洲新长绿芜。"李鸿章、彭玉麟是将领,也都是诗人,都好饮酒。

民国著名地理学家张相文著文《桑落乡》，记述了李鸿章、彭玉麟在段窑镇畅饮桑落酒的故事。两位喝酒的诗人一言不合，就在桑落洲上的曾国藩大营里面打了一架。后来曾国藩出面，请两人听戏喝酒。酒酣耳热中两人化解前嫌，握手言和。

多少年后，李鸿章同一位宦友裴景福叙旧，讲述了这段诗酒历程。裴景福将此记载在《河海昆仑录》中，公之于报，成为一段美谈。文中有诗句："六月初六日，青天悬半弓。桑落洲前买斗酒，握手同眠松滋宫。"

水边别离歌

有水的地方最适合做两件事情，一是少男少女谈情说爱，一是文人墨客迎来送往。在水一方，逝者如斯夫，关关雎鸠，在河之洲，水边杨柳依依生发情窦，当然适合爱情的吟唱。桃花潭水，云帆望远，流水使得日暮而天长："仍怜故乡水，万里送行舟。"（李白）孤篷浮云，流水拉长了游子无尽的情意。

有关桑落洲的诗文，不少是借别离以表达亲情无价和友情的珍贵。

水上送客，桑落洲提供了江湖、舟船和埠岸。有舟岸，就有茶馆酒肆，清风亭阁，于是就有了车水马龙，有了街巷人家。

最有名的一首送别诗，是李白的《寻阳送弟昌峒鄱阳司马作》，首句就是"桑落洲渚连，沧江无云烟"。桑落洲的七月，江水涨起，一派烟波浩渺。诗人来到水岸边的送客亭，送弟弟到鄱阳去做司马。李白客居桑落洲，流连于江湖烟雨之中，对桑落洲风物景致了然于心。想必李白和弟弟在桑落洲也有过把酒唱和、对月思乡的一段时日。诗中，李白和弟弟约定,八月十五还要在桑落洲送客亭再相聚,共话亲情。

桑落洲上送客亭,是文人墨客迎来送往最佳的处所了。李白在此送别弟弟的一百年后,诗人李群玉也曾在此送弟弟。李群玉在桑落洲诗中写道"远忆天边弟,曾从此路行",借此抒发怀古思乡之情。

明末清初的诗人仲恒(浙江杭州钱塘人)的送别诗《念奴娇·送闻天倪赴皖江幕》:"桑落洲前,小孤峰下,景物年年在。公瑾遗踪,涪翁旧迹,莫问今何代。"

有名的桑落洲送客诗还有清朝赵文哲的词《台城路·寄怀竹屿即送其之官宿松》:"桑落洲寒,枫香驿古。踏遍马蹄残月,离愁哽咽。"以及清朝赵星垣的《皖江客邸送石琴才归宿松》:"马色枫香驿,帆光桑落洲。双鱼如有寄,好嘱向南流。"

赵文哲的词和赵星垣的诗中不约而同地出现了两个意象:桑落洲和枫香驿。枫香驿是宿松最古老的驿道,距离桑落洲百余华里。意象中,桑落洲的清寒对应枫香驿的古色,枫香驿的官马对应桑落洲的船帆。一条是水路,一条是陆路,都是送客的地方。无法猜度去往远方之客是否打马路过枫香驿,但时空叠加扩大了情和意的纵深。

胡源《和王质夫看梅七古原韵》的诗句"桑落洲寒少行客,枫香驿古无游踪",也是这种意象的运用。

大水悲秋

古代关于长江桑落洲的诗文很多很多,借着桑落洲的江湖烟雨,诗人们有的写景抒怀,如彭玉麟的《肃清江西全省》;有的酬和送客,如李白的《寻阳送弟昌峒鄱阳司马作》;有的题画配诗,如贡奎的《高侯画桑落洲望庐山》；有的怀古叙事，如袁宏蜚声海内的《东征赋》……这里将两位中晚唐重要诗人的两首诗放在一块来品读。一首是李群玉的《桑落洲》，一首是白居易的《大水》。李群玉的《桑落洲》代表了众多的桑落洲情景诗，为阅读白居易的《大水》提供了一个苍茫的背景。

原诗抄录：

桑落洲
唐·李群玉

九江寒露夕，微浪北风生。
浦屿渔人火，蒹葭凫雁声。
颓云晦庐岳，微鼓辨湓城。
远忆天边弟，曾从此路行。

大水
唐·白居易

浔阳郊郭间，大水岁一至。
闾阎半飘荡，城堞多倾坠。
苍茫生海色，渺漫连空翠。
风卷白波翻，日煎红浪沸。
工商彻屋去，牛马登山避。
况当率税时，颇害农桑事。

独有佣舟子,鼓枻生意气。
不知万人灾,自觅锥刀利。
吾无奈尔何,尔非久得志。
九月霜降后,水涸为平地。

在桑落洲的写景抒情诗文中,李群玉的《桑落洲》是优秀诗作的代表。白居易的《大水》孤峰矗立,别具一格。岸崩、水患、兵伐、苛捐……桑落洲是大地上一块深受苦难的土地。大多数的诗人不敢直视,有意无意选择了回避,默默地绕开了对桑落洲苦难的抒写。桑落洲的名人诗文中少见写灾难的文字。只有写过《卖炭翁》《杜陵叟》《琵琶行》的白居易,用他伟大的诗心、佛心,再一次把他柔和的目光投向了底层黎民。若没有《大水》,桑落洲的诗文是不完整的。

就像满园的黄菊,还有木槿、木芙蓉,如果少了这一树桂花,就算不得上品的秋园。这也许就是《大水》不可或缺的意义。

李群玉的《桑落洲》是忧伤的丁香或思乡的蔷薇。桑落洲的晚秋,江面上暮色沉沉,寒风吹起微微的波澜。江心洲上渔家炊烟袅袅,浅水滩的芦苇中雁叫声声。云遮雾罩中的庐山朦朦胧胧,循着隐约的暮鼓声,辨识古城的方位。远方的兄弟啊,你从这江枫渔火中远行,过得怎么样啊?诗人通过描写桑落洲晚秋的夜景,渲染了诗人漂泊寂寥的心境,升华了亲情珍贵的游子体验。

而白居易始终低头看水。《大水》全诗用的是白描的手法,将桑落洲受灾的情况进行了详尽描述。中晚唐的江州为浔阳郡,辖桑落洲。江州一带夏天经常发大水,几乎每年都遭灾。《大水》记录的就是包括桑落洲在内的江州一带的一次洪灾。房屋浸泡在水中,城墙大多坍塌。眼前一片汪洋泽国，水天相连，苍苍茫茫。大风掀起波浪，烈日照射下洪水似乎要被煮沸了。务工经商者匆匆撤离，老百姓把牛马赶到地势高的山上。恐怕洪水未退，随之而来的就是征收税了，雪上加霜，百姓生产自救要受到极大的影响啊！大灾面前，那些拥有舟船的小人，却在趁机敲诈赚取昧心钱。诗人发出既悲愤又无奈的嗟叹：只能期待九月霜降，洪水退去，老百姓重回家园。

《德化县志》记载的清朝乾隆、嘉庆年间的几次大水灾，桑落乡在重点灾区乡中无一次幸免。这是桑落洲不利的位置和地势所决定的。

白居易和李群玉都是中晚唐重要诗人，白居易离世时李群玉十六岁。白居易写《大水》那年，李群玉八岁。李群玉极有诗才，但"不乐仕进"，只做了三年弘文馆校书郎的小官，就辞官回归故里，死后追赐进士及第。白居易写《大水》时，是贬任江州司马闲职的落魄之人。

作为一个有职无权的官宦，面对着桑落洲的多灾多难，以及绿洲家园上的惨淡的烟火，白居易发自内心伤怀忧民。白居易的《大水》反映底层的现实，反映洪灾对农业生产形成了极大的破坏，受灾最重的是苦难的农民。白居易用悲悯之心想到了灾后朝廷收税，一定会影响到老百姓恢复生产的农桑之事。他无情地鞭挞了借水灾发国难财的丑恶小人。

李群玉身处他乡，触景生情，忆起远去的兄弟，望向远方的故乡。白居易佛心悯农，兼济天下苍生。他们都是优秀的诗人！虽然同为诗人，亦官亦民，但两人写作的季节不同，面前的景象不一样，一个是低水位的深秋，一个是高水位的夏季。却都能见诗人的情怀！

诗文千百首，画卷万千幅。历史上有许多文官武将、文人骚客在桑落洲长居或逗留。借着他们的诗文和画幅，我们还能触摸一下桑落洲的文化脉搏。

桑落洲文化是松兹文化重要的组成部分，书画文化又是桑落洲文化不可或缺的内容。桑落洲的书画文化经历了中华优秀文化的积淀和传承，有名家和名品的深厚渊源，有着经典、唯美、诗意的高贵质感。已经渗透进松兹文化文脉里的诗书画艺术，值得珍视。

留存下来的桑落洲诗书画，是一幅壮丽的江山长卷，其中也描绘了一帧帧生动的人文场景。卫夫人在桑落洲的书法启蒙和教授，成就了后来的书圣王羲之。王羲之林中习字，写下著名的《袁生帖》，使桑落洲牧鹅林世代扬名。元代画坛南北泰斗赵孟𫖯、高克恭纪念王羲之诞辰千年，邀文朋画友聚会桑落洲，赋诗作画，创作出《桑落洲望庐山图》《秋山暮霭图》《庐山图》《山水图》等画作，已成美谈。

就我所粗略浏览到的古代有关桑落洲的书法和美术作品，感觉有这样两个特点：一个是山水融合，气象万千；一个是书画一体，交相辉映。

桑落洲的画里山水，为远山近水——山为匡庐之山，水是桑落洲之水。即使是今日，站在归林滩或者三江口，目之所及，最豪迈的也是庐山。庐山有"一山赛五岳"的说法，与浩荡的长江、壮阔的洲地密不可分。山为阳，水为阴。桑落洲山水画，阴阳合一，法乎自然。如同当年的三国周瑜，取桑落洲江段独特的地形地貌，巧布九柳八卦阵。今天的桑落洲，虽然地理地形发生了巨大变化，但我们身处八里江头，依然可以从水道、江岸的蜿蜒中想象出古代的自然景象。这也是桑落洲的画中景象。

"桑落渚，五老峰，胜境常存梦寐中。凭谁唤起高八座，短棹枯筇着此翁。"这是诗人李国蕃在元朝画家高克恭作的《秋山暮霭图》

上的题画诗。水离不开山，山也离不开水，画家画中的秋山与水相连。

元代著名诗人虞集《写庐山图上》的诗，更是把庐山想象为一艘船，航行在桑落洲之水上："忆昔系船桑落洲，洲前五老当船头。风吹云气迷谷起，霜堕枫叶令人愁。"

同样是元朝诗人，贡奎题高侯《桑落洲望庐山图》上有这样描述桑落洲的句子："中有隐者居，平生不受东林招，日夜千帆万柁过未已，谁肯拂袖同寂寥。"同样是贡奎，他在《袁伯长虞伯生约重赋次其韵》一诗中又描写了桑落洲："苍烟历历辨庐屋，丹树煜煜明林丘，安得高侯数相见，添写一叶南归舟。"

桑落洲的画中山水相融，同样画面上的诗书也浑然一体，妙成意趣。

清朝九江知府王凤池画了一幅《桑落村中访友》。这是一幅瓷板画。远山如黛，近水行舟，画意古朴而幽远。画面左上方题七言绝句："桑落村中酒一觥，八年未见米颠兄。昌江日对黄山谷，画里诗间说曼卿。"题诗清新雅致，书法空灵飘逸，是集诗书画为一体的名作。

清朝初期的许恕，"与山僧野人为侣"，是一位浪迹江湖的诗人。许恕题画诗《题赵松雪桑落洲望庐山图》里有这样的句子："桑落之洲清且沘，水光摇摇山靡靡。""东南五老之高峰，坐卧常对乎舟中。"赵松雪即赵孟頫。这首诗流传至今世，而画却不见踪迹。虽然画已分离，但画魂犹在。

高克恭的《桑落洲望庐山图》和赵孟頫的《桑落洲望庐山图》是同期的命题之作，也有两人共同完成一幅画的说法。元初文坛领袖袁桷也曾为高克恭的《桑落洲望庐山图》写题画诗。诗曰："长江亭亭桑落洲，一塔独傲苹花秋。边声已逐鼙鼓尽，水气欲挟渔榔浮。谪仙骑鲸五柳老，真景变灭随沙鸥……"袁桷发出了"披图览古重叹息，天际杳霭疑归舟"的深深叹喟。

比较有名的还有袁华《秋江钓艇图》的诗和画。诗句"我昔系缆桑落洲，好山无数当船头。大孤绝立小孤险，江水远兼湖水流"，巧借奇妙山水，充满了诗情画意。

一幅创作于明永乐年间有关桑落洲的《竹溪清隐图》，由倪瓒作画，张鄱题诗，堪称珠联璧合。诗曰："竹溪隐者世外求，卜居爱此林泉幽。万竿苍玉栖丹凤，一曲清波泛白沤。绝胜云林清闭阁，宛若渊明桑落洲。何日乘舟远相访，筼轩诗酒共绸缪。"

桑落洲的确是奇妙的山水。三省山水相连，老百姓之间的交往特别密切。至今，桑落洲上的老百姓要查看天气预报，还是觉得江西的天气预报更准确一些。这是因为离庐山气象台更近些。也许桑落洲文化也有类似之处，三地的历史文化同天同地，都是中华优秀历史文化的瑰宝！

刊于2023年7月号《中华文化》杂志

古宅炊烟

经常梦到老家古宅周家花屋,还有周家花屋门前的古井、小河以及屋后陡峭的山崖。

坐落在山坳上的周家花屋,约三层楼高,周遭的墙面不开窗户。古宅白墙青瓦马头墙,大门朝北,门边有一对石狮子,正门口过了土坪有一丈多高的大照壁。跨进正门,是深深的大堂厅,正厅摆着一张八仙桌,两个硕大的天井让堂厅总是敞亮的。大宅分东西各三进院落,除了厢房、正房、阁楼外,各院落里都有小天井。

我记事时,周家花屋里面已经居住着几十户人家。不同姓氏的人家,分住各厢房杂舍、正屋偏房。花屋里面弥漫着热气腾腾又嘈杂喧嚣的气息。

依稀记得对各进偏房院落的好奇——昏暗的弄堂被小天井投射的阳光,切割成黑白分明的长三角形。光影里黑黝黝的壁柜窗橱,透着一种陈旧的神秘感,似乎能衍生出故事里的黑白图像。长大后看古装剧和谍战片时,都能泛起记忆,引发遐想。

这是一幅古宅杂居的图景,锅碗瓢盆的碰碰撞撞,兄弟妯娌的争吵,以及一些鸡飞狗跳的风花雪月。

小时候,我更喜欢看大人们在这里开会。大人们在上堂厅,七零八落地散坐着,靠墙一张老旧的八仙桌,桌上放着一盏玻璃罩着的煤油灯。开会从来就是自始至终的闲聊，以及把黄烟抽得满堂厅烟气缭绕。大人们的快乐太容易了，就是这样凑在一块，聊着天，抽着黄烟，逗逗小孩。那么一杆杆竹棍做成的烟筒棒，光亮亮的，黄灿灿的，在他们手中传来传去。你抽完了，用手掌心把烟筒嘴子转转，就递给旁边的人继续抽。烟丝盒就放在凳子头上，两根粗糙的手指撮起烟丝漫不经心地搓捻着，搓成豌豆般的烟丸，按进烟筒棒的烟窝里。又用黄表纸在两掌间轻轻地揉，揉成细长的烟媒子。烟媒子点燃了，一噘嘴，把明火吹灭，点着烟抽。

孩子们踢毽子、跳房子、跳绳、摸石子、扔纸飞机。从树上摘下来的桃子，把鲜甜的果子吃了，剩下的桃核子就是孩子们的快乐。他们在堂厅的地上画出几排方格子，在格子之间跳来跳去。跳累了，又钻进花屋里的厢房躲猫猫。念过私塾的周先生，带着大点的孩子从花屋后面的山上锄来黄黏土，掺水搅成浓浓的水汁，又把黄表纸折成小格，叫大家趴在堂厅的方桌板凳上，用毛笔蘸着红红的水汁练字。

周家花屋现在也只剩一个地名了，古宅已经消失在风烟里了。这也是乡村一些古色古香民宅的宿命。残存不多的民居古宅，多是改作了氏族的宗祠。即使如此，留下的大多也只是正堂厅，偏屋厢房颓垣败瓦，渺无人烟。

站在营山上，能看到周家花屋屋场的全貌，散散杂杂地建了一些新房子，房顶是灰白的水泥坪。正午，几家的房顶上飘起了淡淡的炊烟。

刊于 2023 年 2 月 23 日《安徽工人日报》副刊

星光黯然阡陌路
——旧时乡学小考

旧时的乡学中，私塾（私学、学堂）占有较大的份额，其后是社学和义学。在乡村，乡学占主导地位，因为国立或公办性质的教育机构到清末才渐渐兴起。乡学可以追溯到几千年之前，大约孔子就是最早的塾师。我国许多有影响的历史人物都担任过塾师。

读朱洪教授的《朱书传》得知，桐城派代表人物朱书也任过塾师。那一年，朱书二十一岁，为了养家糊口，告别新婚不久的妻子，只身来到县城北七十余里的严恭山，开馆教授。朱书的教馆破败不堪，教室兼作卧室，墙壁遭雨淋，以致有坍塌的危险。为此他在陋室里写下了《贴壁答言》。

清朝和民国时期，是宿松乡学的鼎盛期。不同时期的县志和教育志对此都有所记述，但史志上鲜见对乡学办学规模的准确表述，这与当时缺乏完整的统计有关，倒是对公学的量化表述相对较多。1930年安徽省教育厅编《地方教育概况》记载："1928年全县有私塾337所，学童2592人。"《宿松县志》（1990年版）的记载是："私塾是本县旧时各地普遍存在的一种教育形式。民国三十七年（1948），木梓、凉亭、套口、韩文、柳溪、佐坝、毛坝、梅墩等乡，有私塾133所，学生达1768人之多。中华人民共和国成立后的1950年7月，长岭一个区仍有私塾76所。"《宿松教育志》对私塾有这样的表述："它在宿松存在的时间之长，分布地域之广，可谓宿松旧时代教育的一大特点。"私塾在宿松乡村消失的时间大约在1953年。

宿松私塾的设置大致分邀馆、门馆、专馆三种方式。邀馆是指延聘塾师来乡村设馆，门馆是指学生登门求学，官绅、富户聘请塾师到家坐馆即为专馆。根据塾师学识高低，学生课业深浅，私塾又有蒙馆和经馆之分，先读蒙学，继入经馆。经馆塾师一般学识丰富，蒙馆塾师相对次之。

蒙馆教材主要是《三字经》《四言杂字》《六言杂字》《百家姓》《千字文》《女儿经》《增广贤文》《龙文鞭影》《幼学故事琼林》等。经馆教材主要是"四书""五经"《古文观止》《左传》《古文释义》《古文笔法百篇》《古文辞类纂》《东莱博议》《纲鉴总论》《唐诗三百首》《千家诗》等。

我一直有一个疑问。粗读朱书的诗文，发现朱书除了博古通今，对家乡的本土历史文化也有全面深入的了解。朱书在宿松乡土文化的浸润中，描画自己的人生坐标，是一个方位感极强的人。那么，朱书那一代人是怎么接受乡学的本土文化教育的？

这就牵涉私塾的教法特点：一是从蒙学开始就把识字诵读和儒学灌输、伦理教化同步进行，二是注重本土历史文化传承。塾师的本土化和开发本土文化的教本使得地域性的文化传承具备了前提条件。清末民初宿松人贺人寿就编写了《宿松乡土文化》一书，1911年由安庆昌明书局印行出版，作为学堂的地方教材。《宿松乡土文化》一书五篇十七章，从"古代松兹"到"大清开国及立宪时期"，介绍了宿松四千年历史，作"桑梓蒙稚之用"。

塾师是一个特别的乡村文化群体。宿松教育志书中对许介云、余养之、吴提玉、石锡康、王海门、黎月樵、商雪阳、熊畴九等著名塾师存有简介。他们的共同点为都是宿松本地人，都是饱读诗书的文人。像塾师余养之，二十岁考中秀才，废除科举后致力于设经馆教书。他学识渊博，新旧兼优，由单一教学生"四书""五经"，到逐渐教学生写白话文，学点语法，增开"演算课"，并从《易经》八卦周天演算方法中，研究出代数、积分等。先生培养的学生遍及宿松东、南、北乡。著名的学生较多，有留德钢铁博士冯翌，有为革命献身的石善之。

地方的教育史志中曾沿用"冬烘先生"和"聊赠一枝"来形容部分塾师。"冬烘先生"指昏庸浅陋的旧时文人，"聊赠一枝"大约是借用唐诗"江南无所有，聊赠一枝春"的句子，来形容塾师的贫穷落魄。虽然是调侃，但也含有贬损的意味。其实，在风雨飘摇的岁月里，立足乡土的塾师们用微光烛火点燃的，是同样生活在底层人的人生的光亮。对他们曾经肩负过的"燃灯"使命，我们应该给予更多的敬意。

乡学对传播祖国的传统文化及推广识字运动，起过不可替代的作用。旧时的宿松地处省境"边陲"，山穷水恶，交通不便，风气闭塞，文化落后，这为乡学的兴起提供了土壤。但乡学又当然地成为新文化和科学推广的阻力。这在宿松表现得尤为明显。

私学和公学本来就是一对矛盾体。新文化运动之后，一个崭新的时代到来，宿松旧时的私学对"春江水暖"的感知犹显迟钝，这也让后世付出代价。

宿松乡学在民国时期，曾经风头盖世，把公立教育机构逼到了死角。据载，到民国后期，宿松公办学校极不景气，而私塾愈办愈炽。甚至在1950年7月，仅长岭一区仍有私塾76所。

志书记载，清末的维新中学堂和民初的私立北山中学，分别只办了三年和二十年，均停办，究其原因是多方面的，与学生流入私塾，学额不足有很大关系。这种多数人经历私塾，学文不学理，学而优则仕的状况，在当时形成了负面影响。民国元年（1912）至十年（1921），宿松的大学毕业生154人，其中学法政、巡警专业的132人，约占总数的86%。学理工专业的2人，约占总数1.3%。这与现在的学校没有开齐、开足课程，必然造成高考的文理科"跛腿"是一样的性质。

　　宿松民初私塾之兴盛和公学之衰落，有其特殊性。私塾之兴与后来宿松的理工科大学生乏人之间构成的因果关系是成立的。但是史志上将公办的衰微完全归结于乡学，则经不起推敲，它们之间只是一种不充分的因果关系。公学的衰微同地区闭塞、思想守旧，同政府财力和精力不足，特别是军阀混战、时乱民困等不无关联。也可以进行一种反方向的表述，即公学不力为私学兴起提供了一定的契机。例如，1988年的《宿松文史（2）》曾载文这样介绍抗战时期宿松的私塾："县内各宗族纷纷以族田祭产作为教育基金，恢复或创办小学百余所。""1938年春，贺京、贺登知再次牵头，将族田三千石作为基金恢复崇文小学，并在养英山庄设分校一所。"当时，一批有识之士纷纷投身乡土教育，兴教办学，捐资助学，充分展示了国难时期民间办学的积极力量。

刊于2023年《振风》杂志增刊号

流浪的飞萤
——乡村旧学笔记

1913年的一个冬夜，寒风萧萧。几盏烛光照亮了安徽宿松县松塘庄抱阳岭上的段觉公祠。段氏家族的重量级成员正在这里开会议事。

这一晚，段氏家族决定，以段氏每年约五千元的公有田租为基金，筹建私立北山中学，公推段斌（字熙之）为校长，同意把段觉公祠作为校舍。

至此，民国时期安徽省宿松县的第一所中学诞生了。段觉公祠的烛光，照亮了一批旧时代乡村少年的人生之路。

1914年春，乍暖还寒，北山中学正式开学了，首批招生44人。五年之后，学校迎来了第一届毕业生，也迎来了北山中学附设高等小学抱阳小学的诞生。

风雨如晦，故园飘摇。列强争夺，军阀混战，中华民族处在灾难深重的岁月之中。中国共产党在反动统治的扼杀与"围剿"中艰苦抗争。

北山中学的办学之路也是举步维艰。1929年6月至1930年4月，国民党流寇韩世杰三次率兵攻占宿松县城，沿途抢劫财物。史载，流军侵扰北山中学，"学校设备损失甚巨"。遭此打击，当年附属的抱阳小学停办，学校元气大伤。到1933年时，学校只剩两个班级19名学生。1934年，宿松遭遇特大旱灾，北山中学被迫停办。

在停办之前，北山中学有过困窘中的挣扎。1931年，也就是韩世杰流寇侵扰破坏学校的第二年，私立北山中学发出了《新建校舍募捐启》，历述段氏家族创校十七年的艰难，特别是借诸公祠为校舍，因陋就简。学校已经毕业学生八九届，校风纯正，成绩优良，"士林嘉许"。"募捐启"宣告："念教育为共同事业，既非个人一己之私，幸基金有固定来源，无虑此后进行之阻。"呼吁"合众志以成城，大夏同支，各解囊以相助"。然而，由于时乱年荒，募捐行动并未进行下去，新校建设计划流产，而学校也因此停办。

七七事变之后，中华儿女奋起抗战救国。当时宿松的一大批有识之士，有感于"欲图国存，必开民智"，纷纷投身教育事业，全县掀起办校热潮。1939年，由熊材炎、项克理、段松椿等知识精英牵头，恢复了停办六年的北山中学，校址定在阳抱岭段氏家宅。

浴火重生的北山中学命运多舛。复校不到两年，遭到日本飞机轰炸，毁坏校舍十间和大批教具，一名农工和一名家宅主妇被炸死。为了躲避战乱和灾祸，从1939年到1947年的八年中，这所乡村学校六迁校址，成为一所在乡野里、寒风中"流浪"的学校。

每一次迈开"流浪"的脚步，都是一把风刀霜剑的辛酸泪。看看这串沉重的步履：1941年学校被炸，被迫迁校至高岭乡的社坛铺。在社坛铺，师生参加抗日宣传活动，与新四军多有接触，1942年秋政府以"赤化"之名强令停办，经过反复周旋，才同意改为县立初级中学分校，迁址于凉亭镇东门山贺氏启六公祠，1944年又回迁社坛铺原址。社坛铺在太湖宿松两县交界处，中共领导的游击队十分活跃，县政府担心学校再次"赤化"，1946年强令迁校于百华里外的坝头下夹口东平宫，1947年，洲区遭遇洪灾，校舍被淹，学校被迫搬迁到湖区的许岭镇，借用房舍上课。

北山中学在浪迹过程中，同县立初级中学有过分分合合的经历。

两所学校同受患难，共克时艰。1942年虽然进行了合并，但花开两枝，各自办学。1945年秋经批准，私立北山中学又恢复校名，直到1949年新中国成立后再次合并。七年中，两所公立、私立姊妹学校，傲霜斗雪，风雨兼程，分别毕业十四届和五届学生，毕业生1284人。两校作为现在的省级示范高中宿松中学的前身流传史册，从此再无北山中学。

1941年，北山中学又发出过一份《筹建社坛铺新校舍募捐启》，叙述学校遭敌机狂炸后，竟成瓦砾。办校同人本着百折不挠的意志，力图复兴学校，呼吁社会各界解囊相助，"庶几积沙成塔，集腋成裘"。从1944年学校又回迁社坛铺原址的情况分析，这次募捐行动进展顺利，新校舍得以建成。

北山中学在风雨飘摇中起起落落，显示了其扎根乡土的顽强生命力。这中间离不开一批开明贤达之人，如段斌等段氏族人，还有熊材炎、项克理、段松椿、熊元楷、徐祖壬等知识精英。熊材炎不仅在北山中学恢复办校的过程中发挥了重要作用，在学校遭强令停办之后，又是他挺身而出，不顾个人的荣辱安危，同政府辗转周旋，才得以保存学校建制。熊材炎还先后担任过县立初级中学和北山中学的校长。熊元楷、徐祖壬也担任过北山中学的校长。

旧时中国的乡村教育是从苦难中走出来的，北山中学是一个缩影。它几度存废，艰难辗转于山水之间，数易校址，四易校长，同时依托田租、捐资、公祠、私宅的接济安身。它"流浪"的身影，就像山野田畴上的萤火。它却用萤火微弱的光，点亮了乡村少年的人生。

刊于2023年《振风》杂志增刊号

以哭当歌
—— 乡风旧俗笔记

"缠绵悱恻哭嫁歌,一怨三叹断人肠。"哭嫁是旧时婚嫁中一种十分有仪式感的民俗,全国各地的乡村大都一样。当然哭嫁哭些什么,怎么哭,就不大一样。

小时候我见过乡村哭嫁。同屋有婚嫁喜事,小孩子喜欢凑热闹。姐姐出嫁时哭嫁的场景,我至今犹记心头。我看过宿松县乡土文学作家石普水、郑英豪等先生对哭嫁的文字记述,他们对亲历亲闻的哭嫁皆有细腻生动的刻画。

婚嫁是乡村的喜事,喜事喜办,从头到尾都要乐之歌之。所以,置嫁妆要唱压箱歌,给新人换鞋袜衣裙要唱嫁妆歌,为新娘当胸挂避邪的铜镜子要唱挂镜歌。从插头花、盖纱巾、起花轿,一直到拜堂、撒帐,都要唱歌。而哭嫁,是婚嫁中抒发真情实感最核心的环节,喜乐与怨艾交加,无以言表,唯有以哭歌之。

哭嫁作为乡土文化,有着多重的意味。如张艺谋创意策划的《印象——武隆》,就呈现了西北哭嫁场面的绵绵意韵。在粤西东海岛,哭嫁歌被称为"哭"出来的乡村艺术,文化的外延被放大。湖北的土家族,女孩子从小就会练哭嫁,即将出阁的女孩可以"哭"到亲戚家的门口,亲戚还要发红包。

哭嫁又是一种奇特的文化形态。喜乐为之哭，悲愁为之哭，幽怨为之哭，以哭为唱，歌之咏之。把哭腔拖长，拖出起伏的节奏，又借民谣的韵律，完成一种俚俗的乡村吟唱。

小时候我读过父亲的一篇小说，描写一位农村妇女，记得有"手长衫袖短，有星难照月"的句子。最近我翻阅乡土资料才知道，这就是脱胎于家乡一首哭嫁词里的句子。娘哭给要出嫁的女儿听："儿啊！娘手长衫袖短啊，牛尾巴遮不到牛屁股啊，有心（星）不能照月啊，没办什么嫁妆啊，出不得朝，给不出手啊……"多么形象生动，哭嫁词也是群众语言艺术的矿藏。

哭嫁的主角总是母女，不论南北东西。毕竟母女之情最纯真、深厚，辞家之女最感恩的是母亲，最想哭诉的是难舍难分的亲人间的离愁别恨。宿松哭嫁词中，母女之间的对哭比较多。女儿伤离别："难舍难分哭断肠。""寒露霜降水推沙，鱼归长江客归家。"……娘用哭声叮咛和祝福女儿："公婆面前细声气，丈夫面前莫高声，看到亲房叔伯要让路，人来客往要起身。""秤称金来斗量银，当中坐的是聚宝盆。珍珠米、粒粒圆，生个外孙中状元。"

当然哭嫁并不限于母女。姐妹、姑嫂、亲戚里的女眷、同屋的妯娌，特别是儿时的女伴，都会加入哭嫁的队伍。哭嫁人处在不同位置和人生状态，自然对婚嫁主角女儿变媳妇的身份转换有不同的感受。她们为女儿哭，有时也为自己哭。或许，起初她们有的并不是动情而哭，只是相信乡村"越哭越发"的说法。哭吧，哭得女儿的娘家婆家都兴旺发达，哭得同族同屋也兴旺发达。但哭着哭着，假意转成了真情，为离别与情谊而哭，为生活与命运而哭，泪如雨下，难以自控。歌与哭，此时都可视为乡村妇女抱团式的情感释放。

比较而言，在宿松记录下的民间歌谣之中，以情歌居多，属于哭嫁词的比例并不高。这有两个缘故。一方面乡村婚嫁风俗讲究程式，对应的哭嫁词也逐渐被格式化了，基本上被感恩、辞亲、祝福，以及"孝、义、贤"所占据，被记录的就是这些相对的"固定动作"。而哭嫁还有相当一部分是哭嫁人见情见景，有感而发，即兴而作，这自由的歌哭大多没有被记录下来。另一方面，即使是记录了，自由发挥变为流通的文字也有诸多禁忌。

我相信这些有文字禁忌的"哭"恰恰是最真实的声音。旧时代的女性地位卑微，束缚严酷。特别是出嫁女，身份突然变化，即将进入一个陌生而未知的天地，生存压力和心理负担可想而知。包括出嫁女在内的乡村女性平时并无宣泄和减压的途径。哭嫁，赋予了女性一次难得的话语权。借此机会，她们一定会有淋漓尽致的哭骂，这是对宰割和凌辱女性的礼教的揭露，对男尊女卑、践踏人性的谴责。这些哭骂没有被很好地记录，是一个遗憾。

宿松流传最广的一首哭嫁词竟然是："一粒谷，两头尖，爹娘留我过千年。千留万留留不住，婆家花轿大门边。娘哭三声牵上轿，爹哭三声锁轿门；哥哭三声抬轿走，嫂哭三声别家人。"这般安稳平和、人畜无害又保留着亲情的哭嫁词，才最适合于文字的记录。当然也看见几首哭骂轿夫和媒婆的，骂得粗俗，也骂得解气。这是因为，既然有许多不敢骂、不能骂的，如家族的不公、对婚姻的不满、父母乱断女儿终身幸福等，就只能骂轿夫、媒婆，让他们做替罪羊。

还有一个做替罪羊的角色是后娘，这也是民俗文学中的传统。宿松哭嫁词中流行甚广的一首，描述后娘与女儿不睦，恶毒的后娘通过哭嫁咒骂出嫁女，出嫁女又回骂后娘。后娘的哭嫁词是："儿啊儿！

你上了轿，钉上钉，头上搭的盖面巾，今日花轿门前过，明朝想也莫奈何。"板钉钉、盖面巾、奈何桥都是咒骂死人的。女儿以牙还牙，机灵地以哭腔回应："娘啊娘！你儿花轿嫁，红轿回，麒麟送子抱儿回，还不知外婆袋不袋（宿松方言，在不在）。"同为女性，这种乡土文学的人物塑造，或许对后娘并不公平。

同为弱女子，我看到湖南土家族有这样的哭嫁词："如果我是男儿身，家里种种都有份，神龛写字也有名；如今成了女儿家，爹娘把我赶出门，一夜成了外乡人。"这隐忍和内敛的哭诉，可能是那个年代的女性最强烈的心声了。

新时代的文明和进步，已经荡涤了许多陈旧的乡风民俗，哭嫁这种婚嫁习俗在乡村也随之消失了。在现代的节奏里，时尚的音响，不可能容纳农妇村姑的俚俗乡音。如今的新嫁娘们，再也听不见自己的母亲、姑姊以及儿时的女伴以哭当歌，倾诉衷肠了。

刊于 2023 年 2 月 5 日同步悦读公众号

土语的嬗变

几天前碰见一位老乡,离开家乡几十年了,回到家乡宿松县,却讲得一口流利的乡音。他给我讲了一件趣事。在南京,他们几位老乡一块聚会喝酒,相互之间用家乡的土话来斗酒。倘若你能说出一句稀罕的家乡土话,其他人都认可了,那么其他人就要把满杯子的酒饮进肚里。怪不得这位老乡的乡音保留得这么好!

我想象着老乡们斗酒的热烈场面,嗅得到酒香中浸润的浓浓乡情。

当时我随口问了一句,老乡们平时聊得最多的有哪些土话?这位老乡竟一口气说出了一连串的土话,末了他还补充了一句:"特别是'捉砣',老乡之间用得最多,也最具有喜感、幽默感,什么样的说话场景里都用得上。"

老乡这样一说,使得我重新打量起"捉砣"这个词来。应该说,"捉砣"这个土语刚在宿松产生的时候,是一个绝对的贬义词。说你"捉砣",那么你一定是个坏人。说某件事有"捉砣"的性质,这件事情就肯定是一件坏事。

因为"捉砣"这句土话的起源,就是描述商品交易中的一种欺诈和算计行为。说它最早源自宿松县,更准确地说源自该县的二郎河集镇,大概是没有争议的。二郎河集镇是省与省间的古镇,集市贸易闻名遐迩。小商品的交易论斤论两,离不开秤称斗量,杆秤就成了最重要的度量工具。杆秤是由秤杆子和秤砣两个部分组成,杆有刻度,砣有轻重。俗话说"人心不足蛇吞象,秤砣虽小压千斤"。秤砣衡量商品的重量。这时小商小贩中有坏心眼的人就打起了秤砣的主意,多置办几个轻重不一的秤砣,交易中暗中使手脚,要让商品分量重点就上轻些的秤砣,要让商品轻点就上重点的秤砣,反正总是交易的另一方吃亏。这个暗中调包的过程,就是"捉砣"。

"捉砣"作为一句土语很快流传开来。它用来形容那些欺诈、哄骗、诈骗、愚弄人的行为,以及一些用心机、做手脚,图谋不当得利的人和事。也有人将"捉砣"定义为"用不好的心机和手段使对方吃亏"。宿松贤达老海研究家乡方言,他在有关宿松方言的专著中对"捉砣"也有一番解释:"作砣"一词是20世纪80年代出现的,原本是小商贩买进卖出时在钩秤的铁秤花上做手脚,那时叫"作弊"。后来有人专门在外结伙设圈套行骗,而且通过"传、帮、带",干此行的越来越多,于是,借用小商贩的伎俩创造了"捉砣"一词。

老海的解释界定了"捉砣"的产生时间,以及由"作"到"捉"的演变,其提出的"铁秤花上做手脚"也是乡间流传的一种骗术。听说还有秤钩上的骗术,也许都存在过。"捉砣"的"砣"也有用"驼"或"坨"字,都是用于注音,相对而言,"砣"字更有情境感。

在现代汉语中,想找出一个完全可以替代"捉砣"的词语也比较难。如果能找到,那么"捉砣"就无法作为土语而存在了。

"捉砣"一词的传播速度和在乡友中的覆盖范围,可以称得上是方言土语中的"文化现象"。传说海外留学生的口语中都常用"捉砣"的字眼。还有的说某某词典把"捉砣"纳入了词条,这当然是民间的讹传。然而,宿松方言土语许多都是脱胎于古汉语,经千百年的衍生与进化而形成的,像"捉砣"这样新鲜的土语极少。这与改革开放后商品贸易的蓬勃兴起、人们对市场欺诈的预防心理,以及骗术奇特、土语又有动感等因素有一定关系。当时,围绕"捉硪"有一些很邪乎的传闻,甚至说"捉硪"的人能把死猪崽当成活猪崽卖出去。特别是集市上有少数人,通过耍"三张扑克牌"和贩假银圆的骗术非法牟利,也被纳入"捉硪"范畴,形成灰色地带,为"捉硪"的传播推波助澜。

一般来说,土语依存于方言的土壤和社会的环境。"捉硪"是宿松土话,只适合在宿松方言区使用,用宿松话讲"捉硪"才见其韵味。倘若用普通话讲"捉硪",就有点不伦不类。所以"捉硪"这个词,大致跑不出讲宿松方言的圈子。

但"捉硪"土语的嬗变出乎人们的意料。如今乡友们口中的"捉硪"所要表达的内容比过去的"捉硪"丰富得多。宿松许多土话随着社会环境的变化,逐渐消失了。如"折斛""扇斛"这类标识农村通用的农具的,随着新型农机具的出现,旧农具没有了应用价值,这类方言土语也就基本消失了。但"捉硪"的际遇不一样。随着乡民的文明程度提升,社会法制的健全,商品交易方式的改变,诸如电子秤、手机支付等的出现,现在已经鲜见那种带铁钩的杆秤,连制作杆秤的技艺都已经是"非遗"了。"捉硪"源起时的环境发生了根本变化,而这个土语却不见消亡,活跃度不减反增。

适者得以生存,一方地域的土语也一样。"捉硪"的内涵和外延在传播中得以嬗变,用过去的概念已经远不能完整定义它了。如,你原本是择了好天气出门登山,出门时却碰到下雨,你会骂声老天爷"捉硪"。朋友在乡野上召唤你,樱花开了快来看,实地一瞧,樱花含苞待放,朋友只是想约你一见,于是你也会笑骂一声"捉硪哒"。所以,如今要定义"捉硪",就要包括贬义和褒义两个方面。即便算不上有褒义,至少也是把善意的谎言、相互之间的打趣和无伤大雅地捉弄对方、玩"愚人节"游戏等,划入"捉砣"之中。随着语境的不同,"捉砣"的内涵发生变化,但不变的是它总带着一点小机智、一点诙谐与幽默。

宿松方言中还经常有"肥砣""砣爷"的说法。这个"砣"是在"捉砣"的演进中分离出来的。这个"砣"经常用来形容那种有一定的价值又被别人利用了的人,特别是那种没有心机,容易上当受骗的人,好比"捉砣"中的那个笨拙的秤砣。如果有人说你是个"砣"或者"肥砣",那大致是一句骂你的话。但说你是"砣爷"就不一样。做"砣爷"有时候是指被人利用了,但更多的时候是指那种擅长指使人、利用人、算计人的人。当然,若有人说你是"砣爷",大多带有调侃和揶揄的意味。

我有这样一种感觉,"捉砣"土语在二郎河集贸市场上冒出来的时候,与生俱来地带有一股喜感。二郎河的乡民在过往岁月中唱响了宿松民歌,唱亮了黄梅采茶戏,有艺术的天分。当乡民中出现少数耍骗术的顽劣之人时,"捉砣"的土语出现了。它机巧地警示着这般小人:别使坏了,我们已经看到了你的坏肚肠。这就像春晚小品《卖拐》一样,于观众笑声中剥光了骗术的外衣。

还有,"捉砣"源于二郎河集镇,但这里乡民良善、机敏、勤劳、喜乐的群体形象并没受到多少的影响。在过往中,这里没有产生一个所谓"捉砣"的代表性人物,更没有生发出一件形成不良影响的"捉砣"事件。可见当年"捉砣"的土语一出现,"捉砣"之人即"见光死"。总体来看,二郎河集镇的乡民是容不下那种玩雕虫小技来损人利己之人的。

我的故乡在二郎河。二郎河的集市交易的确有其特殊之处,街头巷尾随处都有集市交易,旺季街上人潮拥挤,水泄不通。同时集市交易呈现季节性特点,为农村和农事提供小商品。到20世纪末,这种集市繁荣的面貌依旧。这也印证了"捉砣"的只是极小的一部分人,倘若满街都是行骗的，怎么也不可能有如此的商贸繁华。相反，"捉砣"土语的流行，对赶集的人是提醒，对使坏的是震慑，相当于如今的打假宣传，对健康的集贸秩序是一种促进。

如今在不同场合，操着一样乡音的宿松人，总会笑谈"捉砣"。这好像是在用土语斗酒一样，谈着轻松的话题，却又总是能出新出巧，带出快乐的气氛。我们会发现，"捉砣"一直保留方言俚语的乡土风貌，这个土语不适合出现在壮阔的场景里，也不适合于宏大的叙事，只有日常生活的语言环境才用得上。它注定登不上大雅之堂，没有在哪份正式的公文里面，在哪位地方官员的重要讲话里面出现。甚至现在在交易过程中，也不会用上"捉砣"这个词语了。平时普通人的娱乐，打麻将、掼蛋时总会使些手段去迷惑别人，但场面上也没有人用"捉砣"去形容对方。它更适合于戏谑和幽默，适合把气氛调节得活泼点。一般来说，"捉砣"也只会用来调侃对方，不会自己说"我捉你的砣"，只会说"你捉我的砣哒"，或者说"他这个人喜欢捉砣"。

总之，"捉砣"仍在鲜活地进行它的土语表达。在演进过程中，它贬义的意味逐渐淡化，其中的喜感得到呈现。它同家乡一些有标志性的土语一道，成为一种本乡本土人的身份认同。见面说上一句"你捉我的砣哒"的玩笑话，家乡人之间的距离就拉近了。"捉砣"除了带给人喜乐之感，也在提醒乡友，要做一个诚实守信、乐善济众之人。

刊于 2023 年 4 月 20 日同步悦读公众号

野菜之"野"

每年春夏之季，我总会有几天时间到户外去采摘野菜。这一时刻，我会把自己想象成一个会撒野的孩子，任身心放飞在田间地头、林中溪边，呼吸新鲜空气，在树木花草之间，寻觅田园野趣。

这种田园野趣，源自于所采摘的野菜。野菜生长于沃野村外，非人工栽植。其野，在于漫山遍野任性生长，不愿受到田畴地界的约束；其野，还在于已经不仅仅满足人的口腹之欲，同时在郊游、调味、入药等诸多功能中调动起人的闲情雅致。这里的雅致即是野趣吧。

家乡能食用的野菜到底有多少，我实在没有弄清楚。我知道的有苦菜、荠菜、豌豆荚、野水芹、马兰头、蒲公英、鱼腥草、桔梗、鼠曲草、蕨菜、野葱头、雨花菜、罗汉菜、香椿芽、槐花、马齿苋、车前草、艾蒿……这些野菜的学名并不常用，而别名又特别多，有的多达十几个别名。我们那里把荠菜叫地菜，野葱头叫小嗦。我采摘过的野菜也不下十几种吧，最多的是苦菜、野芝麻菜、荠菜。有的野菜我至今只闻其名不识其形，如扫帚苗（也称地肤）、枸杞头。今年春天采摘的一种野菜，与马兰头相似，因主秆较长，大家称之为"高脚马兰"。还有清明菜，有人说凡是适合在清明前后采摘的野菜，统称"清明菜"；另有一种说法，清明菜是野菜的一个种类，又称"佛耳草"。仅看菜名的变幻万端，就能见野菜之野了。

《诗经》有云："思乐泮水，薄采其芹。"这里的芹，指的是香气浓烈、野气十足的野水芹。还有诗咏洋槐花："槐林五月漾琼花，郁郁芬芳醉万家。春水碧波飘落处，浮香一路到天涯。"从诗句里面也足见洋槐花之野。茵绿脆嫩的野菜，原汁原味，滑爽可口，即便微苦微酸微涩，也别具风味。野菜的香气大多也是浓烈的，透着袭人的乡野芬芳之气。

说野菜性子野，还在于其偏于一隅，择地而生。雨花菜、罗汉菜只生长在很小范围的一片山地之中，莜麦菜只在家乡的洲地、湖区才能采摘得到，荠兰菜只有在下仓镇的湖圩里才找得到。

野菜的食用，以素炒、凉拌、烧汤为主，也可以做包子馅和饺子馅，腌制酸菜。也有一些野菜食法特别。"三月三，地菜当灵丹"，用荠菜熬的粥，被乡里人称为"百岁羹"。鼠曲草（小野蒿）捣碎，和糯米粉做的鼠曲粑，又称"水莰粑""水蒿粑"，是家乡最独特的美食。长得像小香葱的小嗦同豆渣拌煮，清香馥郁，是乡土名菜。雨花菜炖肉、做汤都是不可多得的食品，也是火锅的料菜。听说用清明前后鲜嫩的艾草做的艾蒿粑，用槐花做的槐花饼子，都相当可口，不过我还没有品尝过。

难以辨识，也属野菜之野。陆游有诗曰："日日思归饱蕨薇，春来荠美忽忘归。"我原以为这里的蕨薇是一种野菜，最近才知道，蕨菜是蕨菜，薇菜是薇菜。两种菜样子相近，味道略带苦涩，生长期又都在农历二三月，容易混淆。采摘高手告诉我，蕨菜一般长在向阳的山地，而薇菜近山溪喜阴湿。薇菜刚冒出地面时，头顶一个弯卷的小耳朵，毛茸茸的，比较好辨认。薇菜还是供出口的名品。

前些日子我还把罗汉菜和雨花菜误解为一种野菜，差点弄出笑话。

这两种都是家乡野菜中的珍品,产量很少。罗汉菜我至今未见过。我误认为它们是同一种菜,依据仅仅是它们都生长在本县最高山峰罗汉尖的周边山野上,其他地方无其踪迹。其实两者根本不属于同科,一个是地上的草,一个是树上的叶。后来我观察了一下雨花菜,其小叶呈椭圆形,边缘呈细微锯齿状,叶脉有茸毛,有点像茶叶。

还有苦菜,在家乡有两个种类。一种叫苦苣菜,又称天香菜,也称苦菜,叶宽而长,香气浓烈,田头地角圩坝上均可见。另一种主要生长在山坡偏阴偏湿之地,叶窄,香味清淡一些。由于两者都微苦,也都有清热解毒功效,食法也相同,在乡下一般将两者都称作苦菜。

野菜的入药性能更野。家乡叫得上名字的野菜几乎都有药用功效。荠菜补虚健脾,野蒜头行气解郁,野水芹降血压,蒲公英抗菌,马齿苋清热散瘀、消肿止痛,鱼腥草治妇科病,香椿补肾,马兰头治咽炎,还有黄花菜、苋菜等有保健功能……野菜聚天地灵气,吸日月精华,入药疗疾健体,应是天然造化。只是不知者不吃,入药不乱吃,皆为常理。

采摘野菜的山间野趣,还在于采摘者的不同感受。除了郊游攀爬得酣畅淋漓,乡友叙旧,野菜也是最热络的话题。野菜的味道,包括儿时的乡野记忆,叠加着食不果腹的酸楚、苦尽甘来的甜蜜、亲近土地的愉悦,以及亲情、友情、童真等难以言表的心境。

掐野菜会唤醒一些特别的个体记忆。采摘马兰头时,我总会想起小时候母亲带着我,蹲在田头采一种叫"剪刀夹"的野菜的情境。那时家里口粮不够,"剪刀夹"可以拌在米里煮饭吃。掐苦菜时,我会想起老电影《苦菜花》中主题曲的旋律,那是一代人对民族苦难和奋起抗争的记忆。采蒲公英时,我会想到电影《巴山夜雨》,那首《我是一颗蒲公英的种子》里的童音歌声，有一种在睡梦中找妈妈的感觉。那种儿时的孤独、无助，对亲情的渴望、企盼，让我眼睛里噙泪了。

  野菜唤醒的这种情感，因野而蛮，似乎蛮不讲理。虽为个体记忆，如溪流，但汇聚起来也是大江大河。

刊于 2023 年 5 月 4 日天府教文公众号

下仓访古

　　诗人胡松本先生老家在湖区下仓埠。近日，松本邀约我们一帮文友去了他的家乡，看古镇街巷，看古树、古井，还拜了水月庵。老街老巷住着今时的乡民，古树再老也显出鲜活的生机，古井的水有人在用便还是活水。我们看的，说古其实也不古。

　　乡下来了亲友，家里要是有点古董旧物，做主人的总会大方地捧出来，让大家看个稀罕。松本兄捧出的，可是家乡朝于斯夕于斯的物华天宝，有仙气、灵气和"活气"。

　　先说这树。数百棵檀树、朴树混在一起，古意悠然，虽然还没有挂牌保护，但藤蔓缠绕，遮天蔽日，已是古木林。别处，有古枫树数棵，古黄金树一棵，树围双人都搂抱不过来。当地人把这檀树称作"奥山檀"，"奥"可能是违拗的"拗"吧，因为当地人说，这树，春天时枝梢竟然是光秃秃的，直到打雷才长叶子，冬季其他树落叶萧条，"奥山檀"反倒是枝繁叶茂。檀树、朴树、黄金树都是药树，这一棵黄金树的树龄有三百七十多年，其他树也过了百年。下仓的湖区没有真正的山，四季风大，冬天酷寒，古树能生存下来，已属不易，论其根本，应该是人们不愿意去伤害树。敬树如敬神，下仓镇和旁边的许岭镇，民间都有这样的说法。难怪湖区多古树。

　　水月庵是当地百姓拜神拜佛的地方。庵依着一望无际的泊湖，旁边还有一个半月湖，实为一块不大的水面，称之为湖，可能是借助了水月庵的荷塘月色和湖光山色。水月庵最早建于明朝的天启五年（1625），祭祀的是观音大士及诸菩萨，后毁而重建，现在供奉着龙王、如来佛诸神。清末，江西湖口县的文士沈延献撰有水月庵联："那处得如来，但使神州赤子，不说如，不说来，吃棒心悲，个里如来便得；何方无水月，试问天竺先生，什么水，什么月，拈花微笑，其中水月也无。"当地百姓中有"水上漂来的水月庵"的传说。志书载，县以北的旧团林庄南冲畈河口石矶上，曾经有过一座水月庵。团林在泊湖的上游，或许就此有了"漂来"一说。

松本友古道热肠，带我们走街串巷。老街蜿蜒一两里，两边小巷如枝丫。街的两边多是旧式铺板房，沿街有砖土砌的货柜台子，木阁楼有细碎的格子窗。十户有八九户锁着门，门前有瓦钵栽种的花和草，木门上贴有春联。门开着的，或一老人倚门静坐，或三两妇女在堂厅闲着聊天，青壮年大多外出务工了。

下仓埠远离了繁华，回归幽静。历史如长河，在这里形成地势落差，似水瀑似云烟。在没有长江同马江堤的时候，下仓埠是最好的水码头，也是有名的商贸集散地。这里不仅仅是水乡渔港，还云集商贾，街上有当铺、烟行、商行、酒楼、旅店。当地的黑瓜子、芝麻、烟叶等农副产品乘舟搭船，源源不断被运往大城市，又运回布匹、火柴、洋油、肥皂等工业品。旧时宿松年产烟草数万担，由本地商人贩往外埠，也有外埠入境采购，因而形成了下仓烟市。烟草主要销往上海、镇江，市场价格根据上海和镇江的行情而波动。下仓埠的烟价也定期在上海《申报》的烟草行情广告里公布。

古井边上，一块黛青色巨石凿成的环形井圈，圈沿上有小木桶，有汲水的绳索。井是双井，相距一丈许，另一口井不知何故填平了，只显露出圈沿石，静静地躺在一户居所的正门口，如游泳的防护圈。宿松泉多井多。燃灯寺也称双井寺，当年李白在宿松一井边磨砚，那井称"聪明泉"。下仓埠这双井当然也有来历。井处在清末宿松最大粮仓便民粮仓的后院，为众多粮官、护卒提供了饮用水。

"县必有仓，以广储蓄；仓必附县，以便运输。"仓，指储存粮食的地方。宿松的粮仓，明朝正统年间不设在本县境内，而设置在邻县望江的曹家山，运粮跋山涉水，路途遥远，明朝弘治己未年（1499）迁移到了县内泊湖西岸祝家山。但祝家山地处偏僻，陆路不畅，涸水季节难以行船，老百姓运粮仍然十分艰苦。到明朝嘉靖年间再迁下仓埠。这里水陆交通便利，利官便民，居民"颂官善政"，刻石立碑以记其功。明朝末年，粮仓在战火中毁损，一直到道光元年（1821）才得以在仓镇旧址上重建。重建后的粮仓规模宏大，东西排列粮库五十七间，中间为行署正厅，前有石坊门，左右有耳房；厅的后侧房屋两重，东厨房，西福室（洗浴、卫生间）；粮仓内有护粮神庙，周边筑有坚固的围墙。

这是史志对粮仓的记述。现在粮仓古迹无存，尚有古井以及散落在居民房前屋后的、雕刻有细致的花纹图案的柱础和块石。门前垫花钵的多有镂花的砖石，文友们不看花，看石。

粮仓取名"便民仓"，随之官方将此地正式改名为"便民仓镇"。县衙在城里还有一粮仓，这里也有，一上一下，故此处有"下仓"之称。下仓为渔埠码头，又被称为"下仓埠"。有了粮仓，也就在此官设粮米交兑处。此时，下仓埠有戏台，灯歌灯舞，龙舟竞赛。

明嘉靖年间和清道光年间两次建粮仓，先后有本县的文士吴导光、吴宽写了《便民仓记》《前便民仓记》。吴宽在《前便民仓记》中叙述了建仓经过，历数了郡守、巡抚都御史、巡按监察御史等"守令"的便民善政之后，引发了一番深深的感叹："为守令者无他，亦唯求民所欲，而遂之与赤子等耳。今施君唯知民之所欲者，在此故为是役，而其民皆悦，盖唯得其心耳。即此以推其余，凡民之狱讼有不平、庸调有不均者乎？饥寒有不免、劳苦有不息者乎？宜其得乎民心，而县称治也。"吴宽可能是下仓本地的文人，其文章中提出的古代为官者"求民所欲""故为是役""其民皆悦"等得民心的理念，即便在今日也是为官为政之道。特别是他还推而广之，希望当政者不仅要建好便民仓，还要主持好社会的公平正义，解除民间百姓的饥寒劳苦。当时，他肯定是写给地方官吏看的。

离开老街之前，松本还想带我们去寻觅一段有青石板的小街和一位诗友的旧居，但都没有找到。下仓埠古今多文士，我熟悉这一带诸多文朋诗友、许多乡村教师，他们文静儒雅，又不失乡土本色，敦厚质朴。南宋的朱熹曾盛赞宿松人有"古风"，"衣冠入城市，襏襫入田间"，场面上衣冠整齐，下田去穿上蓑衣。朱熹当年察访宿松风土人情，是否到过下仓埠？这里的文化人尽显"古风"。

下仓访古的最后一程是，伫立水岸，看镇内的黄湖大桥。大桥长7.5千米，为安徽省最大的跨湖大桥。大桥如彩虹，映在碧水蓝天之间，一派现代的恢宏，全无古风古意！

刊于2023年7月3日《安庆晚报》副刊

湖光中的红色记忆

7月，是安徽省宿松县湖区风景最美的时节。初伏，晨曦日照，湖面微漾着阵阵清凉。碧光绿苇，草长莺飞。贴着水面生长的菱叶，落下朝露，泛成一湖的粼粼波光。荷田一望无际，荷叶的绿是映照了水和岸的翠绿。今年荷花的花季较迟，正在绽开的粉红的花朵，显出几分羞涩。"百里荷花香，万亩莲藕甜"，形容的就是宿松湖区的此情此景。

湖面上7.5千米长的黄湖大桥飞架南北，这是去年建成通车的全省最长的跨湖大桥。车行进在大桥上，水阔天蓝，万千风光一览无余，使人心境豪迈。过桥之后，驶入刚刚全线贯通的长江北岸沿江一级公路，公路两边是林立的电力大风车，以及茂密的玉米地、整齐的瓜蒌大棚……随后，我们驱车进入九城畈的田间道路。

这次到湖区，我是随宿松县新四军研究会寻访一段红色的历史记忆的。

1940年5月，在湖区抗战史上有一场著名的战斗。新四军长江游击纵队的二十四名队员，在宿松下仓湖区一个叫毕岭的地方，同日伪军三百余众，其中伪军两百余人展开了一场激烈的战斗。战斗从拂晓进行到傍晚，以日伪军败退而告终。这次战斗，日伪军伤亡七十余人，游击队打退了十余倍于己的敌军进攻，取得了重大胜利。游击队狠狠打击了日军的嚣张气焰，打出了新四军的威名。游击队机枪班班长严有富在这次战斗中光荣牺牲。

这场战斗之后,游击队将严班长遗体托付毕岭村民隐藏。当天深夜,游击队划船运来一副红色平盖寿材,当地村民帮助收殓严班长的遗骸,并将严班长的寿材停放在村里其他空棺木的中间位置,躲过了日伪军的多次"清剿"。1954年,这里遭遇百年不遇的洪水,长江大堤决口,为了不让寿材被大水冲走,乡亲们按照当地葬礼风俗,把严班长的寿材就地安葬。乡亲们视严班长为亲人,逢年过节和祭祖日,都自发地到烈士的灵前祭奠。这中间,有许多军民一家、鱼水情深的故事。宿松县新四军研究会希望还原这段红色的记忆。

严有富烈士的坟墓在毕岭村头的鲜花翠柏之间。政府已经将这里作为湖区长江游击纵队毕岭抗战遗址和严有富烈士的纪念陵园,进行了建设和修缮。陪同我们的,有一位毕岭所属的下仓镇先进村民兵营长徐炜强,是本地年轻的退伍兵。徐炜强介绍,这里经常有干部群众来举办纪念活动,大家都十分怀念严班长。当地村民将其事迹一代一代口口相传,现在的许多群众都能讲述当年新四军在湖区的传奇故事。

宿松县新四军研究会副会长徐侃是我们本次寻访活动的领队,他对宿松新四军抗战史有系统研究。徐侃告诉我:抗日战争时期,新四军在宿松创建了包括湖区在内的三个抗日根据地。新四军第五师鄂东独立团(独立五营)和第七师挺进团先后进入宿松湖区,极大地壮大了湖区的武装力量。新四军帮助群众保护家园,恢复生产,创办教育,同湖区群众建立了深厚感情。他们还帮学校编写教材,内容是宣传抗日救亡。如湖区的许岭初小国文课本中就有一段课文:"张大哥、李二嫂,不要啼哭不用跑,张三拿锄头,李四拿镰刀,你砍鬼子头,我砍鬼子腰。"

此时,我仿佛置身于一个神奇的历史坐标点上,勃发与生长,静谧与肃穆,竟然可以如此和谐地在这里共存着。毕岭,旧称毕家岭,处在**宿松泊湖**之滨。毕岭原是一个荒凉长岭土埂,四面环水,如茫茫大湖中的一叶孤舟。明朝毕姓居民避乱于此,遂名毕家岭。宋时这里建有**南池寺**,祈求平安。由于战祸频繁,至明清时期这里的寺庙屡建屡毁,**现**已了无痕迹。毕岭是历代灾民避难御寇的水寨营地,自古水患不断。新四军的毕岭一战,使得这里成为一片红色土地。新中国成立后,**修筑**了长江同马大堤,改造了水系,根治了水患,才使得毕岭真正成为鱼米之乡、平安福地。

今年开春至今,我已经三次到湖区。一次是 5 月间,来赏下仓东升村的金银花盛景。满山遍野的金花银蕊,与翠绿的油茶树,湿地里的水草、芦苇,交相辉映。一次是端午节,古镇传统的龙舟竞渡日,万人空巷。吃了端午粽子,插了蒿艾,划着龙舟,过着节。争先恐后的龙舟,来回荡击的水波,男女老少享受着闹腾和喜庆。今天的湖区,繁荣兴旺,社会和美,一个绿色环保、历史文化与现代人文相交融的新农村正在起飞。

从毕岭返回途中,经过长江杨林闸,观赏雄伟壮观的望江公路大桥。这又是湖区一景。这里襟江带湖,两岸田畴万顷,一派欣欣向荣。大桥是斜拉索桥,远望像舟船扬帆,又像大雁展翅。千米多长的大跨度,水中没有桥墩,所有的承受力都分摊到一根一根的斜拉钢索上。我突然想到了抗战中的新四军和湖区群众,他们亲如一家人,团结一条心,不就像这大桥的一根根钢索?正是这种共同的承担,才形成了摧枯拉朽、战胜强敌的伟力。有了这股伟力,才有眼前如画的湖区美景。这,也是先辈们为之奋斗的壮丽诗篇!

刊于 2023 年 8 月 17 日《安徽工人日报》副刊

小渔村的深情守护

一

毕四琪是安徽宿松县下仓镇的一名退休教师。他住在本镇先进村一个叫毕家岭的自然村落里，儿子长年在外务工，两个女儿都嫁到了外村。

泊湖岸边的毕家岭，在长江和大湖之间的九城畈上，数十年前，这里是芦苇荡中一个狭长凸起的土埂。

毕四琪一生与"9"有缘——1949年出生，1969年担任乡村教师，1991年成为中共党员，2009年退休。在他幼小的记忆里，有一个场景给他留下了难以磨灭的印象。

那一年宿松内湖发大水，毕家岭的房子都被水淹了。毕四琪的父亲毕凤庭就在屋后不远处一个叫高塘坝的高坡上，搭起一间临时栖居的茅草棚。草棚旁边摆放着几排黑漆漆的寿材，那都是村民为屋场里高寿的老人提前准备的棺木。其间有一方红色的棺木，式样与众不同，其他棺木是凸形盖，这方却是平盖。

那是初夏时节，年幼的毕四琪坐在地上打瞌睡，父亲脱下衣服，铺在红色的棺木上，把他抱起放在上面，说让他睡在严班长怀里，严班长会保佑他的。每当回想起这一情景，毕四琪就特别想念那位让他的父亲如此崇敬的严班长。他并不知道严班长长什么样子，但他知道严班长是神枪手，是新四军的抗日英雄。

严班长叫严有富，在毕家岭的老百姓心目中，他是既像亲人又像神仙一样的存在。

二

毕四琪小时候经常听父亲和村里的大人讲新四军和严有富班长的故事。严有富是新四军长江游击纵队的一位班长。新四军长江游击纵队是太宿望湖区抗日根据地的一支重要武装力量。他们依托湖区根据地，神出鬼没，四面出击，打得日伪军龟缩在据点里轻易不敢出门。而严班长与战友丁忠恩、蒯文金、孙冠英、范中才，因不怕牺牲、作战勇敢而被称为新四军长江游击纵队里的抗敌"五虎"战士。

1940年5月，毕家岭发生了太宿望湖区抗日根据地历史上一次不同寻常的战斗。严班长和新四军长江游击纵队一分队的二十三名战士，在毕家岭同两百多名日军、一百多名伪军展开了一场生死激战。

毕四琪记不清多少次听父亲讲述过这场战斗。后来，他陆续看了宿松县的党史资料，以及当年新四军长江游击纵队大队长商群在多年之后所写《血战毕家岭》的回忆文章。他对这次战斗的激烈场面，对新四军战士为保卫抗日根据地、保卫人民群众的生命财产安全而奋勇杀敌的无畏精神和英雄气概，了解得越来越清晰、越来越全面。

战斗是在凌晨打响的。日伪军通过密探得知毕家岭只有一小部分新四军部队驻守，兵分两路连夜扑了过来。新四军长江游击纵队一分队在分队长丁忠恩的指挥下，迅速占领村头五斗丘田坝，依据有利地形，居高临下组织反击。

战斗一直持续到下午5时，新四军长江游击纵队一分队的二十四名战士，面对人数十几倍于我、装备也大大优于我的日伪军，无所畏惧、沉着应战，打退了日伪军一次又一次的进攻，共毙伤日伪军七十余人，缴获长短枪十九支，子弹千余发；迫使敌人在黄昏时仓皇败退，有力地保护了湖区抗日根据地，保护了根据地人民群众生命财产的安全。

在这场战斗中，班长严有富手持队里唯一的一挺机枪，依靠自己精准的枪法，打得敌人晕头转向，摸不清新四军的真正火力。但是，在战斗进行到最紧张的时候，机枪子弹不多了，严有富只能打打停停、停停打打。最后，子弹打完了，而派去后方运子弹的战士还没有回来。焦急之中，严有富禁不住起身回头张望。就在这个时候，一颗罪恶的子弹击中了他，他倒下了。子弹运来后，旁边的战友接过他手中的机枪向敌人射击，但因为操作不熟练，机枪的杀伤力受到影响，阻敌进攻的效果发挥得不理想。紧要关头，身负重伤昏倒在地的严有富被激烈的枪炮声和喊杀声震醒了，他咬紧牙关从地上爬起来，抢过战友手中的机枪，对着面前的敌人连续不断地猛烈扫射。就这样，把逼近跟前的敌人再次打了回去。

退回去的敌人再也没敢冲过来。但是，班长严有富却因伤势过重，在战斗中壮烈牺牲。

三

毕家岭战斗，是新四军以少胜多、以弱胜强的一个经典战例。它有力地挫败了日寇对太宿望湖区抗日根据地的进犯，狠狠打击了日本侵略军的嚣张气焰，坚定了根据地人民群众抗击日寇的决心和信心，极大地鼓舞了军民的士气，并因此载入了太宿望湖区抗日根据地乃至整个皖江抗日根据地的抗敌斗争史册。但对于毕家岭的村民们来说，毕家岭战斗的意义还不止于这些。他们目睹了新四军一次又一次打退了日寇的进攻，目睹了严班长的无惧无畏、壮烈牺牲。他们真正感受到，新四军是他们的亲人和恩人，是他们的靠山和主心骨。他们对新四军的崇敬和感激无以言表。

毕四琪听父亲和屋场里的大人讲述过那场战斗之后的一些事。

那天傍晚，分队长丁忠恩和几名新四军战士背着严有富班长的遗体来到毕家岭村落。

村民们同新四军战士很熟悉，对严班长的牺牲，大家都很悲痛。一位姓吴的村民主动向新四军提出，由他来收殓和守护严班长的遗体。当天深夜，几名新四军战士划船从长江对岸运来了一副红漆平盖棺木，委托村民们帮助收殓严班长的遗体。新四军战士同时叮嘱：不要将严班长遗体下葬，他们以后还要回来把严班长接走。村民们当着新四军战士的面，做了庄严的承诺：一定把严班长的遗体保护好，等待着他们把严班长接走。

当地村民们的棺木都是黑漆的，而新四军送来的棺木是红漆的，十分显眼。因日伪军经常进犯湖区，"清剿""扫荡"，不一样的棺木随时有被日伪军发现的危险。为了保护严班长的灵柩，毕家岭的村民们将其罩上黑布，与村民为家里高寿老人准备的棺木混在一起，掩藏在村后一处地势较高、不怕水淹、叫作高塘坝的地方，并搭起了棚子为其遮挡风雨。就这样，严班长的灵柩躲过了日伪军的一次次"扫荡"。

毕家岭战斗后不久，新四军长江游击纵队受命带着伤员全部转移到江西彭泽山区休整治疗。返回湖区根据地后，他们又迅速投入新的严峻而残酷的抗敌斗争。与严班长共同战斗的一批战友，如周静轩、丁忠恩、孙冠英等先后在湖区对敌斗争中牺牲，新四军长江游击纵队当时已经没有条件接走严班长的灵柩。严班长因此长留在了毕家岭的土地上。

在毕家岭这个只有几十户人家的村落里，村民们把严班长作为自己的亲人祭奠和怀念。逢年过节和到祭祖日，屋场里家家户户、男女老少，都会自发地到严班长的灵柩前烧纸钱、放鞭炮，祭拜英灵。

1954年，长江大水，宿松湖区遭遇百年不遇的洪灾。为了防止严班长的灵柩被大水冲走，乡亲们合计后，按照当地葬礼习俗，在高塘坝就地安葬了严班长。长江大堤决口后，停放在高塘坝的许多棺木都被洪水冲得不知去向，而安葬于地下的严班长的灵柩却完好无损地保存了下来。

1958年"大跃进"，湖区进行大范围的土地平整，高塘坝也在平整范围内，许多墓地被损毁。而湖区又经常发大水，大水之后，不少坟地被泥沙覆盖。为了更好地保护严班长的墓，毕四琪的族兄毕执高经与村民们商议后，将严班长的墓从高塘坝迁移到了另一处较高的墓场。1969年，毕家岭一带又一次发生了内湖洪水，大水漫过了严班长墓所在的墓场。大水过后，墓场面目全非。当村民们准备重修严班长的墓时，因当年迁坟的老人都已不在世了，没人知道严班长墓的准确位置，严班长的墓找不到了。

大家心急如焚。严班长是为了抗击日本侵略者、保卫他们家园而牺牲的，是英雄，是烈士，是毕家岭人的亲人和恩人，无论如何不能失去；当年新四军的托付，也无论如何不能辜负；村民们对新四军的承诺，更是无论如何不能落空。大家一合计，决定就是把墓地翻遍，也要把严班长的墓找到重修。

村民们一个墓穴一个墓穴地寻找，一具棺木一具棺木地辨认。但是，因为年代久远，棺木朽烂，仍然无法分辨哪一具才是严班长的灵柩。村民们不甘心，想到严班长入殓时穿的是新四军军服，又一个个打开棺木察看。可是，同样因为年代久远，打开的棺木中，除了遗骸，已经找不到其他的遗存物。村民们失望与痛心交加，为当初没能给严班长的墓留下坚固的标识物悔恨不已。

就在村民们准备放弃寻找，打算回去合计一下怎么办时，一位村民突然朝着他面前的一具棺木叫了一声。大家连忙向他围了过去。

那具棺木里遗骸的胸部，有一只铜哨子。大家眼睛一亮。铜哨子只有新四军才有，普通老百姓没有。年长一点的村民还见过严班长胸前挂着的铜哨子。那是严班长的心爱之物，也是他在平时训练时用来对班里战士们发布指令的。铜哨一响，村民们就知道，新四军的严班长来了。

无疑，这就是严班长的遗骸。

村民们又一次重修了严班长的墓，并为严班长竖起了一座坚固石碑。

四

毕四琪经常听村里的大人们夸新四军好，说新四军战士把老百姓当一家人。一位叫吴龙香的老人，家里十分贫困，曾得到过新四军战士的不少周济。吴龙香老人同严班长最熟，毕四琪小时候听他绘声绘色地讲过严班长的故事。他说严班长整天抱着那挺机关枪,吃饭的时候都把枪放在身边。

毕四琪是有心人,当了乡村教师之后,他就把过去听来的新四军在湖区的故事整理出来,讲给自己的学生听。

他告诉学生,抗日战争时期,新四军在宿松创建了包括湖区在内的三个抗日根据地。新四军五师鄂东独立团(独立五营)和七师挺进团先后进入宿松湖区,极大地壮大了湖区的抗日武装力量。新四军帮助群众保护家园,恢复生产,创办教育,坚定了湖区群众与新四军一起,共同抗击日寇侵略的决心、信心和意志,也和湖区群众建立了深厚感情。他向学生讲述新四军战士在毕家岭的感人故事。新四军战士纪律严明,从不拿群众一针一线,自己去野地里打柴火烧饭,到湖里捞鱼做菜。新四军经常帮助和接济贫困村民。得知村里有一位孤寡老人挖野菜当饭,战士们就省下自己的口粮送上门去。

毕四琪还创编了《一只铜口哨》的演讲稿,经常给自己的学生讲毕家岭战斗和严有富班长的故事,并多次向县里有关部门反映严有富班长的事迹。县委党史办专门派人来了解了毕家岭战斗的情况和严有富班长的事迹,并走访了当年新四军长江游击纵队的有关负责人,编写了相关党史资料丛书,县民政部门认定严有富班长为革命烈士,并在宿松县烈士陵园刻立了严有富烈士纪念碑。

毕家岭村民们一代一代口口相传新四军的事迹,许多群众都能讲述当年新四军在湖区的传奇故事。直到现在,村民们提起严有富,还是一口一个严班长。

五

　　毕家岭以东不远处的九女塘埂被苍松翠柏所掩映。这里是严有富班长最后长眠的地方。

　　2019年，宿松县文物管理部门、毕家岭所在地的下仓镇政府和毕家岭的村民一起，共同启动了对严班长墓的再次修葺计划，扩大了墓的体量，增加了花岗岩砌护，新立了大理石墓碑，墓后修建了八字墙，墓前和两侧加设了围栏与台阶。

　　望着新修好的严班长墓，毕家岭村民的心终于安定了下来。他们觉得，这才对得起为国家、为民族、为他们而牺牲的严班长，这才能最好地表达他们对严班长的景仰、爱戴、怀念和纪念。

　　严班长墓要有人管理，毕四琪主动请缨担任了义务管理员。他从小就敬仰严班长，退休后能为守护严班长的墓做点事情，也是他的心愿。他有空常常去墓地转转，清除杂草、打扫卫生。

　　毕四琪的侄媳妇姓严，是当地湖区人。她视严班长为亲人，引以为傲，经常对子女讲他们严家出了个抗日英雄。其实严班长是山西人，他在土地革命战争时期就参加了红军，抗日战争时转入新四军，随新四军长江游击纵队政委周静轩、大队长商群，投身于赣皖交界的太宿望湖区根据地的抗日斗争。

　　毕家岭原是泊湖之滨一个荒凉长岭土埂，明朝有毕姓居民避乱于此，遂名毕家岭，现在是毕、胡、吴等多个姓氏混居。严班长已经是所有村民的亲人。年轻人外出务工回村里，也会到墓地祭拜严班长。镇村干部、学校师生经常来这里举办纪念活动。

　　作为老师的毕四琪，对毕家岭的历史有过一番探究。宋朝时这里建有南池寺，以祈求一方平安。由于战祸频繁，至明清时期寺庙屡建屡毁，现已了无痕迹。毕家岭是历代灾民避难御寇的水寨营地，自古水患不断。

  站在严班长的墓前，毕四琪仿佛置身于一个神奇的历史坐标点上。毕家岭一战，使得这里成为远近闻名的一块红色土地。新中国成立后，这里修筑了长江同马大堤，改造了水系，根治了水患，使毕家岭成为鱼米之乡、平安福地。今天的湖区，繁荣兴旺，社会和美。

  看着眼前如画的美景，毕家岭的村民更加怀念严班长。而毕四琪，在怀念、守护严班长的同时，还为大家一个未了的心愿忙碌着。

  受村民的委托，他要为严班长找到山西家乡的亲人。村民们想，毕家岭人怀念严班长，山西的家乡人更怀念严班长，一定要让远在山西的家乡人知道严班长奋力杀敌、为国捐躯的英雄事迹，一定要让他们知道严班长没有走，严班长在长江之滨的毕家岭等着他们。

  毕四琪多次过江，去当年中共赣东北特委所在地江西彭泽和鄱阳，寻访与新四军长江游击纵队有关的信息，查找严班长的籍贯、家庭等方面的情况。他还多次找到宿松县新四军历史研究会和安庆市新四军历史研究会，请他们帮助查找严班长的有关信息。他说他知道互联网神通广大，但他年纪大了，不会用互联网，希望有懂互联网的人来帮助他。尽管到现在还没找到有价值的相关线索和信息，但毕四琪说，他会和毕家岭的其他村民一道，在为严班长寻亲的道路上一直往前走。他也相信，总有一天，他会找到严班长的亲人，了却这一心愿。

  2020年清明前夕，毕家岭的村民们在新修好的严班长墓地周边种上了常青的松柏。同时有消息传来，这里被县里批准为"新四军长江游击纵队毕家岭战斗遗址"纪念地和青少年爱国主义教育基地。

从 1940 年到今天，毕家岭的村民们守护了严有富班长八十多年。他们还要继续守护，世世代代永远守护下去。

刊于《皖江潮》2023 年第四期

古风过乡野 留香已千年
——宿松季札墓略纪

"渤海家声远,延陵世泽长"是一副古老的族联。渤海近海,代指吴国;延陵是季札的封地,代指季札。季札早已不只是一个人名,而是中华文明史中优秀品德的象征。季札代表的是古代那些道德高尚、厚德礼让、恪守诚信、志趣高洁的圣贤大儒。

安徽省宿松县有一处被久远岁月的尘埃湮没的古迹遗存——季札墓。宿松季札墓的历史价值、文化价值不可低估,拂去尘埃,依然熠熠闪光。

宿松季札墓的文史记载

《宿松县地名录》记载:季札墓,春秋吴季扎衣冠冢,位于县城北八里凉亭旁,墓形甚古。同治初年,发现有碑,上镌"吴子季扎君子墓"七个字。墓已毁,改为茶园,地名"太子地"。《宿松县地名录》介绍季札墓所用的"扎"字,应该是"札"字误写。"改为茶园"是因为当时八里凉亭已经是国营茶场。

民国之前的宿松地方志都没有关于季札墓的记载。对此,民国十年(1921)的《宿松县志》做了说明:"周旧志皆自汉始,时未现季札墓也。"同时对宿松季札墓做了相关记载。

《宿松吴氏通书》中对古代及现代宿松吴姓氏族文化，以及宿松季札墓、季札之贤德有诸多记述。

季札何许人

季札（前576—前485）是泰伯第十九世裔孙，吴王寿梦的幼子，延陵郡继世祖，被后世尊崇为继泰伯、仲雍之后的至德第三人。司马迁《史记》中称："延陵季子之仁心，慕义无穷，见微而知清浊。呜呼，又何其闳览博物君子也！"

季札受中原文化的熏陶较深，为辞让王位曾两度从吴国出走。他曾代表吴国出使过文化发达的中原各国，和当时著名的政治家叔向、子产、晏婴都有过密切交往。季札精通周礼，并对周礼有独到的理解。因而，他在出使保存周代礼乐文化最完备的鲁国时，赢得了鲁国上下的敬重。

《宿松吴氏通书》这样介绍季札："父珍其贤，欲立之，不受。兄弟以次相传，亦不受。封于延陵，为延陵季子。其懿迹备载列传、庙碑。享年九十余。葬常州晋陵县七十里申浦之西，有吴延陵君子之墓。"孔子题云："至德光千古，贤才大一家。"清康熙皇帝曾瞻仰季子墓庙，并题写"让德光前"匾额。

季札的肉身墓在哪儿

《史记·吴太伯世家第一》载:"季札封于延陵,故号曰延陵季子。"公元前547年季子获延陵封邑,至公元前473年吴被越灭国,延陵封邑存世75年。古代延陵的地理位置在现在的江苏省江阴澄西至常州一带。这是季札延陵封邑的情况。

关于季札的肉身墓葬,史料记载得很清楚。三国时期的《皇览·季子墓》载:"延陵季子冢,在毗陵县暨阳乡,至今吏民皆祀。"《皇览》是中国类书的始典,三国时王象、刘劭等为魏文帝所撰。民国十年《宿松县志》关于季札墓所处位置记载的历史依据就是《皇览》。

《史记·吴太伯世家》注"季子冢在暨阳西,孔子过之,题曰:'延陵季子之墓'",明确地指出了季子墓在毗陵县暨阳乡(现在的江阴市申港镇)。

《宿松县地名录》记述"季札墓,春秋吴季扎衣冠冢",民国十年《宿松县志》也认为"间让躅所停衣冠留墓"。宿松季札墓为衣冠冢,这在史料上已经明确。这个结论同古代各种典籍、史志上的记载是一致的。

宿松季札衣冠冢

《宿松吴氏通书》关于季札墓有这样的记述,是宿松乡贤吴藻德先生提供的一段文字:"季札让位其弟,逃到宿松更衣隐逸而去,吴氏后裔,留其衣冠而为祀,宿松季札墓实为衣冠冢。"

民国十年《宿松县志》关于季札肉身墓的说明文字是:"按《皇览》:

延陵季子冢,在毗陵县暨阳乡,至今吏民皆祀事之。"《史记索隐》引《地理志》:"会稽毗陵县季札所居。"太康《地理志》:"故延陵邑,季札所居栗头有季札祠,冢在毗陵。"固宜孔子所题,延陵季子之墓当在毗陵,亦自无疑。对宿松的季札衣冠冢是这样说明的:"然季子逃位而亡。"《公羊传》云:"季子使而亡。"《左传》:"延州来季子。"杜预注:"州来,楚邑,吴灭之,以并封延陵季子者。松于古,属吴头楚尾,间让躅所停衣冠留墓,事或有之。未便以其发现最晚,姑置弗传。"

杜预《左传》注的记载是严谨的,大意是,作为松兹古国,又属于吴头楚尾,吴国灭亡后在这里留有季札衣冠墓,这是完全有可能的。可能是发现这处衣冠冢的年代太晚,大家就没有在意,姑且放置在了一边。

依据史料的记载,吴国灭亡的时候,季札的次子征生逃亡鲁国,其族人也是四处逃生。现在,除江阴申港的季札肉身墓,江苏还有四处季札墓:丹阳延陵镇一处,常州三处,并且都有墓碑和碑文,这些只能是衣冠冢。如常州市区东门外水门桥西有季子庙,庙后的季子墓是衣冠冢。这是历史上为了方便官府每年春冬祭祀季子所营建的。宿松的季札墓是与之相类似的衣冠墓冢。

宿松季札墓设置的年代

宿松季札衣冠冢设立的年代,目前在史书上没有找到文字记载。探究季札与宿松吴姓氏族的渊源,或许可以为解密宿松季札墓为何人设置以及设置的大致年代找到一个方向。了解宿松吴氏宗族的主要窗口是《宿松吴氏通书》和族谱,当然前者的主要史实依据也是吴氏家谱。

宿松县的吴氏宗族,其世系均源自泰伯仲雍,分支繁衍,世代相承。《宿松吴氏通书》介绍,宿松县的吴氏有23支,其中22支的族谱对世代始祖的记载基本一致,为夫差之子吴友的后裔,与季札没有血承关系,只有昺公支对迁松之前的世系记载称其为季札后裔。

宿松吴氏的22支家谱虽然记载为吴友的后裔,但同时又注明上承季札。这种看似矛盾之处,《通书》的解释是,吴国灭亡后,越国到处追杀吴氏子孙,部分吴氏子孙投奔延陵季札寻求庇护。延陵庇护之恩重,吴友奉祀之情深。吴友的后裔自言同时为季札后裔,就在情理之中。

昺公支对迁松之前的世系记载为,昺公支属延陵季札四子子玉公后裔,子玉公坚守故里,长奉季札庙祀,季札五十四世孙吴蕾自号"延陵散人",当仍在延陵居住;蕾公之玄孙吴瑛(1020—1104)迁居蕲州,即今之湖北蕲春县,为迁蕲始祖。吴瑛之八代孙公再由蕲州迁宿松。

宿松吴氏大部分由江苏迁至湖南、湖北和河南,再迁江西鄱阳、都昌、湖口、彭泽、九江一带,然后再自江西迁来宿松。从迁入宿松时间看,最早是吴氏文通公支、彦升公支,南宋时迁入宿松,其余多在元、明两朝。

《宿松吴氏通书》对各支迁到宿松的落脚点也有记载,包括昺公支在内,均无八里凉亭。同时,各支家谱均无宿松季札墓的记载。

所以,在无新的发现之前,只能做出这样的推理:宿松季札墓不是现居住于宿松的吴氏族人所设置,只会早于这23支吴氏迁入宿松的时间。就是说,在这23支吴氏族迁入宿松之前,宿松已经有吴氏族人在此居住,只是他们后来的去向无从考证。

他们在宿松设置季札衣冠冢的目的，同在江阴、常州的衣冠冢的设置目的是一致的。其年代，吴藻德先生记录的"据传"有其合理性，而且是年代越往前，越接近吴国亡国后的族人避难之时期，其合理性也越强。

清朝末期的二郎河之战

一

1856年秋，太平天国，南京城。东王杨秀清居功自傲，逼洪秀全封其为"万岁"。洪秀全密令韦昌辉、石达开入京，杨秀清及其部属数万人被杀，史称"天京事变"。

这场内讧，令太平军大伤元气，武汉、九江相继失守，丢失了鄂、赣大部分的根据地，只有安徽战场还控制在手中。

此时，洪秀全起用李秀成、陈玉成等一批优秀的年轻将领，太平天国在衰败中重现生机。

1858年初，清军围攻天京。为解天京之围，李秀成、陈玉成于枞阳会商，确定了打开外围、救援天京方略。

此时，清军兵分两路，南围安庆，北攻庐州。陈玉成率部攻占庐州后，立马南下与李秀成部队会合，攻破清军浦口江北大营。11月初，清军将领李续宾带兵进抵庐州三河镇，陈玉成、李秀成联手展开剿杀，李续宾及其五千余官兵遭全歼。三河大捷之后，太平军乘势收复舒城、桐城等地，迫使围攻安庆的清军将领都兴阿领兵仓皇回撤。

都兴阿退至鄂皖交界的宿松县城，其部属鲍超率三千余兵勇退至二郎河驻营扎寨。

鲍超扎营于二郎河，多隆阿扎营于宿松县城，两营相隔三十余里，中间以马队往来联络。清军由此转入防御。

太平军已成破竹之势，锐不可当，向鄂皖交界处挺进。太平军的目标是歼灭都兴阿全军，掌握战争主动权。

由于二郎河属鄂皖交界的咽喉要道，具有特殊的战略位置，清军进可攻，退可守，所以这里成为双方必争之地。

二郎河的上空战云密布，一场大战一触即发。

二

二郎河自北向南，为古雷水之源，也是宿松县的最大河流。往西，以大别山余脉为屏障，界岭为咽喉通道。界岭，即黄梅戏《过界岭》之界岭。河东，是千年古镇二郎河集镇，皖、鄂、赣三省商货集散地。古驿道自宿松枫香驿、凉亭、花凉亭，穿过二郎河集镇，过界岭，通达湖北黄梅县的亭前驿。

冬天的二郎河，草木凋零，河床裸露，寒风萧瑟。

古镇不见昔日的繁华，杀气弥漫街巷。街东南的宅院——李家花园内，此时鲍超正在同一众头领分析战情，排兵布阵，商议对策。

宿松县城也是防御重镇，由都兴阿、多隆阿把守。两地兵马穿梭，互为照应，形成犄角之势。二郎河的防御，如千钧重担，压在清军悍将鲍超的肩上。

鲍超性格彪悍，作战勇猛，足智多谋，此刻已是背水一战。他中等身材，粗壮敦实，面目黝黑，虽然不显威猛高大，但精干强悍。

一年前鲍超与陈玉成已经有过交锋。1857 年，陈玉成横扫驻守在湖北黄梅县的清军，胡林翼紧急调兵增援。鲍超率霆军与陈玉成激战，成功守住营垒，然后伺机反攻，连破太平军四十八座营垒，陈玉成败退。

然而今非昔比，鲍超十分清楚，此时战场的天平完全倒向了太平军。湘军统帅曾国藩正在福建同石达开交战，无暇他顾。江南大营钦差和春也在同太平军左军主将李世贤交战，以解浙江之围。湖广总督官文怠兵懒战，兵马不动，不肯驰援。目前清军在二郎河的处境是后援短缺，首尾难顾。

太平军风卷残云，呈排山倒海之势。鲍超则要求官兵保持清醒的头脑，不畏强敌。他分析，陈玉成、李秀成的部队虽号称几十万人，但实际上远远没有那么多，估计不足二十万，而且是由多路捻军和主力军组成。太平军自三河大捷之后，一路征战，人疲马乏，已如强弩之末。他抓紧休整队伍，随时准备出击。

这是一场虎狼之战。鲍超这只狼，血性，狡黠，不惧虎。

三

英王陈玉成已是急不可待，挟胜者之威，兵众之势，勇追穷寇，没有丝毫犹疑，特别是对鲍超，自己不报黄梅败退之仇，实不解气。

陈玉成是太平军中的美男子，长相中透出几多秀气，不显半分杀气。他熟读兵书，谈吐儒雅。论战功，他领兵驰骋大江南北，攻城略地，杀敌无数，一往无前。

少年英雄，渴望与强手一战。都兴阿曾随僧格林沁击败过太平天国北伐军，功授江宁将军。都兴阿麾下两员统军猛将多隆阿和鲍超，合称"多龙鲍虎"，威震四方。

陈玉成开始的进攻目标不是二郎河，而是宿松县城。他率主力由怀宁县石牌镇出发，从正面攻宿松县城。这次进攻由于准备不够充分，接应队伍没有按照计划跟进。而多隆阿又掌握情势，早有布局，乘机主动出击。陈玉成仓皇应战，没有抵抗住多隆阿骑兵的强势反击。

　　陈玉成初战失利，李秀成的部队没有参战。

四

　　初战失利后，陈玉成赶赴太湖县，同李秀成见面，商量对策，寻求支援。

　　三河会战，李秀成放弃扬州，关键时候率军驰援，为陈玉成大胜清军助了一臂之力。三河大捷后，陈玉成和李秀成两军继续并肩追击，直逼鲍超和多隆阿。一路追击，基本没遇到阻击。此时的陈玉成，挟胜者之威，觉得湘军并没有什么了不起。李续宾的王牌军都能被全歼，还能有什么对手？他一心想扩大战果。

　　李秀成的想法却不一样。他认为太平军已经征战数月，人困马乏，已是强弩之末，应该休整。李秀成主张固守营垒，休整布防，稳住皖北，再图进取，暂时不要出战。

　　陈玉成进攻宿松县城，被多隆阿打退，李秀成不满陈玉成的骄傲轻敌。特别是三河打胜仗之后，在押解李续宾的残兵降将时，陈玉成将他们整体编入队伍中同行，湘军将士乘隙暴动，杀死了不少太平军将士。虽然暴动被镇压，但也耗了大量战力。李秀成觉得陈玉成有些飘飘然，担心骄兵吃败仗。

　　是休兵还是出战，此时的主导权在陈玉成手上。太平天国洪秀全有一个"奇葩"的分地制,将领各有各的地盘。陈玉成有以安庆、庐州为核心的地盘,人马众多。李秀成出兵攻下的潜山、太湖,也被陈玉成接收。李秀成此时的地盘只有三个县,两人实力悬殊。经不住陈玉成的一再要求,李秀成勉强同意协同作战。

五

战幕已经拉开,两个年轻的战将虎视眈眈,随时准备扑入战场。

陈玉成似乎对胜利更有把握。这位太平天国的将领是广西藤县大黎里西岸村人。他出身贫苦农家,幼时父母双亡,由叔叔陈承熔抚养长大。1851年,陈玉成十五岁,随叔父参加金田起义,成为童子军的领袖。1853年升任左四军正典圣粮,掌管军粮。1854年6月,奇袭武昌时陈玉成英勇无畏,建立首功,升任殿后三十检点,统领后第十三军和水营前四军。他枪法高超,"三十检点回马枪"妇孺皆知。西征战场上,他所向披靡,很快升任冬宫下丞相。1858年,陈玉成与李世贤、李秀成等人携手,四个月内转战数省,相继击败清军三大主力,取得了歼灭两军、重创一军的战绩。

陈玉成这次初战宿松县城失利,但实力未损。他筹划的第二次进攻,吸收上次教训,计划先歼灭二郎河鲍超队伍,再取宿松城。

与陈玉成、李秀成同战不同心相比较,清军的守将协同作战的能力更强。鲍超率霆字五营屯驻二郎河,多隆阿驻扎在宿松城,都兴阿的战马来往穿梭,联络畅通。他们经过侦察,对太平军卷土重来,筑垒会战的意图有着清晰的判断。那就是军马北调,主攻的方向必定是二郎河。他们当机立断,拿出了迎战之策:太平军势如破竹,阵势逼人,"不战必致坐困";要战,以弱对强,唯有乘敌不备,抢先进攻,先发制人。

都兴阿密集调兵,多隆阿率兵"衔枚疾进"增援鲍超,车谷岭石清吉的飞虎三营也赶赴二郎河。都兴阿瞄准陈玉成的行进路线,亲率骑兵,设计伏击圈,接应鲍超。

陈玉成也看清了清军的动静,开始连夜部署。他有强大的兵马,分布数十层,绵亘二十余里,准备以排山倒海之势,大举进攻二郎河,直接将鲍超的兵营踏平。

六

二郎河之战在清咸丰八年十一月初六(1858年12月10日)夜正式打响。在花凉亭、二十五里墩、荆桥一线,陈玉成拥军号称五十万,扎五十五营,李秀成扎六营。这一夜,多隆阿统军赶到二郎河同鲍超会合,都兴阿的马队侧翼设伏而进。

这一夜,将注定载入史册。

陈玉成得知清军从二郎河出发,直奔花凉亭,主动进犯。他立即出令,派捻军首将孙魁新为先锋迎战多隆阿,但很快传来败下阵来的消息。他又派捻军张罗刑之侄"小阎王"张宗禹带令出战,不久也败了。陈玉成怒发冲冠,决定亲自带兵马出战。他同鲍超狭路相逢,大战三个时辰。乱战中,鲍超发现了登高指挥的陈玉成。黄罗伞盖之下,中军位置太显眼了。他立刻调集两百名优秀火枪手对准陈玉成猛打,虽未有打中,却使得太平军中军无首,阵容大乱,军心涣散,败象显露。

生死对决中,鲍超显得既勇猛顽强又睿智。他和陈玉成都是年轻将领，身世也有相似之处。他是四川奉节人，父亲早亡，由母亲抚养成人。小时捡煤渣、做挑水夫，年纪稍长就开始学习武艺。他先随向荣在广西镇压太平天国运动，后调任湘军水师哨长，咸丰六年（1856）募湘勇创立霆字五营，改领陆军。鲍超作战勇猛，一生参加过五百场以上的战役，身体受伤多达一百零八处。这一战虽只带数千兵勇，同陈玉成兵力悬殊，但他毫不畏惧。

这里的正面战场，陈玉成同八旗马队鏖战正酣，经受着八旗马队的反复冲击。此时，都兴阿埋伏的骑兵从右边山道绕行，迂回到陈玉成的后背，纵火焚烧数十个太平军营地和太平军占据的村庄，切断了后援，打了陈玉成一个措手不及。

兵败如山倒。陈玉成陷入清军的包围，被鲍超牢牢钳住。他知道不能恋战，只得带领队伍放弃营垒拼命突围。关键时刻，他手下的将领孙葵心、张宗禹率兵杀入重围，帮助陈玉成杀开一条血路，趁机突围。这一战，太平军营垒尽毁，损失惨重。助战的李秀成也受到了攻击，虽自己六座营垒未破，但无法营救陈玉成，只能趁夜色突破重围而退回太湖。都兴阿、鲍超乘胜追击三十余里地，无力再追，多隆阿回撤县城。陈玉成退回太湖，屯兵扎营，自己返回安庆。李秀成东返巢县、黄山驻屯，休养生息，准备过年。

二郎河之战，太平天国二十万大军对攻数千湘军，却无功而返。

《霆军纪略》：花凉亭、二十五里墩、荆桥一线的太平军，号称五十万，实际接近二十万。初六日晚间，在二郎河会师的鲍超和多隆阿马不停蹄，率营分道衔枚疾进，主动进攻花凉亭的太平军。太平军抽派捻军首领列阵而迎，而其他各营垒按兵不动。鲍超、多隆阿则挥军"迎前直突"、分途鏖击，而且随败退的捻军"紧蹑其后，直贯而入"，一时四面枪炮如雨，清军决不反顾。在败退捻军不及归入营垒，营垒里面的太平军又没有出垒营救的时候，清军开始纵火，烧毁太平军营垒和驻扎的村庄，断其后路。

为什么二郎河之战陈玉成大败？为什么鲍超能克制住陈玉成？后来有人分析，陈玉成的用兵特点就是善于挑选精锐之士，作战时摆成前少后多的锥形阵，精锐之士藏于队中，假作败退之状，诱敌迫近，突然反身回杀，十拿九稳，频频得手，人称"三十检点回马枪"。而鲍超应战，不与陈玉成正面交锋，避开中路，两翼包抄，或左右横冲，找寻战机。这样避敌锋芒，克敌制胜。这当然只是战术层面的原因。真正追究起来，原因可能会复杂得多。

七

二郎河之战对太平天国产生重大影响。此一战，鲍超、多隆阿成了陈玉成的魔咒，也在太平军将领和士兵的心中留下了深深的阴影。六年以后，李秀成在囚笼之中，仍旧对这场战役有着清晰的回忆和反思。

在这之后的太湖、潜山之战和安庆解围战，以及诸多大大小小的战役中，陈玉成与鲍超多次对阵，胜少败多。

这也是一个转折点，它结束了太平军三河大捷后的西进攻势，湘军败局得到控制。太平天国由战略进攻转为战略相持，接连遭受重挫的湘军开始重建。

严恭山三题

以游客与文史工作者的心态登严恭山，面前所见肯定是不一样的。我本来就是一般的游客，用"文史者"的眼光看峰看岭就有点自作多情。我试着摆脱这种会使我丢失游山的惬意和快乐的心魔，然而事与愿违，一些景致之外的疑惑反而扑面而来、挥之不去。这样，下山数日后，我只好翻阅手头的一些书籍，试图对严恭山多一点了解，尽量化解心结。一边翻书，一边随手记下了几则文字。

石道人

严恭山不在江湖，未闻江湖传说。在严恭山的传说中，最多的是一位隐居深山老林中亦石亦仙的道人。

他叫戚无何，是一个与济公齐名的道人。戚无何与济公，一道一僧，都为方外之人。他们相似的地方不少，都有扶危济困、惩恶扬善的美名，传说中都法力无边。他俩还都是一副蓬头垢面、不修边幅、特立独行的形象。戚无何是明代人，济公是南宋人，相隔了一个朝代。

在严恭山下的宿松县、太湖县一带，民间流传着不少有关戚无何的故事。传说中的戚无何，精通百家之书，学问渊博，行善积德。《神异典》卷二五九引述《安庆府志》的内容，也有对戚无何的神异之处的记载。戚无何虽然是隐者,却经常同仙道出游,也有乡人相邀一起饮酒。他可以一日饮酒数十家,有分身之术,使得处处都有戚无何在。这些传说体现出乡民对他的喜欢,家家都邀家家在,戚无何不分身也得分身啊!传说他到一家做客,一同的乡客想吃鱼,主人家没有鱼,戚无何于是从头发上拔一根金簪投入潭中,立即有一条大鱼跃到岸上,取而烹之,又将那根金簪从鱼腹中取了出来。

似乎是在一个百鸟争鸣的早晨,万道霞光穿林而过,戚无何第一次来到了严恭山的一块巨石边。巨石高十四五米,圆融体态,丰盈壮硕,宛若白首道人卓立云表。仙风道骨、有灵气的石头,同这位修真得道的戚仙人相对而立,似乎前世有缘,今日相识,早已经心心相印。戚无何脱口而出:"这块巨石是我的化身。"

从此巨石呈现登仙之势,春雾秋云,夏雨冬雪,俯瞰世间云烟。人与自然,道与自然,在严恭山上融为一体,容世态、辨真伪、厌丑恶。巨石披上璀璨的早霞,在旭日东升中成了"石道人"。戚无何依石焚炉炼丹,炼丹炉三足鼎立,留下了深深的石印,数百年后仍留丹药芳香。严恭山的百姓与巨石比邻为友,以人相待,称之为石道人、石道仙,称呼亲热得很。

石道以西的石壁形成狭长的石缝,镌有"流云峡"的石刻,当地人称"一线天"。石壁微凹如佛龛,一个小道士的模样天然而成,人称"小石道"。传说小石道有灵性,"祈雨辄应"。

道与道之间,最好是没有大道和小道之分。小石道如果能关注些眼前的事、具体的事,行云播雨不误农时,严恭山的百姓或许更得益处。

虽有石道仙的风餐露宿、栉风沐雨,但严恭山算不上道教圣地。严恭山麓的古刹多为佛教寺庵,如严恭庵、净因禅林。净因禅林又称四顾寺、玉屏寺，四顾、玉屏都是地名，史可法曾在这里建淳风堡，留有"四顾云天倚玉屏"的诗句。

严恭山有锡杖坪。锡杖是和尚的锡铁拐棍，仗头如佛教的塔婆形状，系着大环小环，也称作智杖、德杖。和尚的这根拐杖，除了行路、防身的功用，更多还是彰显佛的智慧和功德。严恭山用此做地名，意为此处有古刹禅林。

严恭山的山寺后有一个钵盂峰。钵盂本来就是一只碗，肚大口小，水不容易泼出来。但在和尚和道士眼睛里的碗就不一样了。和尚的碗虽然也装食物，但在高僧圆寂之前会把自己用的袈裟和钵盂传给得到自己真传的弟子，所谓"继承衣钵"。道教的钵盂是修行的道具。道士用钵盂喝水，必须念"净水咒"，"道家一钵水，八万四千虫"。也有说"佛观一钵水，八万四千虫"，佛与道都珍爱生命，喝一钵水，要喝下八万四千只虫子，所以要念咒超脱。

严恭山有钵盂峰，有道又有佛。小石道像旁石壁上，镌刻"南无佛顶首楞严"七个字，若隐若现，古迹幽远。首楞严是佛家三昧之一，由此可见佛与道在此相互包容，互不排斥。相传"严恭"二字也是取自佛教经典，我没有考证。

严恭山有佛道心印的地名真是不少，除了石道峰，还有什么禅椅石、五祖趺坐处、印心石、白猿洞、云泉桥，且都有或禅或仙的故事。猴有尾巴，猿没有，白猿为道仙。石道不是道路的道，桥也不是桥梁的桥。这就陡增一份深邃、幽远的神秘。

在宿松的宗教文化中，曾经有过一道恢宏的历史风景：严恭山的风水祖脉与禅宗祖庭交相辉映，照亮了近半个世纪。自三祖僧璨在白马河边建宝相寺，先后有弘忍、神秀，以及马祖道一、金二祖师、灵光祖师等唐代高僧在宿松兴建禅林。唐代宿松兴建的有一定规模的佛教寺院达十五处之多。

朱书有诗写《石道士》，开头四句："青童独上青云端，时与天通骑龙鸾。世人相见总无语，胸藏紫文千余篇。"青童即仙童，青云为神界。老子过函谷关时，紫气东来，写就《道德经》。而朱书是百年之人，翰林大家，《石道士》句句精彩，堪称经典。最末句"嗟彼世间蟪蛄与夏虫，唧唧旦夕如飘风"，写尽苦心修真的严恭山石道人了。

不管是修真成石还是得道升仙，戚无何应该只是升级版的人。严恭山曾经的佛教的兴盛并没有湮没这位亦仙亦人的石道人。"严恭石道"作为宿松古代十景之一，既是以自然风景来呈现，相信也是几朝几代人对这位积德行善、心系苍生的道士的集体记忆。

淳风堡

根据史书的记载，明代的史可法在严恭山上修筑了淳风堡。如今在山上，已经看不到古时的寨门和石墙，连残垣断壁也难以看到。

严恭山山高路险，石壁陡峭，谁要是攀爬上山，足够让他历尽艰辛。我在想，山如果十分险峻，即使没有山门和砖石墙垣，大概也就是一座寨堡。

我们无法猜想当年淳风堡的模样。不仅仅是淳风堡，在家乡，许多的寨堡都已经是有其名无其实了。我在家乡的山水之间，从南走到北，从东走到西，数十年中，目之所及，除了白崖寨，其他的寨堡呢？大多不见踪迹，只在传说中、故事里、陈香的纸墨间，或许，也在他乡游子的梦里。

民国《宿松县志》载："清代盛时宪禁，不许修葺，仅存遗址。""清咸丰、光绪间，人心惧乱，惟白崖一寨则有修葺者。"古时的法律、禁令称为"宪禁"。这或许能解释为什么不见古寨堡的踪迹。

淳风堡虽然已在梦里，但承载了一个旧时代的记忆。明朝末期，农民起义风起云涌，朱氏王朝风雨飘摇。崇祯八年（1635），史可法率明军驻扎安徽，巡防宿松县。出于战争攻防的需要，他亲自拟奏折呈送朝廷，获准兴建了"垣周四里、六门、一千四百二十个垛口"的宿松县城的城墙。同时组织军士和乡民，在北部山区的严恭山、四顾山、独山、铜铃山修筑了淳风、连云、天城、同仁四座城堡。

块石和青砖垒起的城堡，饱经了血雨腥风。翻开史志，这是一段不忍卒读的篇章，生灵涂炭、民不聊生的记述，让我双手难以捧起沉重的书籍。明将史可法和起义军张献忠的军队，在宿松古驿道的沿线展开激战。崇祯八年正月惨烈的丰家店之战后，史可法败退白崖寨，坚守数月，终又战胜攻寨的义军。正是在这个阶段，史可法移师严恭山，边休整军队边聚众修筑淳风堡，同时还在与严恭山相连的四顾山上修筑了连云堡。淳风堡以山峰林立、关隘森严的云天岭为中心，筑石门石墙。这一年的秋天，明军与起义军正是以淳风堡和连云堡为主战场，再次激战数日，最终起义军败。

严恭山上的石道人，以物化仙，只为求得作为生命个体的人的那份隐逸、无为、静谧和修为。史可法率众筑起的城堡，注定是要经受炮轰火焚、刀砍剑击。城堡寄托的是一方乡民的安宁和福祉。

论起宿松的寨史，能追溯得很久远。雷池和桑落洲"九柳八卦阵"其实就是最古老的水寨。程岭乡境内的月山寨，三国时期的刘备曾经在此大胜孙权。

要论规模，宿松寨堡之多，也为长江流域各处之罕见。为什么有这么多寨？宿松向为兵家必争之地。史可法称，安庆是南京的咽喉，宿松是安庆的门户，从军事战略层面点明了宿松地理位置的重要性。历朝历代的军事拉锯战，攻守之间，屯兵休养和保境安民的需要，催生出了众多的水师营寨和山城寨堡。江洲湖泊，山区丘陵，关隘要塞，处处都有修寨筑堡的历史记录，仅旧陈汉地域就有四十八寨。

宿松大规模筑寨堡的时期除了明末，还有元末，都在改朝换代之际。1346年，元顺帝至正六年冬，黄梅五祖暴发农民起义，打起红巾军旗帜，数度攻陷宿松。石良等组织乡民筑寨，乡绅吴士杰也筹资修筑白崖寨。宿松古寨，记住了田园宰相石良、乡绅吴士杰、儒将史可法等英豪。他们既为朝廷，也为苍生。其实起义军也是苍生，也是百姓，城堡内外，攻守之间，是谁让血肉之躯自相残杀？

望春树

望春树的秋天。看着严恭山上的这棵望春树，同时也看到了旁边的石道仙和严恭庵，树就多了一份灵性和佛性。

1984年的《宿松县志》记载：坐落在县城北二十五千米处严恭山上的望春树，矗立高坡之上，颇有气势磅礴之概。树身藤蔓满附，更添几分神秘，民间传为严恭庵神木，树高17.5米，树径0.633米，冠幅东西11.5米，南北9.5米。文字中没有交代树龄。

此前的清朝道光县志和民国十年的县志都没有记载望春树，却记载了另外两棵树：倒插松和白马树。倒插松在陈汉独山岭的半山腰上，相传七祖结坛求雨时，倒插松枝虬干苍然。白马树在古县城的西门外，树身硕大，形体盘曲离奇。相传曾有道仙将白马系在这棵树上，从此谁侵犯白马树，身体都会有疾，连树枝坠落到地上都没有人敢捡拾。这些被史志记载下来的树都被赋予了某种神性，依附在神话之上。宿松旧时的东乡，民间流传"敬树如敬神"，树的神化，是人对自然的一种敬畏。

　　这其实并不奇怪。我小时候躺在竹床上看月亮，就听妈妈讲月中桂树的神话。吴刚天天砍，桂树又天天长回到原来的模样。中国的神树多，大羿射日，就站在扶桑树上。

　　严恭山的望春树是一棵现在已经挂牌保护的古玉兰树，也称迎春树。这种树先结果，后开花，颠倒了花果因缘，此为奇。果衣浅褐色，果仁红色，能入药。每年的惊蛰前后开白花，花瓣如汤勺，花蕊似火柴，花能治鼻炎、鼻窦炎。奇在树龄，当地人称有两百多年，久经风雨霜雪。寺庙毁过几次，淳风堡也毁了，严恭山也经历浩劫，望春树却依然结果开花，福佑乡民。其奇还在树的传说之多，说邻近黄梅县的一口水井里能看见严恭山这棵望春树，或许是这井边本来也有棵望春树。

　　望春树有诗意，花开了，春天就来了。严恭山是宿松祖山，见证了古老和沧桑，有着太多悲怆和苦难的记忆。这棵树的诗意，注定不仅仅是花前月下、霁月清风，还有寒梅吐蕊、旭日破晓的壮怀。杜甫望春，感时花溅泪，恨别鸟惊心。让我们仔细品读岁月和山石中的这棵树吧！

刊于 2023 年 10 月 20 日宿松文学公众号

棍犟

近日在省城参加合肥市宿松商会,听商会会长刘罗文谈及企业家精神时,特别提及家乡宿松独特而优秀的方言文化。刘罗文说,他非常喜欢"棍犟"这句宿松方言,它体现了宿松人的刚强、血性、正直、义气、磊落、热情、执着,以及办事情靠谱、懂得感恩等行为品质。他希望把这种"棍犟"精神融入宿松企业家精神里面。

回来后我翻阅了两部研究宿松方言的著述,一是老海先生编著的《即将逝去的汉语言化石——宿松方言考释》,一是唐爱华老师所著的《宿松方言研究》,想从中找到"棍犟"这个方言的相关解释。两部著述内容丰富,一时还未能得到答案,只好自己来做一番辨释。

我自小就听大人讲"棍犟"这个方言土语,熟知这个词,大致知道这是一个关于人的性格的形容词。汉语词典里对"犟"的解释是执拗,倔强,性格固执。宿松方言在"犟"前面加一个"棍"字,独创了一个地方词语,形象、直观地强化和拓展了"犟"的词义。

"棍"是名词,在汉语词典里面的解释也是两种词义,一是指棍棒,如齐眉棍、三节棍;二是指品行很坏的人,如赌棍、淫棍、恶棍等。我理解,在"棍犟"中的棍字是第一种词义,指的是中正、笔直、刚强,把"犟"具象化了。

"棍犟"无疑是一个褒义词,说这个人"棍犟",既是形容人的性格、个性，也是形容品格、禀赋，即这个人磊落坦荡，办事执着，不服输，不惧难，刚强正直，宁折不弯。

"棍犟"这个词是一个偏正结构，"犟"作为形容词是中心语，"棍"这个名词作为修饰语用来形容和强化"犟"，合起来是形容词，并有较强的画面感和动感。就像乡贤唐先田先生对"夜嘎"的阐释："夜嘎"在宿松方言里是翅膀的意思，两者之间怎么关联起来，先生一直百思不得其解。有天傍晚，他看见大雁从头顶上飞过，翅膀一扇一扇，一时间恍然大悟。"夜"就是腋，指胳肢窝，"嘎"是宿松方言"夹"，"夜嘎"就是翅膀一词的最形象最具动感的方言表达。

在汉语词典里，我难以找出与"棍犟"词义基本重叠的词语，反义词也一样不好找。我在地方方言土语中饶有兴趣地找反义词，也感觉脑力不济。

脑海中偶然浮现出一句方言"烂耕索"，觉得稍微向"棍犟"的反义靠近了一点。又翻了老海的书，里面记录了"烂耕索"的两种释义，一是比喻人无用，二是形容人在一处坐着闲话不断，忘了离开。在我小时候居住的村落及周边，把那种喝"烂酒"，喝了就醉，醉了也喝的人，也称为"烂耕索"。现在用"烂耕索"来指代无用的人。我的印象中，它一般是指那种性格软弱、办事窝囊、缺乏主见、不思进取的人。那种算不上邪恶之人，也不是德行坏的小人，就是稀泥巴扶不上墙，"恨铁不成钢"的，被大家瞧不起、边缘化了的人。

"烂耕索"在宿松方言中也属于比较细腻的造词。老海的解释："牛耕田用的粗棕绳。耕索烂了，看起来像个样子，实际毫无用处。"这个方言是借喻，直接指代人，不指物。不像有的方言有本义和引申义，像"哈火棍"，本义是指拨动灶台里柴火的木棍，也比喻那种浅尝辄止、办事不踏实的人。同宿松方言中称"腮腺炎"为"抱耳风""脚踝骨"为"螺蛳骨""鹅卵石"为"马铃鼓"等比较一下,"烂耕索""不曲里拐弯",同原本的汉语言词汇很靠近。但"烂耕索"三个字的组合,却极大地拓展和丰富了词义,这是宿松古人的智慧!

刘会长对宿松方言"棍犟"情有独钟,有他的家乡情结。他在异乡对方言的阐释,自有一番乡情在其中。他还把宿松的青龙文化同"棍犟"精神相提并论,相互映衬和词义关照,使得衍生出的词义更加深厚。

刊于 2023 年 10 月 2 日同步悦读公众号

第二辑

垄上烟雨

闻香小语

早起有喜鹊在窗前叽叽喳喳，喜鹊闹梅，那是蜡梅要开花了。一朵忽先变，百花皆后香。小院子里的梅香，也就是报春的香气了。

老母亲在田地里劳作了一生，最喜欢花草的香气。春日里我总会挖几株山涧里的兰草花送给母亲。母亲在院内栽种的是兰草、米兰、茉莉，都有淡雅的柔香。母亲对花的香气有自己独特的理解，她说与花无缘的人，有些花香是闻不到的。例如我今夏在院里试着栽了几棵南瓜、葫芦、丝瓜。我对母亲说，瓜的花是无香味的。母亲告诉我说，只有整日做农事的人，才闻得出瓜的花香，像草和泥土，都是有香味的。

也许如此，花之香要靠人来品赏才为香，花与人是无法分开的。所谓"山川瑰丽胜苏杭，楼外花香，楼里人香"。花草之香，都是迎合着人而来的。天竺葵、丁香花的香能镇定人的心神，茉莉花香也能让人平心静气、全身放松，紫薇花的香味能杀菌，吊兰的香能驱除室内的异味。原来花香也是药香。

花香不仅使人愉悦，同时也有药用价值，这在疫情防控中也得到了应验。疫情期间，我在网上浏览新冠病毒的防治信息，中医专家大多讲到芳香避秽，就是利用中药的芳香气味和药疗功能，通过熏香等方式让人体吸收，达到身心俱佳的疗养效果。

有的人"阳了"以后嗅觉失灵了，怎么办？医学专家告诉你，可以闻香囊，闻鲜花，还有精油、风油精等。鼻子两翼有迎香穴，轻轻地按摩，就能帮助你重新闻到香气。

草药有祛邪扶正、疗疾养生的功能。端午插艾蒿、菖蒲，其民俗中就有"大医治未病"的养生之理。

古人闻香，既是为了秉天地元气，引导阴阳，洁身祛病，又延伸到了祭祀和教化，草药之香演化成与仙风道骨为伍。古人这样爱香、敬香，闻香而论道通神，则是另一层的旨意了。

儿时淘野菜，有苦菜、野芝麻菜、荠菜、苦苣菜、灯笼泡草、雪珠菜、"剪刀夹"菜……有人可食的，有猪吃的。野菜有的叶茎十分相似，想要区别开来，就得靠闻香辨别。像苦菜和野芝麻菜酷似，只有掐茎闻一闻，方可辨识。

当然最讲究香味的还是茶了。我不识茶道，只会牛饮，但还是十分佩服品茗人的境界。香飘千里外，味酽一杯中。品茗人在氤氲中体味的，是茶的香韵，也是茶香和雅人相融合的意韵。人懂茶，茶亦懂人。

绿茶、红茶、白茶，除了分出毫香、果香、嫩香、花香、清香等不同的香型，有人还总结出了闻茶香的层次，有水飘香、香入水、水含香、水生香、水即香等不同的层次，其中水即香是指将茶汤和茶香完全融为一体，是最高的层次。这只属于真正识茶香、悟茶道的人。

还有《红楼梦》中的贾母到栊翠庵品茶，妙玉洗盏奉茶。这茶香四溢之中，却是深不可测的世道与人情啊！

"色清如水晶，香醇如幽兰"，是形容酒之香气的。"闻香下马"，也是因为酒香才生发出来的成语故事。

年轻的时候，我同地方的一家酒厂有过一段缘分，经常在厂里转悠。千年糟，万年窖。这厂子里的酒之糟香、窖香，浓烈得入脑入肺，但香郁而不醉，久而不忘。那时关于酒的知识，基本上是围绕着香气展开的。

据说，再高级的品酒师也说不清酒到底有多少种香味。爱酒之人，就尽量在醇厚与淡雅、绵甜与芳柔之间，找寻一些口留金香、玫瑰芳香的缥缈的语言来敷衍。"酒醒只在花前坐，酒后还来花下眠。"是啊，酒与花、与人怎么分得开？只是酒的香味在各个品酒之人的心头罢了！

大约与药香、茶香相仿佛，闻酒品酒也是有"道"的。要不怎么有"酒能乱性，佛家戒之；酒能养性，仙家饮之"之说？

还有一种香味是忘不了的，那就是家乡小河边的榨油坊里弥漫着的芳香。如果现在来描述，只能说是一种思乡的味道了。

刊于2023年2月9日《安徽工人日报》副刊

花香一隅

我们附近这条街整修过几次了。每一次整修，绿化带里的花花草草都会做些更新。好像最早栽植的是黄柏、冬青和茶花树，后来换过月季和夹竹桃，以及一些我不知道名字的花草。现在主要栽植的除了原先留下的月季，增加了红叶石楠和樱花。

每天走在街上，看花红柳绿，人来车往，并不感觉到有大的变化。只是走到南街尽头，看到街西侧的这处绿化带和斑斓繁茂的花草，我才会忆起这里的一些琐碎旧事。

前些年，这里还没有建起绿化带，只有一些临时的小摊小贩，有卖白菜萝卜小鱼小虾的、做油条麻花的、烘烧饼的、烤红薯的，还有几个拉货的板车佬在此等客。不知缘何，附近的人都把这块场地叫"金三角"。

记得有一位卖菜的奶奶。我路过时，在她那里买过几小把水灵灵的野水芹，带给母亲做凉拌菜。母亲直夸这野水芹鲜嫩，以后总叮嘱我路过"金三角"时，记得在卖水芹的奶奶那里带些葱呀蒜的回家。这位奶奶同我母亲年纪相仿，感觉很亲切，后来我就顺口称她"水芹奶奶"。满头银发的水芹奶奶性格爽朗，话也多。她说她卖的青菜，都是她在自家园子里种的，只为打发日子，不图卖钱。她还说野水芹是在县大河的浅水滩上薅的，一薅一大把，也不值钱。水芹奶奶爱花，栀子花开，我见过她的扁担头上就别着几朵栀子花。我还见过水芹奶奶在上衣的扣眼上插上两朵白兰花。

还记得一位卖花的姑娘。姑娘经常推着一辆小平板车到"金三角"，车上放着一钵一钵的盆栽花卉，五彩缤纷。卖花姑娘圆圆的脸，显得稚气，她总是不声不响地坐在车旁边，低头捧着书看。我在她这里先买了一钵绣球花和一钵天竺葵，隔几天又买了两钵珠兰和米兰。是那种简易的塑料钵，花回家要移栽，每钵才二十元。姑娘说她父亲爱培植花木，家里满庭院植草种花，还在城郊租了小苗圃。她大学毕业后在家待业，准备复习考公务员，闲着没事，就帮父亲卖卖花。

一位妇女在这里卖小吃，我也留有印象。她面前支着一张低矮的小方桌，几把红塑料椅，一个安装了小轮子的纱橱，是双层的；底下一层一头是小小的火炭炉子，一头是铁皮案板，做些面条、馄饨、水饺，上面一层是现成的凉拌的小菜，有花生米、雪里蕻、萝卜干等。她也是个爱花人，纱橱的上一层角落里，放着一个小小的白瓷钵，是盆绿植芦荟。我曾好奇地问起，妇女答复说芦荟是她女儿养的。女儿的教室里有"图书角"，还有"花香角"，同学们要将自己养的鲜花放一钵在花架上，可以经常替换。我见过几次这位养花的小女孩，放学了过来陪母亲守小吃摊。母亲在案板上忙，小女孩坐在方桌的一角，埋头写作业。小女孩静若幽兰，车马无扰。

"金三角"的旧事当然不止这些，均为凡人小事，因为透着过日子的世俗烟火，反而容易记住。不过随着建了绿化带，街道宽了、美了，"金三角"也就消失了。像水芹奶奶、卖花姑娘，以及那母女俩，就再没有见过面了。她们仿佛是与花有缘，是带着花香的人。我在这里给她们送上芬芳的祝福！

刊于 2023 年 3 月 23 日《联合时报》副刊

初到蒲河

到蒲河要进山，进山有两条路，南边险峻，北边平缓，导航选择走了南边。坐在车后座，往前车窗望，只看到天，有如飞机起飞后极速爬高。同行的一位朋友惊吓得不敢睁眼睛，直说背脊沟冒汗。

车子三弯九转，开始驶入山谷。竹海深处，浅褐色的竹叶垫路，不知落叶厚薄。驾车的泰然，坐车的却不踏实。车停在一处古宅前，宅上门额写有"吴氏宗祠"四个字，古意幽幽。一打听，我们刚走岔了路，这里与我们要去的松寨隔着一条溪谷。溪谷对面的朋友按车喇叭向我们打招呼，伴着林间竹叶飒飒响，闻其声，不见其形。车原路折返，绕溪过桥，依然潜游竹海，不见山水。

进山乡访老友。老友家在蒲河，过去在城里做工，现在返乡种茶，自称茶农。我们早知蒲河，到此地也是拜山拜水，问竹之禅茶之道。

蒲河，旧时称蒲家河，是大别山深处宿松县柳坪乡的一个行政村。蒲柳之处，皆为山居人家。柳坪乡在深山，山皆属长溪山，水皆为长溪水。

长溪山沿溪皆山，重峦叠嶂，史志曰"旧多猛兽出其中。邑充猎户者率居此"。长溪山诸水，源自罗汉尖的高山之泉，汇蒲河，经估亩山、汤家嘴，入雷水之源的二郎河。罗汉尖是宿松县最高山峰，长溪河清泉长流二十千米。蒲河山高，齐罗汉尖之腰；蒲河水长，居长溪水之中。

居崇山巍峨之腰，处溪泊纵横之中，蒲河即在柳坪乡的腹地。腹地尽得山水之优势，遍山种竹种茶，遍山野花野果，蒲河的花花草草都是中药材。蒲河在腹地，雾多雨水重，总是笼罩在烟云中、雾霭里。腹地避风寒藏阴湿，昼夜温差大，却涵养万物，春夏时节蜂蝶飞舞，百鸟争鸣。称蒲河奇山异水有点言过其实，称多奇花异草则不为过。

蒲河的声名还与黄梅戏经典传统花腔小戏《打猪草》有关。蒲河是《打猪草》故事的发生地。一代宗师严凤英将《打猪草》唱红大江南北，陶金花和金小毛这对青年男女唱《对花》的蒲家河崔家坪竹峦洼也跟着出了名，竹峦洼已经改名"打猪草山"了。为了坐实蒲河的这段戏缘，当地文史专家找出了清代的四块禁山碑，找出了戏中男女原型的族谱，最后还把小戏衍化过程中的老戏本、老演员、老剧社全都挖出来了。这一挖，挖出了蒲河不一般的自然风物、古风诗意。曾经有其他地方来争抢这个《打猪草》故事发生地之名，现在也不再争了。戏中的风波是因为竹笋，竹笋在蒲河的竹林里，竹林里的故事纠结了山乡的世世代代。戏里戏外，有喜有悲，酸甜苦辣，已成过往，一切皆云烟。竹林依然是"雨洗娟娟净，风吹细细香"。蒲河氤氲着竹海茶香，以及《对花调》中的人生美好。

在松寨见到茶农老友，谷雨已过，老友在做手工茶。松寨无松，是茶山。茶农老友不健谈，只取山泉之水泡茶待客，不多言茶。我不懂茶，擅长采摘野菜。啜一口刚做好的茶汤，竟然喝出了野菜的清香之味。朋友说，这不奇怪，茶叶只有吸收了花草的香味，才是好茶。我说，高山出好茶。朋友纠正道，是好山出好茶。罗汉尖主峰不产茶，好茶都在山腰的蒲河、邱山、龙河一带，上品茶只出自海拔五百米左右。清朝这里产的松罗茶，民间称麻雀舌，曾获巴拿马博览会金奖。

在蒲河，还听到了李时珍与蒲家河的传说。明代药圣李时珍是湖北蕲春县蕲州镇人，同柳坪一山之隔。传说李时珍多次来蒲河采集中草药，悬壶济世，治病救人。李时珍是否到过蒲河，有待文史专家考证。倒是现在，距药圣的年代过去了四百多年，蕲春县还经常有药农挎着布袋来蒲河采药。说不定，他们踩踏的地方，就是李时珍当年攀过的崖，蹚过的溪……

刊于 2023 年 5 月 16 日掌上安庆公众号

茶娘

偶然想到我们老街上的那家小茶馆，有些似梦非梦的感觉，因为是些模模糊糊而零碎的记忆。那些记忆并不真切，有的场景倏忽一闪，如果不用心去捕捉，就从脑子里溜走了。

小时候见到的人和事，都是些过眼云烟。就像这家小茶馆，在街的西头，对面是一排土砖和稻草搭建的茅厕。白天有山里人挑着柴火，畈上的人背着米和糠，来到茶馆和茅厕之间的这块空地上做交易。

在我这久远的记忆里，这家茶馆总是阴沉沉的，被细雨笼罩着。这当然是错觉，也许与茶馆背阴、光线不足有关，也许是因为那时少有在天晴的时候经过这茶馆，而阴雨天人的记忆又特别顽固。像梦一般的茶馆就始终有一些忧郁、沉闷甚至神秘的意味。

茶馆的主人是一位中年妇女和一个小女孩，我现在称她们为茶娘和辫子妹，是因为我已经记不得她们的名字了。实际上连她们的容貌，也像是隔着清明时节的雨幕。

茶娘总穿着深蓝色的衣服，就是腋下扣着一排布扣子的那种，现在的妇女不穿这种服装了。衣服的蓝是那种深邃的秋夜天空的颜色。茶娘绾起的发髻用黑丝网兜着，插着一根奶白色的玉簪子。这位茶娘单薄清瘦，白皙的脸上多有皱纹，多沉默，不见笑容。她经常用黑头巾裹着头，或是因为头疼，或是怕风。辫子妹跟在茶娘的身后。她到了上学的年龄,拖着两根细长的辫子,穿的衣服是蓝白相间的碎花褂子。辫子妹脸长长的,白里透点红,嘴巴有一点点歪。她总是一副羞怯的样子,我在街上住的那几年,几乎没有听到她说过话。

我那个年龄已在偷偷看父亲的藏书《聊斋志异》,书上的好多字还不认识,只懂些大概的意思。我从那家茶馆门前经过,看到茶娘和辫子妹,总不经意地联想到《聊斋》故事里的狐仙。

茶娘和辫子妹是一对母女,我从来没有见过辫子妹的父亲,也没有听见街上大人们谈论她们家的事情。茶娘似乎不同街坊邻居往来,辫子妹背着布书包上学时也是独来独往。小时候听过大孩子讲"一双绣花鞋"之类的故事,竟然爱往茶娘那家显得有些阴沉沉的茶馆上联想。神秘感激发小孩子的好奇心,我经过茶馆门口时就会多窥视里面几眼。这也许就是即将步入老年的我,还能忆起老街茶馆的原因。

我大约是进过茶娘家茶馆的,要不我怎么记得那些仿佛被香油浸润过的湿漉漉的方桌,以及桌子上的白瓷茶壶、细瓷杯、蓝边碗?特别记得灶台上的一个红釉钵,盛着满满当当的一钵浓酽酽的"茶婆婆"。只是关于茶娘和茶馆的一些信息,现在只能靠记忆来拼凑,就像听大孩子们讲"一双绣花鞋"的故事,不辨真假。如果是虚拟一个故事,茶娘会是一个有故事的女人。她是我们这条小街上一个透着寒气的冷美人。冷薄的冰包裹着她和辫子妹的生活,不问过往,不知未来。我小时候大约是惧怕过茶娘的,我的街坊邻居们也都小心翼翼地,不去招惹这对看似柔弱的母女。看似柔弱的茶娘,或许也是一个惹不起的狠角色?我不知道。

依稀记得辫子妹有一个与花与草有关的名字,但我实在是记不起来了。她也不应该总是穿着夏末秋初才穿的碎花衣裳,但我只存着这点记忆。有次，我和小伙伴在玩打地老鼠或者滚铁环之类的游戏时，就见她远远地倚着门，一动不动地瞧着我们。她当时穿的就是这身碎花衣服。久远的记忆往往都会是定格了的，既有意识上的，也有诸如衣物等物质方面的。辫子妹的确很少与同龄的孩子们接触。我们玩躲猫猫、牵羊、跳房子等游戏时，她肯定没有参加过。除了上学校，辫子妹终日在茶馆里面。

我们这条老街，即使经历了"文革"的涤荡，也依然存着几分乡风古意。喜欢坐茶馆就是留下来的旧习俗。老街上有好几家茶馆，乡村的闲人上了街，要一壶茶，就能泡上一天。与村头道口的那些酒楼茶肆不同，这里的茶客大都是老年人。茶客不是茶馆的过客，茶馆仿佛是他们人生的终点站，哪天他们不来喝茶，要么病了，要么走了。

茶娘的茶馆没有什么不同的地方。如有不同，那也是被时光过滤之后，我的关于茶娘、茶馆的记忆带来的。就像那首歌谣里唱的"千里之外的酒楼茶肆"，孤独冷寂、被人遗忘就是这个茶馆的水墨意境。世间的许多人和事，微弱如萤火，渺小如草芥，他们的价值或许只是他们的存在。

最后补充一个场景。茶娘是吸水烟的，黄铜做的水烟壶，吸起来咕咕地响。她坐在一张方桌边吸水烟，吸完了把水烟壶递给茶客吸，她静静地看着。这些过程中，茶娘不说话，也不笑。

本文选入华文出版社《中国文化佳作（2022）散文卷》

上铺的兄弟

1978年初秋,我到宿松师范学院报到。朱春槐同学在我之前已先到了寝室。母校当时的学生寝室,就是一间旧教室里摆放十几张高低床。高低床分上下铺,我把行李放在其中一个下铺上,却被一位同学移开了,像是我抢占了下铺。春槐同学见我愣在旁边,就把他已经铺了被褥的下铺让给了我。他笑着说,他喜欢睡在上铺。这是我俩第一次见面。

我们那时是初中毕业考县师范,才十几岁。乡下孩子进城,见人都怯生生的。我和春槐进出校园经常邀约一起。那个年代,做文学梦的少年特别多,例如我俩。我们上街就往新华书店、县图书馆和租书店跑。那时书店、图书馆挤满了人,一本书每天的租金是一分钱。

学校的饭厅是一个破旧的礼堂。我们相约去食堂打饭,一前一后排队。早餐我喜欢吃食堂的馍,每月定量发的馍票老是不够吃。春槐常匀点他的馍票给我。

学校在城郊,大门口的东边有一方水塘,西面是连片的稻田。稻田间有狭窄的田坝,有一条平坦的机耕路。早读课之前,总有同学三三两两地在机耕路上漫步,诵读课文。清晨,我和春槐也习惯在田间结伴而行。

春槐沉迷文学,有段时间他的基础课在考试时掉了队。那段时间他比我起床早,每天踏着小草上的露珠到田畈上去复习。田畈上泛着霞光，漾着清新的空气。我有次发现了他的一个小秘密：他的专业课本中还夹着一个软面抄，里面全是他抄写的外国诗人的诗，有普希金的、屠格涅夫的……他补习基础课时，还是丢不下对文学的痴爱。

我们两个人在一个乡相邻的两个村，就读的却不是同一所初中。我们都是以比较高的分数直接考进中师的。当年的高分考生大都选择读中专，因为可以为家庭分担一点经济压力。那时我们俩的家庭经济状况都不太好。有几次周末，为节省车费，我俩步行二三十里路回家。下午放学之后，我们沿着二郎河坝溯水而上，到家的附近时已是夜深人静，两岸是点点灯火。

师范毕业之后，我们被分配到了同一所山区小学——原铜铃乡辅导小学。他教四年级语文，我教五年级语文。学校坐落在一个叫南屏庙的山岗上，我俩被安排合住一间二十多平方米的砖瓦房。那时山区小学上午、中午上课，下午不安排课。参加工作第一天的午饭，是在房间里吃的。把从食堂打来的两碟子小菜放在办公椅上，我俩对喝了一瓶白酒。

半年之后，春槐被调到了更为偏远的三冲小学。那里是深山区，交通不便，生活条件不太好。我有点替他担心，周末去看他，见他还是那副散淡平和的模样。他房间里养了几盆兰草，桌子上摆放着几本诗集。

后来我被调到邻乡的一所初中任教，再后来改行从政，平时同春槐见面不多，只是过年的时候相互间还走动。多年后，我进城里工作，家也随之安在了县城。春槐又回到了铜铃乡辅导小学任教，他爱人在学校代课。他和爱人每年都要回老家的旧宅过暑假。有几年我把上小学的女儿送到他的老家过暑假，我同爱人也常过去转转。两家像亲戚一样。

日子如流水一样清澈而平缓地流淌着。春槐安贫乐教，是远近都有好口碑的教师。我能感觉得到，他对做乡村老师是很满足的，也乐在其中。

几年之后他在县城买了套房，那时他儿子也大学毕业了。他在二郎中心小学任副校长，依然带课，周末住城里。我同爱人周末有时去他家蹭饭。

2017年春，组织上安排我到县教育局任职。教育系统人多事杂，到任后我和春槐竟好长时间没见面。有次他到局机关办事，顺便到我办公室坐了一会儿。他对我说，想辞去学校副校长的职务。我问为什么，他没有作声。后来我才了解到，他是想腾出岗位给年轻人。

有一天，听说春槐身体不舒服，我同爱人去看他。他说背部疼痛，痛得晚上睡不着觉。我劝他抓紧治病，尽早外出检查一下。他说学校有些事情一时走不开，先挨几天看看，要是不痛了就算了。

得知春槐检查出脊椎瘤已经是在他挨了几个月后的事了。他的家人陪着他去杭州的医院检查，没有确定是良性还是恶性。我再去看他时，他明显消瘦了。后来他由爱人和儿子陪着，到北京的301医院做手术，手术比较成功，但病原体不明确，留下了一丝隐患。

他很快就回校上班了。周末见面，感觉他的状态不错，我也为他高兴。过了一年多，又听说他身体反复出现状况，居然上下楼梯都困难。校长劝他回家休息他又不愿意，学校只好把他的住房从三楼移到一楼。

终于还是犟不过病痛的折磨和亲人们的苦劝，春槐同意外出复诊，去云南的一家医院。那天早上我去给他送行，我们聊了许多学校里的事情。他爱人打断我们的交谈，说要赶火车，等他从云南回来再聊。

哪知道，这竟是我们之间最后的见面聊天！

春槐离开这个世界的第一百天，农村旧俗谓之"祭百日"。我来到他老家面前屋这个小村子的后山，和他的亲人们一起站在他的坟茔前祭奠，表达无尽的思念。

朱春槐，当年睡在我上铺的兄弟，我总不敢相信他已经走了。他在世的时候，已经被推举为宿松县的新乡贤。县里给予他的致敬词也是那样朴素：朱春槐从教四十年，扎根乡村育桃李，担负起了"教书育人，为人师表"的神圣使命。

读书的时候，我们还讨论过春槐的名字。槐树分国槐和洋槐，他这个"槐"，不是"九棘三槐"中的国槐，只是普通的洋槐。洋槐就是春槐，在乡村很常见，也很实用。洋槐在四五月开花，洋槐花晶莹、纯美、脱俗。

刊于 2023 年 7 月 27 日《安庆晚报》副刊

补鞋记

这双棕色皮鞋,我穿了近十年。鞋的皮质好,越穿越柔软,穿在脚上透气,养脚。鞋底磨平了,我还一直在穿。

去年底,我发现两只鞋的鞋底和鞋帮分开了,有一条几寸长的口子,不能再穿了。人恋旧,仍然舍不得扔掉。

腊月了,穿上一双簇新的皮鞋,有点夹脚底板,不舒服,我又想起了那双旧皮鞋。带着旧皮鞋上街转悠了一圈,想找一家修鞋店,但是没有找到。现在好多行当都消失了,可能修鞋匠也不多了。

我突然萌生一个想法,能不能自己来把皮鞋补一下呢?我为这个想法得意了一阵子。

对于补皮鞋这手艺我还真不陌生。童年的时候,我家住在二郎河古镇上,有一个补鞋匠终年都在我家门前的屋檐下摆摊补鞋。那是一个很胖的老头子,姓胡,家在离集镇几里的墨烟铺,我叫他胡爷爷。他每天清早挑着一前一后两个木头柜子到镇上补鞋,雨雪天经常把木柜子寄放在我家。他把柜子放置在街沿上,两个柜子中间放一块毡布。胡爷爷已年迈,行动迟缓,穿着臃肿,围着破旧的围裙,围裙的吊带挂在脖颈上。

童年时,我蹲在门口的墙角,看天看地,看街上来来往往的行人,也看胡爷爷补鞋。他坐在小马扎上,围裙盖过膝盖头,拖到地上,膝盖头就是他补鞋的操作台面。木柜子有几格抽屉，里面放着各式锉刀、剪子、刮刀、锤子等。胶水是用圆圆的小铁盒子装的，像罐头瓶，但小很多。他常年补鞋的手很粗糙，粘着洗不去的尘垢，冬天指头上裂开口子，透着一道道血痕。

胡爷爷话多，他的说话对象是那些坐在摊子前等待取鞋的人。胡爷爷说他年轻时走南闯北所遇到的一些神神怪怪的趣事。说妖精、鬼怪的故事时，他都把自己编进故事里面。记得一个腊月他讲的故事，说半夜有个人撬开门进到他家屋里，摸米缸没米，摸食橱没油，只有灶头上挂着几串腊肉。他躺在床上，一直看着这个人，没有吱声，怕吓着了这个人。只是等那个人拿着几串腊肉走出屋门，他才说了一句："也给我留下一串吧，这是过年的肉啊！"那个人就留下一串腊肉放门槛上。不知道这个故事的真假，但胡爷爷讲故事时很投入，口水流下来都顾不上擦。

想不到半个世纪前的事到现在我还记得真切。许多过去的事情其实并没有被遗忘，依然留存在那里，只是等待唤醒，像冬天蛰伏的小草，春风一吹，春雨一润，就从泥土中冒出来了。

用手机在网上搜索了一下修补真皮皮鞋的胶水，网购了两支，一支九元八角钱，过了两天货就到了。看说明书上的使用方法，同我记忆中胡爷爷的操作流程差不多。我把指甲剪上的磨片当作锉刀，把旧皮鞋的裂口撑开，用磨片打磨干净，然后将强力胶胶液涂刷进去；再用小木片撑开裂口，晾一刻钟。那时，胡爷爷是点一盏煤油灯，慢慢地烘烤鞋皮和胶水。而我找来吹风机对着撑开的口子来回吹，效果应该更好。过段时间再将裂开的地方黏合起来，用劲挤压就好了。

修补好的皮鞋放置在门背后的鞋架上，我就穿着保暖鞋赴北方陪孩子过年去了。元宵节一过,回到县城的家,我就换上了这双棕色的旧皮鞋。裂开的口子被强力胶粘得严丝合缝,用力拉也不见松动。旧鞋子穿着柔软,养脚。

红灯笼

父亲八十八岁,像个老小孩。正月初一,父亲又发小孩脾气。屋后的邻居图喜庆,在自家院子里的树上挂了一盏大红的纸灯笼,正对着我家的窗户。父亲的眼散光,惧光和红颜色,看到灯笼就对母亲说,大红的刺眼,要移开。母亲说,大过年的,人家挂灯笼图吉祥,又是在人家院内,怎好意思去说这话?

父亲心里放不下这事。妹妹回家拜年,也反复劝慰父亲。父亲独自在屋后转,扶着院门,时不时瞥一眼树和那只红灯笼。

临近正午,父亲又准备出门,被我劝回来了。我坐在沙发上翻阅手机,父亲探头望了几次我的手机屏,又离开了。父亲失去听力好几年了,靠写字来交流,所以与人交流多是点点头、笑一笑,就应对过去了。

过了一会儿,父亲从房里拿出一个布袋子,放到我旁边。这是父亲整理的自己写的诗文,准备印他的第六本文集。前五本都统一用"残荷雨"做书名。父亲近些年写的旧体诗和诗论,很多都在全国各地的报纸杂志上发表了。

母亲从厨房里出来,笑着说:"老头子又要拿这些东西给你看,写这么多,有什么用啊?"我说:"父亲的文字好啊。"母亲又说:"你看人家老头子,出门溜达;就他,整天待在家里写。"我说:"能写说明父亲身体好,头脑好。"母亲也知道父亲离不开写作。

正准备吃午饭,厨房里传来母亲大声说话的声音,像是在吵架。我连忙过去,发现父亲也在。原来还是为了红灯笼的事。母亲在对着父亲耳朵大声喊,过年了,让大家安静,不能不讲理。父亲见我来了,没吱声,但似乎不想放弃他的想法。我心里想,灯笼再碍眼也得克服几天,过几天风一吹雨一淋不就看不到了?母亲也是一脸的无奈。我们家通常是不管父亲有理无理,最后都是母亲迁就他。

我有点想朝父亲吼几句的冲动,又知道不妥,就离开了厨房、厅堂,到了屋后人家的院门,看树,看红灯笼。唉,这绒绒的纸、精巧的工艺,多吉祥喜庆的红灯笼啊,怎么在父亲那里就不能忍受呢?

我心中的父亲一直是宽容大度,很体谅人的。我们小时候,父亲教育子女,虽然严厉,但还是注意给我们讲道理,要求我们讲礼貌,懂尊重。他做农村干部时,同群众打成一片,也有着好口碑。现在他八十多岁了,这些怕光和红颜色的情况,应该是心理上的问题。从情形看,他也在同自己斗争,但他控制不了。母亲、妹妹有时也在努力迁就父亲。

我笑着回到了厨房。父母亲正在用旧报纸贴窗户。母亲站在小木凳子上,父亲在一旁扶着母亲。刚贴好,母亲下了凳子,说,好了,看不到了。我怕父亲尴尬,连忙返回厅堂,坐上沙发,继续翻看父亲的文稿。

过了一小会儿,父亲走到了我身边,用手推推我的肩,说:"你娘用纸挡住了光,都好了,一切都好了。"那语气,像一个做了错事的孩子。

看了父亲准备刊印的文集中的几篇诗文,还是田园的意味,还是乡村的情怀,还是美的韵致,没有多少沧桑之感,反透出一股清新。父亲是一个矛盾体,他心理上的这些挣扎,竟在诗文里看不到一点影子。想来,他回避的是他不想要的,他呈现的是他在追求的。

克什克腾观日出

　　如果日子像钟摆一样周而复始，像水面一样波澜不惊，你还会有许多梦幻的遐想以及浪漫的向往吗？

　　会的，除非时光流淌的节拍改变了，除非飞鸿掠过兴起一片涟漪。

　　仿佛是梦。一个夜晚加一个白昼，就从烟柳江南来到了塞北原野。抖落一身喧嚣的尘土，摆脱心里无可言状的疲惫，深深吸上一口坝上草原的空气，放眼幽蓝深远的天空。

　　情绪尚未安顿，北方的亲人就安排我一起去赤峰，去坝上草原，看克什克腾的日出。正是凌晨，天空澄澈，万籁无声。此时的人们也是似醒非醒，似梦非梦，恍若幻境神游。

　　东边天际一抹亮光，夜空中一簇簇悠闲的云，空气里泛着的淡淡的草香，以及裹挟寒意的秋风。观日出的人们加快脚步，仿佛赶赴一场约会。是呀，这就是同太阳的约会。我们一步一步登上山顶，只为去约会那披云戴彩、气象万千的太阳。此时在山的那边，太阳也在紧赶慢赶。千里之遥只为约会今天的太阳。

　　此时，我们已经到达山顶。在我们家乡，这只能算是小山丘，而在坝上草原，我们可能因此成为第一拨看见日出的人。人们都在找寻最佳的拍摄位置，摆弄手中的相机。只有我还处在神游状态，诗意地等待日出的那一瞬。

　　小时候总是迎着日出去上学，似乎从未在意过日出的景象。那江南早春的霞光,把太阳的丝丝暖意披在单薄而又孤独的我身上时,我也似乎从未在意过。儿时,怎么懂得怀揣梦想,怎么懂得感恩日出?

也许在单调、刻板的生活中待得太久,我才如此在意今天这个新鲜的环境,这个似乎很有灵气的早晨,如此在意今天还没有露面的太阳,如此急切地等待太阳升起的那一瞬间。我在心里说,因为我们的早早到来,今天的太阳只属于我们。

这是今天的太阳,是亘古走过来的唯一,也是昨天的太阳,也是我童年的太阳。你在江南,也在塞北,让我们共同拥有,拥有多少个充满希望的日子,拥有多少温暖和慰藉。

山丘上有幽微的青草和野菊的味道。今天赶早来登山看日出的人真不少。人们选好位置,早早站定,平心静气,只为等待那旭日升起的一瞬间。而我,依然在寻找合适的位置看日出。日出的瞬间在不同的观察位置,会是不一样的构图、不一样的景致、不一样的感受。就像我们的人生之路,总是在不停地选择和调整自己的位置,美化人生的风景,装点自己生活的角角落落。

天边泛着亮光,将云团映照得五颜六色。天地之间,呈现出一幅气势宏伟的水墨画。即使是旁边的几朵闲云,有光影相衬托,也似几抹闲笔,别有韵致。山谷起雾了,雾借助于光,放出异彩。太阳要出来了!

人群静静地等待那激动人心的一刻!这时,大地也是静默的,用自己的博大,迎接阳光和雨露。

在克什克腾观日出,我享受着这种等待。等待让我们知道,一天这么长,一年这么久,都值得好好珍惜。

枇杷熟了

母亲几次对我说，想把小院子里的这棵枇杷树伐掉。我心里着实不愿意，但也知道母亲的心事，只好不作声。母亲内心又何尝不在纠结？她哪里舍得伐掉枇杷树啊？

今年枇杷树又丰产。到农历四月份，树上就缀满半青半黄的果实，把枝头压得弯弯的。前几天，就有一枝枇杷被压断了，掉落地上，一粒一粒都是大而饱满的果。母亲弯腰捡起树枝抱在怀里，细心地剥一颗果子放到嘴边，慢慢地吃。母亲说："现在就不酸了呢，甜，水分也多。"还摘一颗果子递给我尝。我是吃出了酸涩的味道，毕竟没有到成熟的季节，但也只好皱眉眯眼迎合母亲："是甜，是甜。"

末了，母亲还是失望地说："就是枇杷熟了，看得到，尝不到，还要惊扰邻居，这树还是不要得好。"

说起这棵枇杷树，已经有三十多年的树龄了，长得粗壮高大，树冠高过三层楼房。小院子当年是一个小山沟填平的，所以土层松软肥沃。枇杷树苗是从老家屋场院子里挖到城里新家来，由父母亲一道亲手栽下的。

枇杷树既寄托了乡情，也成了我们大家庭多少年的欢乐之树。到了枇杷成熟的季节，我们知道母亲的心情会像五月的天气一样清新和舒畅。她通过电话、短信、微信，不时地向我们姐妹兄弟和孙辈们炫耀枇杷的长势。枇杷熟了，她搭木梯到二楼的阳台上采摘果实，存放在竹篮子里、簸箕里，等着我和妹妹回家来拿，也会寄一些给北京、西安等地的亲人。姐在北京说，北方的枇杷再好，也吃不出妈妈寄的枇杷的味道。妈还特别叮嘱我和妹多拿些，带到单位给同事尝尝鲜。我的许多同事和朋友都知道我家有棵好枇杷树。

那些年，母亲也会把刚采摘的枇杷分送给邻居。那里是县城一个老机关住宅区，有十来户人家，母亲送枇杷时一户不漏，有小孩的人家还会多送些。母亲的人缘特别好，县城里除了一些老乡，还有剑友、舞友。她的太极剑和广场舞都非常出色，当年是教练和领舞的角色，如今八十多岁了，剑和舞都停了，她和这些阿姨就交流些养花、唱黄梅戏的事情。母亲的微信和抖音都玩得特别棒。她会唱很多黄梅戏剧目，自己录、自己唱，再加上音乐伴奏，常发到朋友圈。前两年她还同阿姨们到公园的水榭曲廊上拍载歌载舞的黄梅戏视频发到抖音上。枇杷成熟了，当然也不能忘记这些阿姨。过去是送上门，后来走不动了，就一个个打电话，约大家上门来拿。

这让我想起小的时候，在乡下，我家院子里有几棵柑橘树。橘子红了摘下来，母亲会用手帕包裹上几个，让我们弟妹在屋场里一家一家地送。我们叩开柴扉，驱着鹅豕，递上橘子，总会获得乡邻的一番称赞。送橘子是我和弟妹们最喜欢做的一件事。

然而枇杷树这几年也变成了母亲的烦心事。先是有小孩攀院墙摘枇杷，不是母亲舍不得，摘多少都行，就是万一摔了怎么好？知道有小孩上了院墙母亲还不敢吱声，怕惊了孩子吓得他们往下跳。第二年只好把墙上能够得着的枝丫都砍了。刚完事，供电部门又从屋头架电缆，正好从枇杷树的中间穿过去，我同父母亲商量要砍了旁边的枝丫。涉及用电的安全，是大事，也是公家的事，他们当然应允。这一下来，供电部门连砍两次，只剩下树顶了，搭梯摘不着，在二楼的阳台上也摘不着，这几年只是用长竹竿敲下点。偏偏顶部的枝叶繁茂，靠南边的枝条覆盖了邻居家的偏房的房顶，房顶是那种波浪式绿铁皮做的。枇杷熟了摘不下来，就有鸟儿啄，啄下来的枇杷落到铁皮屋顶上，一阵一阵乒乓作响。邻居是位年迈的婆婆，一个人住屋里。每当屋顶叮叮当响时，婆婆总会出门来往树上瞧，碍于情面从来没有责怪过母亲。可越是这样母亲越是尴尬，感觉过意不去。母亲对我说过，熟透的果子自己会掉落，有时深夜都能听到枇杷落到屋顶的响声，将心比心，还能等婆婆找上门来？

看样子今年这树是必须伐了。枇杷快要熟了，母亲的心情越发焦躁和急迫。她几次在我面前比画树往哪个方向倒才安全。母亲老是围绕这棵树打转，毕竟有着难以割舍的感情。

这天我偶然同一位同事说起这个事情，这位同事哈哈一笑，说："这也太简单了，我家里有在网上买的长臂剪，十几米的高度都能把果子剪下来呀，你拿去用就是。"她说，她也是因为父母亲院子里有果树，所以才买了这剪子。哎呀，我怎么就没有朝这方向想过啊！

回家赶紧对母亲一说，她一时很是兴奋。她站在枇杷树下，开始同我讨论果子剪下来，怎样拉一幅被单接住，不能摔破了枇杷果子，她还异想天开地问我，可否在剪子下面织一个网兜，兜住果子。

父亲在一旁立着，饶有兴致地看着母亲和我对着枇杷树比比画画。父亲近九十，听力不太好，他平时两耳不闻窗外事，专心看书、写旧体诗，他大约是不知道母亲和我在说些什么。这时父亲却说话了："这棵树啊，占着好地脉，一年都是绿色，又带来阴凉，我和你娘都是舍不得砍掉的。"母亲和我只是一个劲地朝父亲点头。

童年的雪又在下

朔风吹冬雪，暗香浮月影。童年的雪总是带着芬芳的记忆。厚厚的雪，没过膝，咯吱咯吱地响。屋檐下的冰凌长尺许，参差不齐，如宝剑倒悬。奶奶叮嘱我，不要挨着廊檐走路，小心砸着头。屋后的河坝、沙滩、杨柳，被棉絮一样的白雪覆盖。远处，二郎河清冽的水缓缓地流淌，听不见潺潺的声响。清晨，雪地上几行深深的脚印往北而去，不见尽头。远处是七祖山，被大雪勾勒出起伏的轮廓，被烟雾笼罩。记得以前母亲经常起早摸黑去七祖山打柴，供全家烧火做饭。

雪天、雪地是孩子的世界。任孩子们在雪地里怎么打滚，大人们都不会管。清早，新街口的几家茶馆敞开了门，没有几个茶客。茶馆里的吴奶奶抹了方桌，开始漫不经心地清洗茶杯，细瓷杯薄薄的，白如雪。隔壁的婶娘，自小我就叫她"瘦子娘娘"。瘦子娘娘坐在木门边上，捧着铜质水烟壶呼噜呼噜地抽烟。对面的铁匠铺生起了火炉，戴毡帽子的铁匠爷爷，把黑咕隆咚的茶壶挂在火炉上烧水。

打铁的爷爷姓祝。我听大人们说，祝爷爷年轻的时候到湖北黄石学打铁，就是戴着这顶毡帽回家的。祝爷爷会唱文南词、黄梅采茶调。上街头的李瞎子经常到铁匠铺来，祝爷爷一句一句地教他唱。街上人家有了红白喜事，李瞎子就上门去，边打莲花落，边唱文南词、采茶调。祝爷爷教李瞎子的时候，小孩子们就在旁边听。

下雪天，铁匠铺是最暖和的地方。打铁的时候，祝爷爷和他的一个小徒弟穿着很少的衣裳。有山里人冒着风雪，挑一担柴火上街来卖。担柴的时候热得头顶上冒气，歇脚下来时又冻得瑟瑟发抖。柴火担子靠着墙壁，人到铁匠铺烘暖。卖柴的人还能喝上祝爷爷烧的开水，顺便把汗湿的衣裳在火炉边烘干。

雪慢慢停下来。太阳慵懒地从云缝中探出头，要不了多久，云就散了。邻家的爷爷、奶奶陆续迈出家门，在东墙找个地方，坐在小马扎上晒太阳。跨越新街和南街的棉桥边，炸油条、蒸馒头的铺子摆出了屋檐，卖日杂的、打米酒的、钉秤杆的，卸下一扇扇门板，生意开张了。食品公司的肉店开门晚一点，鸡窝门一般的开票的小窗口前，已经有人在排队。

街上的雪一踩就化，棉桥上的青石板、道路上的鹅卵石就清晰地显露出来。屋檐上的冰凌在滴水，时不时有冰凌落到地上，摔出清脆的声音。茶馆里响起杯盘碗盏相碰、茶客笑骂的声音。正午，乡下卖米卖糠的、卖洋芋种的、修鞋补锅的、打板糖的、卖小菜的都在街上找到了自己的位置。他们的小本生意还没有开张，便把手抄进袖子里，风不大，有点刮脸。

童年不问世事，不知冷暖，满眼雪月风花。打雪仗，玩雪人，玩疯了、累了回到家，母亲上前来扑打掉我身上的雪，用大手搓热我冻红的小手，奶奶拉我坐进暖火桶。门外的小雪人望着我，羡慕我所拥有的亲情和温暖。

访邻新雨后，忆雪最思乡。此刻，家乡又在下雪了。当年的古镇，如今已是繁荣的特色集镇，人们也过上了丰衣足食的日子。银装素裹里，家乡一定分外妖娆。而我，也十分怀念在小镇的童年时光，怀念那时的雪，那时的人。

刊于2024年2月1日《安徽工人日报》副刊

天籁

最纯美的声音,如果没有心境是听不到的。

沉沉的夜。这是天地间亿万生灵心灵跳动的节拍,这是仲春时节生物拔节而生的轻吟,这是入冬的雏鸟在暖窝里快乐低鸣,这是婴儿吮吸母乳的无限惬意。

天连寰宇,这是广袤苍穹关于生命演绎的信息;星月沉钩,这是广寒宫伴随嫦娥舞袖的古筝传来的袅袅余音。

历史已如过眼烟云。这纯美之声,是古战场催征战鼓留下的震颤,这是驰骋疆场的老将军一声"扬眉剑出鞘"的威严,这是多情诗人怀旧的吟唱,这是深宫内幽怨的低咽……

时间流动之声,似轻风,看不见,但感觉得到。

独自享受这清雅如入仙境的天籁。存在的只有时间和空间,你的躯体仿佛已经羽化飞升。黑夜不复存在,繁华的喧嚣不复存在,世俗的浮躁不复存在……心跳的微微震波汇入天际,化作清凉的、无半分杂念的天籁。这时候,你进入全新的世界,得之不喜,失之不忧。

顺着额上的皱纹,你在恍惚中把握住自己此刻拥有的年月。你又听到了时间的流水声。这个世界好安静,好安静。你似乎感觉到了些许孤独和寂寞。天籁是魔幻曲,险些让你误入太虚幻境,忘记了归路。你还有那么多琐屑或者平庸的事应该去做。无事可做是另一种悲哀。

天籁毕竟是仙境的声音,听久了,又留恋尘世的喧闹,包括心中爱与恨的摩擦。

候鸟的故乡

秋意渐浓,堂前的燕子又要南飞了。远方的天鹅和大雁,也该起程了吧?燕子走了,它们就要回来了。

家乡安徽省宿松县,是全国内陆县域水面第二大县,有黄湖、泊湖、大官湖、龙感湖四大湖泊。由于实施长江十年禁渔计划,长江大湖生态环境明显改善。全县大面积的湿地增加了对候鸟的吸引力,其中不乏白天鹅、大雁、白琵鹭、大白鹭、苍鹭、鸳鸯等珍稀鸟类前来栖息。

从北方南下的候鸟,入冬后陆续飞抵长江沿线栖息。白天鹅、大雁大致有三条迁徙线路:东部、中部和西部。宿松位于中部线路的必经之地。这里水面辽阔,水草丰美,鱼肥虾多,吸引了成群结队的白天鹅和大雁。去年冬天,近万只白天鹅在宿松湖区的八里江畔时而低空飞翔,时而嬉戏觅食,成为令人叹为观止的独特的自然生态景观。

出生或者长期居住的地方是人类的故乡,父母在的地方就是我们的家。像天鹅和大雁等候鸟都是在北方或者西北繁衍,到南方越冬,拖儿带女举家迁徙,南方和北方都算它们的故乡吧。它们的家在芦苇荡里,也在蓝天白云上。

去年和前年的春天,过完春节,我都是从北方的城市回到南方的乡村。这个时候,天鹅和大雁却都一排排地从我的头顶飞过,一路向北。

我们宿松历史上属于吴头楚尾,先祖有过一次次迁徙的经历。东晋咸康三年（337），宿松乡民为避兵乱溯江而上，到荆州，择水而居，侨置松兹县。县令背着官印同乡民一道逃离家园，甚至连松兹这个县名也带走了，留下了一个老松兹——宿松。到了明朝初期，数以万计、十万计的先民又从江西鄱阳湖畔的一个叫瓦屑坝的古老渡口出发，迁入已近荒芜的宿松，垦荒扩土。兵荒马乱，背井离乡，他们没有回家的路。如果将他们比作候鸟，那时他们的故乡和第二故乡都是漫长的冬季。

年轻时听《雁南飞》："雁南飞，雁南飞，雁叫声声心欲碎……"少年不识愁滋味，那忧伤的旋律伴着诗意的美感，在晚风中、在枫林间，久久飘荡。

我回到了南方，因为父母亲在这里，但妻子、女儿居住在北方。我同天鹅、大雁的迁徙方向正好相反，我回来的时候，它们刚好离开。我回此故乡时，它们回彼故乡。人与候鸟的南来北往，就像朝云暮雨、明月清风，虽然轻描淡写，但总带着一份牵挂。这时候人很脆弱，天空中的声声鸣叫，都会让眼睛多一层迷蒙、增一分湿润。

回来后匆匆忙忙赶往湖滨江畔，每次都无缘与天鹅和大雁相遇。江枫渔火、落霞晚照，不见候鸟的倩影。候鸟们在离开之前的几天也不太出树林和苇丛，即使飞上了天空，也要盘旋数圈，显得不舍离去。终于还是头鸟带队，一飞冲天，再不回头，仿佛是稍微迟疑，又会飞回过冬的湿地深处。

在宿松长江的八里江段，再往上到归林滩，是越冬的天鹅最多的地方。在下仓的黄湖边，主要栖息的是大雁。我站在八里江江坝上望江心洲，是广袤的绿岛。这里襟江带湖，不远处是数十万亩水面的龙感湖。白天鹅真会找地方栖息过冬，这里可是当年陶渊明"风阻规林"

避雨的地方啊！

　　这几年，白天鹅、大雁的到来，为沿江沿湖的麦农、藕农添了一些烦心事。候鸟在越冬停留期间需要大量的食物。它们除了吃一些小鱼、小虾或者小昆虫等，主要吃草以及滩涂中的莲藕。好多藕塘里的藕禾、藕叶、藕秆被吃光。去年更不比往年，连湖边嫩绿的小麦苗也遭殃了。候鸟是保护动物，麦农不敢去惊扰，更不能袭击。天鹅、大雁仿佛知道这点，吃得旁若无人，怡然自得。

　　随着生态环境改变，到了候鸟迁徙期，来家门口栖息的野生动物种数、数量不断增多，像天鹅、大雁等糟践农作物的事情会越来越多。候鸟回南方的故乡，像是半客半主，大约麦农、藕农的心情也是复杂的，又是欢喜又是愁。

　　这件事情说起来也比较有喜感。麦农去找地方政府维权，政府指导群众一些防范小常识，如尽量做好隔离防范、组织科学驱赶，前提是不伤害小天使们。政府还对野生动物造成的农（林）作物损害进行了投保，尽量减少麦农、藕农的损失。

　　小时候听大人讲哨雁的故事。那时还没有摆脱贫穷，人与候鸟争夺生存空间，有人捕食候鸟。河湖之中，雁群夜间栖宿苇草里。雁群有防范之本能，总会有一只雁在值班放哨，称为哨雁。捕猎的人在岸上以火光惊扰大雁，哨雁惊飞呼叫，往往最容易被霰弹击中。一晚上如此反复，天明时捕猎之人去芦苇丛里捡拾的都是中弹而亡的哨雁。

　　真的为今天南归的候鸟庆幸！南方的故乡天高水阔，如这里的人的胸襟，温和而豁达。人与候鸟、与大自然，和谐共生。

刊于 2023 年 11 月 2 日掌上安庆公众号

暖席

我们村叫"懒牛退轭村"。据说很久以前,村里有头水牛,突然不愿意耕田耙地了,村里人也不逼它,索性取下它的轭头,让它整天在山垄上吃草,到小溪里喝水。后来,这头老牛死了,村民也不吃牛的肉,在田头把它葬了。外村的人知道了,只要说起我们村,就说是那个懒牛退轭的地方。时间久了,"懒牛退轭"就成了村名。

因为这头老牛,村里立了规矩——不吃牛肉。后来又说狗是义犬,狗肉也不吃。吃年夜饭时,家家桌子上摆一尾木头雕的鲤鱼。本来这是没有鱼吃时的旧俗,现在有鱼了,村里还保留这个习惯,说是规矩。木鱼上了桌,浇上热汤,撒上红椒、青葱,像真鱼一样。

暖席在懒牛退轭村也有规矩。

暖席,可不是说把凳子坐热了。席是酒席。村里人家有红白喜事,自然要置办酒席,亲朋、村邻要上门送礼,捧捧场,凑凑热闹。有钱的人家请一班丝弦锣鼓,唱一台文南词、黄梅戏,烘托喝酒的气氛,这才是暖席。

那都是早前的事情,后来因为皮瞎子,暖席就有了规矩。

皮瞎子不姓皮,大名李奎堂。李奎堂生下来就有眼疾,一线光,看东西模糊。他的父母亲早亡,是爷爷把他拉扯大的,没能读书。旧戏《皮瞎子算命》里的皮瞎子光卖嘴皮子,坑人骗人。李奎堂也是油嘴滑舌,没皮没脸,所以有人喊他"皮瞎子"。李奎堂这个皮瞎子倒不坑蒙拐骗,不偷鸡摸狗,只涎皮赖脸的。他穷,穷得吃不饱,哪里还顾脸面?有人家办正经事,他就拿根探路棍,左右点着路沿,找上门来,放一挂"百子头"的鞭炮,念几句过年玩龙灯的"上门彩",讨上一碗鱼肉大米饭,在屋檐下、门槛边,找个旮旯蹲下来,狼吞虎咽地吃了,然后抹抹嘴,摸索着回家去。

皮瞎子暖席就是讨碗鱼肉米饭。

起先只在懒牛退轭自己的屋场,后来周边的村落,皮瞎子也去"赶场子"暖席。

村里有位长者,人称"的荒二爷",不是生产队长,但在屋场里说话有分量,大伙都听他的。那年的荒二爷家娶孙媳妇,皮瞎子来赶场。"百子头"响了,"上门彩"也喊了,的荒二爷迎出门,却把皮瞎子扶进正堂,说:"奎堂,我孙子的喜事,你来坐个正席。开席了,你再掌几声欢喜彩,暖暖席。"宠得皮瞎子手脚不知哪里放,一双不见光的小眼睛眼皮直翻,道喜的话说了一箩筐。

村里吃酒席是四方桌子,进堂厅右首,靠着摆神龛的那是首席,十个人为满席,两个人占一方的为正席。的荒二爷的孙子水龙上前,把皮瞎子扶上了正席。闹腾半日,酒酣耳热,的荒二爷让大家静下来,说了一席话"我们懒牛退轭啊,今后办喜事,奎堂就不要在门口蹲着了,也不用送礼,但一律要上正席。奎堂带来了好彩头,给大家暖席,是喜上加喜!大家以为如何?"的荒二爷的话,赢得了一片长长的喝彩声。

的荒二爷见过世面,年轻的时候到江西星子学过打铁。白天跟师傅打铁,晚上到附近的戏班看排戏,听戏,学戏,学会了众多采茶调、文辞戏。打铁的间隙,他还随戏班到周围的村镇演草台戏。的荒二爷告诉皮瞎子："奎堂，暖席也要学点戏词，唱着闹热些，听戏的听出点名堂。你正堂上坐着，也让人瞧得上眼。"他开始教皮瞎子戏词。的荒二爷教的戏词多，什么《宋江杀惜》《瞧相》《朱老三卖斗角箩》《打豆腐》《小放牛》《闹花灯》《韩湘子化斋》《山伯访友》《乌金记》……皮瞎子是个天生的戏坯子，记性好，嗓子亮，的荒二爷教一句，他跟一句，一唱就会，有模有样。皮瞎子学得也勤，有空就找的荒二爷学戏，正襟危坐，不敢痞里痞气。他说的荒二爷比当年爷爷待他都要好。

皮瞎子暖席一直是村里的规矩。传言，皮瞎子暖席真能带来好彩头，一村子的人仿佛是认了。周边屋场也请皮瞎子去暖席，穿一身熨帖的衣裳，的荒二爷送他一顶毡帽总戴着，坐的也是正席。几十年过去，乡下日子也好了许多，散席的时候，开始有人家打发皮瞎子红包，送些零食和下酒的菜肴。皮瞎子也娶了妻子，是一位哑巴女，一只手有残疾，但能好生持家。他们生了个女儿，长得很周正，已经嫁到外村了。

皮瞎子暖席，不光是送彩头，他九腔十八调，也的确热热闹闹。除了的荒二爷教的戏词，知道哪村有会唱旧戏的，皮瞎子都摸去求学，陆续又会了《送香茶》《西楼会》《撇竹笋》《过界岭》《吴三宝游春》《余老四翻情》《余老四打瓦》《蔡鸣凤辞店》等戏词。说说唱唱，手舞足蹈，戏里的故事出神入化，戏里的人物情深意切，尽诉衷肠，围着听的人多了，喧哗声大了，皮瞎子越发来劲，人来疯。莲花落、数来宝，还有走过门、添噱头、吊胃口……皮瞎子用的都是得心应手。他唱文南词，开口像咬豇豆，咬紧了慢慢松下来；唱黄梅戏，柔柔开腔，慢慢往上扬，唱得你骨头酥了心也痒。后来县文化馆还来人给皮瞎子的说唱录了音，认定他是文南词的传承人，又有剧团、戏班的男伢女伢经常到他家去学唱，一口一个师傅喊他。

变故出在今年正月。村里溜婶的孙女出嫁，皮瞎子突然反常，居然上门送礼来了。村里的婚嫁，喜事的礼数烦琐得很，除了礼金，还得置办长寿面、猪肉、发财粑，红绳子绑松枝棒、柏叶，寓意"松柏常青"。这天一早，小鸟还在枝上聒噪，皮瞎子的妻子用胳肢窝夹着探路棍，牵着皮瞎子，一只手提着沉沉的装有礼品、礼金的篾篮子，走走歇歇，惹得一屋子人看稀罕。

到了莲塘边溜婶的家，溜婶半日才缓过神来。溜婶一脸的不高兴，不上茶，不让座，解下围腰布又是拍桌子又是拍椅子，不给脸色，也不接礼。皮瞎子的妻子懵懵懂懂地站了一会儿，把探路棍塞到皮瞎子手上，回家了。皮瞎子和溜婶牵扯半天，嗓音又大，像是吵架，引得邻里的婆婆婶娘前来看热闹。这越发让溜婶脸上挂不住了。

溜婶姓刘，娘家就在隔壁屋场。自她嫁到懒牛退轭，被喊过刘姐、刘嫂、刘婶，只是刘的声调变成了"溜"，相当于城里人说普通话，去声变成了平声。村里的土话，过于贪利、喜欢为蝇头小利而算计的，称作精明"过溜"。也是过去穷，村里人说她抠门，称她溜婶，有点贬损她的意思。溜婶脑子一根筋，认死理；在家里面也"霸"得很，瞪一下眼，丈夫就不吱声，吼一声，儿女都避让到屋外去，谁都不招她、不惹她。

溜婶直拍大腿："你老皮三只眼看人，莫不是看不起我小户人家？你不添礼上我家的厅堂，不一样北上有位？要破懒牛退轭的规矩也不能从我家开始呀？你老皮莫不是想冲了我孙女洪福齐天的当头彩？"

皮瞎子眨巴着一线光的小眼睛望天："托政府的福，托你溜婶的福，我老皮也早就不戴贫困帽子了，不缺吃不缺喝，日子隆盛如福海。过去大家赏吃赏喝又赏脸，该知足了。我和堂客送来的是福也是彩。"

本来就是这么点无盐无油的事情，竟然争执不下。皮瞎子一甩手，点着探路棍走了。他前脚走，溜婶后脚跟，把篾篮子提回皮瞎子家。第二天趁早，皮瞎子又让妻子牵着，篾篮子原模原样送到溜婶家。溜婶又拍手又跺脚，好话里头夹歹话，就是不收礼。皮瞎子的探路棍敲得门框砰砰响，费尽口舌，就是礼要送。

两人一台戏，引得屋场的婆婆婶娘们看热闹。

婆婆婶娘们也入了戏，有劝溜婶的，有劝皮瞎子的，劝着劝着，分成了两拨，相互间也争吵起来了。争来吵去，溜婶和皮瞎子只好歇嘴了，一个看，一个听。众人感觉无趣，就散去了。

溜婶叹口气，扶皮瞎子坐了凳子，说："老皮啊，说心里话，人争一口气啊！往日穷，为了几根葱、几把蒜，我从娘家嫁到懒牛退轭，娘家的姓都让人改了。为一家过日子，一家人竟也嫌我'过溜'，丢他们的脸。看到的，知道你老皮真心送福礼，看不到的呢？溜婶是真'过溜'吧，破规矩就她。还有我娘家的那些人呢？你哪里知道，人家不看你，却在看我。"

皮瞎子扶着桌子沿，也放缓了声调："我哪是不知好歹的人？过去是穷得没皮没脸的。哪个又晓得，出去暖一次席，就冷女儿、堂客一次心。我打小时候就没有脸面，她们要面子。这些年还出来暖席，逗大家笑笑、乐乐，真不是贪那个正席、那口酒菜，是感众家的恩。我那女、那堂客不理会我。女儿嫁出去不肯回门，就是认为我给她丢脸。"

皮瞎子缓口气，又说："你孙女儿出嫁的日子，我女儿大约要回娘家。"

皮瞎子说起旧事，让溜婶沉默了一会，半天才开口："日子一晃，我们都是爷爷奶奶辈了。当初，两家差点成亲家……"

屋外有人喊"来客了,来客了",一群婆婆婶娘簇拥着客人进屋了。客人进屋招呼一声"溜婶、奎堂哥",皮瞎子听声音知道是的荒二爷的孙子水龙回村了。

水龙在县城做建材生意,在外几十年,离土不离乡,城里的家也成了村里人的客栈。村里人进城办事,他乐于跑腿,做向导,贫富不欺,老少一样。逢年过节回村,水龙带上年礼和红包,一家一户拜访上了年岁的老人。村里的红白喜事他从来不漏,都是自己上门送礼。邻里间有点纠结,或有难过去的沟坎,一找队长,二找他。村里的老人们记得的荒二爷,都说水龙像爷爷。

溜婶递了茶水让了座,没有再说儿女的事。婆婆婶娘们却七嘴八舌讲开了,让水龙听了个八九不离十。望望皮瞎子,平时涎脸嘴滑的,反而不作声。自己失口,让溜婶提头说儿女的事,反戳了痛处,皮瞎子心里面恼,嘴里说不出来。他在寻思,这礼不送也罢。

水龙满头银发,坐着喝茶,笑眯眯的,不发一言。他一身唐装,红褐色,带着年味。

憋闷半天,皮瞎子说道:"婆婆婶娘们也不要再说了,水龙兄弟大老远回来,这点小事还烦他,不用不用。"

"老皮是小事,溜婶不是小事啊!"溜婶把"皮"和"溜"咬出了酸味。

水龙没有多理会,同大家聊家常事。问到溜婶家租山场开发苗圃和果园的情况,婆婆婶娘就一齐夸溜婶的儿子,自己赚钱不忘记村邻,又是供苗又是给技术,不吝啬,把好多户人家都带富了。水龙就说,是溜婶教育得好,说得溜婶脸红红的。

水龙这时喊了声溜婶,说:"要我说奎堂哥真心实意,这礼也该送。"皮瞎子想说不送也罢,张开口,没说。溜婶却急了,凑上前去拉水龙胳膊。

水龙笑着说:"溜婶不接这个礼,也有你的道理。"

婆婆婶娘们一片唏嘘:"原来水龙也会和稀泥。"

水龙说:"小时候爷爷给我讲故事,懒牛不愿意耕田耙地了,总是有这头牛的理。上辈子的人就把理给了牛,赢得了后辈对上辈人的敬重。理这个东西啊,往自己身上想的时候,就不是理,朝别人想时就是理了。"水龙指指桌子上的篾篮子,"像这,放奎堂哥家就不是礼,在溜婶家就是礼。"

水龙也不绕弯子了,说:"我说奎堂哥家给溜婶家送礼是礼尚往来,人之常情。过去穷没法子,现在日子好过了,改一下何妨?只是席还是要暖,村里外出的人多了,办正经事大都回来,一定要闹腾好。"又说,"这礼也不用溜婶接。等会把你小子从果园喊回来,我问问他这礼接还是不接。"

溜婶讪讪地答:"何乐而不为,省这份心。我操持这个家从没落下好。"

"你这是答应了?"水龙问。

"你水龙兄弟是哪个?你就是偏心一点老皮,我还能说什么。"

皮瞎子坐不住:"偏心了吗?"

水龙岔开他们,问皮瞎子:"我倒想同奎堂哥商量一下,这暖席也要跟上时代,那些老戏词有的也要改改。戏还是戏,彩头还是彩头。"

皮瞎子说:"都是二爷教的,新词我哪里会?"

水龙说:"那些找你学文南词的男伢女伢,都是县音乐家协会的。他们古树新枝,唱的是新词。他们都喊你师傅,让他们抽空来,来暖席,你唱,他们也唱。他们有音乐伴奏,比你的莲花落强一百倍。我回县城就讲妥,从溜婶家开始试试。溜婶,他们要自己开车过来,你要舍得掏几百块钱的油费哟。"

溜婶答:"儿孙赚的钱,有什么舍不得?有钱不晓得用,不是傻子?"看着皮瞎子自在得意,溜婶的气没消,她问:"老皮啊,到我家来暖席,喝的好酒,坐的正席,伢子们唱新词,你还能唱什么啊?"

皮瞎子不饶溜婶:"我就唱《皮瞎子算命》,唱《十八摸》,你愿意听。"

"呸,呸,老不正经!狗嘴不吐象牙。懒牛退轭村的人把你的歪嘴撕碎了。倒是真想问问你,你女儿家马上也要娶媳妇,你到时是去做外公,还是去暖席?"

皮瞎子一脸的不自在,想回呛,还是难开口。过往的那些穷日子,揭开是伤疤,疼!只在心里说,你这溜婶,暖席那天,看我怎么把你的小里小气编进戏词。这时,他却一心想着离开这里,回自己的家。

水乡龙韵

江雨苇在寒假回家前,梦到了家乡舞龙的场景。打谷场上,一条草把龙一会儿通达冲天,一会儿托底立地,上下腾挪,行云流水。在薄雾笼罩中,龙头龙身有起有伏。在雨苇的梦中,龙总是这样跃动,这般威猛,生机无限。

醒过来后他想象自己就是一条龙。在老家,龙和舞龙的人融为一体,就是这种跳跃的姿态。记不得梦中是谁在执龙头,摆龙尾的人肯定是有德叔。有德叔是村里的名人,精瘦精瘦的,小名叫猴子。舞龙时他专摆龙尾,既顺龙势,行云流水,又自带节奏,左蹦右跳,俏皮幽默,把大人小孩的目光吸引到龙尾巴上。村子里妇女们邀约观龙灯都这样喊:"快点哒,去看有德摆龙尾啊!"

雨苇的老家在江和湖之间,出门就是水。水乡的人好水又好龙,舞龙的习俗代代相传,热火劲当然超过其他的乡村。舞龙从腊月到正月,初七小年舞龙和正月十三舞龙必不可少,正月十三还为正龙日,除夕,正月初一、十五是高潮,有彩龙、火龙、水龙、板凳龙、草龙等,其中火龙最惹眼、热闹。耍火龙时要用烟火冲烧,村里大人叫"烧花儿",要烧掉一年的秽气。花儿通常有纸花,也有些乡野的花花草草。

江雨苇小时候是龙的小尾巴,小小追风少年,随着玩龙灯的队伍走东村串西村,只有在大人"掌彩"的时候从人群的缝隙里、大腿间往最前面凑。玩龙灯的人都是屋场上的熟人，平时不吱声，显得几分木讷，"掌龙灯彩"时，吉祥语张口就来。不同的村落和门户有不同的吉祥词句，有点像喊，有点像唱，一人领头，众人唱和。这也是玩龙灯玩到了最精彩的时候。雨苇听熟了，能喊出几段"开门彩"，如：

黄龙头上一点金，老板开门接我灯。老者开门多福寿，少者开门多儿孙。学生开门登金榜，姑娘开门受皇恩。左手开门金鸡叫，右手开门凤凰啼。金鸡叫，凤凰啼，正是老板发财时。

过了腊月、正月，舞龙的繁闹过去之后，元宵节一过，就要晒龙衣。雨苇看过晒龙衣的场景，有着很强的仪式感。因为在湖区，闹龙、舞龙不光是图热闹，也是祈福，祈求水上平安，等同于拜神拜佛。湖区人长年同水打交道，龙是图腾，在湖上渔民心中的分量足足的。晒龙衣的地点选在水岸滩涂，也要先舞龙，掌彩，彩文基本上是固定的，祈求风调雨顺。龙头祭拜恭奉，收藏于公堂公祠。龙身晒过太阳后，焚烧羽化。

还有炸龙和拖龙的乡村旧俗。炸龙是闹龙灯的一种形式：玩龙灯的时候，旁边的人往龙身上扔小鞭炮，炸得越响，越是预示一年的兴旺发达。雨苇见过的几次炸龙，都是蜻蜓点水，无伤龙身。他也听说炸龙有恶作剧，往舞龙者颈脖子上扔爆竹，把鱼钩系在爆竹上，挂着龙体炸，引得村与村之间打起了群架。这不过是往日旧事，只是听大人说，雨苇没亲眼见过。拖龙是指龙尾在前，倒着离开玩龙的村落和屋场。这是一种大不敬之举动，是一种有意引发事端挑起争斗的举动。不是民俗，也只是听说而已。

刊于 2024 年 3 月 2 日《安庆日报》副刊

汤塝观鸟

汤塝是一个小得可怜的地方。它被龙感湖千年拍岸的波浪洗涤成了流沙的细末。

三十多千米的路程，我们找到了环湖而行的感觉，而汤塝所在的这个行政村正巧就叫环湖村。穿林绕宅，望见浩无边际的大湖，汤塝也就到了。

一阵寒潮之后，湖边回暖的风显出几分柔和，风中带着野花的香味。已近正午，湖光潋滟，天蓝地绿。走过一段湖堤，见一汪湖汊。水面上隐隐约约似繁星点点，出现了一片一片的白。啊，那是天鹅！

站在杨柳岸上，眼前是鸟的世界。水面上凫着成千上万只白天鹅，还有数不尽的麻灰色的野鸭。野鸭大都近岸一些，人都是小心翼翼的，并未靠过去，却引得一队队野鸭惊鸿展翅，旋风似的，天空上顿时黑压压一片。它们盘旋一圈，又缓缓地降落湖面。而稍远处，成群的白天鹅在湖面上凫着，静静地，一动不动。

西伯利亚离这里五千多千米，白天鹅也许飞得太累太累了。它们是万里的归客啊！候鸟有两个故乡，故乡与故乡之间，相隔整整一个冬天。我想到了一首歌中唱的：找不到你曾经回来的方向，梦中的歌在云中飘荡，我的心儿在风中流浪；你是我的大地，我是你的花香，纵然千山万水，也无法阻挡……

心此刻也变得像湖风一样温润与潮湿了。谁的心不在路上？谁又不是候鸟，在追寻梦中的故乡？

白天鹅的鸣叫拨动我心中柔软的地方。天鹅的叫声特别，说不上悠远和恬静，也不完全是远行的鸟们相互间的激励。我在岸边闭上双眼倾听良久，在"克噜—克哩"的声音里，想听出玄机和密码。当然这是徒劳的，但是我的确感受到了声音悠远中的那份古老，响亮激越中的那份忧郁。

这个季节，龙感湖还不是候鸟的目的地。它们休息几天，吃饱了，喝足了，又要继续往南飞，飞往鄱阳湖甚至更远的地方。一波候鸟去了，一波候鸟又来了，直至到腊月，天寒地冻，最后的一波候鸟飞不动了，它们就在龙感湖上，在一个个湖汊的芦苇荡中，安家越冬。

面前的湖汊同大湖紧连，叫菜籽湖。环湖村有十几处湖汊，交错如织，包括上鲇鱼湖和下鲇鱼湖，多有候鸟栖息，连年来，候鸟最多的还是菜籽湖。这些小湖都属于华阳河湖群湿地省级自然保护区的范围。

在菜籽湖岸偶遇已经退休的县林业局老局长老司，他也是同家人来汤塝观鸟的。闲聊中听老司说，前几天县林业局技术人员在这里观察到了两百多只东方白鹳。东方白鹳属于国家一级保护鸟类，以前在龙感湖发现过一次，只有三四只。这次竟然是两百多只，很罕见。

我问老司，候鸟为何喜欢飞到菜籽湖栖息？老司说，这是浅水湖，水草丰沛，又是一个天然避风塘，适合候鸟觅食和休整。这里的农户也在菜籽湖养鱼种藕，但人养天收，不与候鸟争食。候鸟通慧，有记忆，人不欢迎下次不来，人欢迎不请自来。老司指指大湖说，何况周边是这么好的水域。

菜籽湖的近旁就是龙感湖的一处湖湾，湖水清波荡漾。三两只鹭鸶踩在浅水滩，探出水的深浅。一群黄牛在杨树下悠闲地啃食水草。草滩间或有沙滩，细沙刻画出退水的波浪线，以及随水漂来的菱角、水浮莲。堤外，油菜半尺，冬麦数寸，菜园子里的小白菜、包心菜、芥菜、萝卜菜透着浓浓的绿。

岸边有一李公庙。我问一村民，庙中供奉的李公是何方神圣？村民回答是古时一位高明的医生。我猜想是隔壁蕲春县的医圣李时珍，但再一打听，庙里祀的是隋唐的李密。少年时读过《隋唐演义》，李密是隋末枭雄，唐初开国大臣。印象里存着一幅李密骑着黄牛读《汉书》的图景，蒲草在黄牛背上做坐垫，一套《汉书》挂在牛角上。记得深的是李密在洛阳打仗，破城后开仓放粮，赈济贫民。这庙兴建在清乾隆年间，又是偏居水乡泽国，祀祭李密，不知有何因由。

过往的历史烟云久远而又厚重。汤塝周遭的辽阔水域属古桑落洲的西北部，是三国时期周瑜的水上练兵场，附近的得胜山还承载了一场元代战争的历史记忆，而称为龙湖浮笠的湖中小岛则为宿松古县十景之一。天鹅、大雁穿越重重云雾，它们飞翔的高度，会不会望得到我们的目光不及之处？

候鸟属于大湖和天空。人湖共生，人鸟共生。此处正在筑观鸟台，希望观鸟台筑在比心更高的高处，那样地阔天宽，观鸟的人也能像候鸟一样，既能遨游天际，又有故乡情怀。

刊于2024年2月10日《安庆日报》副刊

北浴山水

　　第一次赴北浴，坐的是摇着桨的小木船。沿窄窄的台阶下到钓鱼台水库坝下，上船，就把自己交给了明净的水面和悠然的时光。小船需要很久才能摇近玉枢观，绕过这座水中小岛，就能望见群峦起伏的北浴乡了。水库不是流淌的水，从容，不急不缓，但木桨的欸乃也过去三十多年了。

　　这次接到乡里的电话邀请，再一次来到宿松县最高处的北浴乡。这是多少次北浴之行中的又一次。

　　时间是2023年10月10日—14日，面前天蓝色的纸页是"活动指南"，印着"北浴乡和美乡村文化调研采风"字样。活动策划精细周全，最大的亮点是把文化调研和艺术采风相结合，主体是安徽安庆市的十一个女作家（其中一位是淮北市的），女作家在采风现场还将展示旗袍秀。

　　我作为嘉宾"列席"了10号这一天的活动。这天，她们采访了古戏台、干河冲和罗汉尖新四军历史文化纪念馆。当地的一位退休教师介绍了北浴的乡土历史、民俗、民间传说等。一位老村支书担任纪念馆的讲解员，红色历史了然于心，讲得栩栩如生。在廖河，女作家们和乡党委的女书记司欣荣都换上了旗袍，在古戏台前的文化广场上，在古道修竹、小溪石步上，齐展身姿，共秀异彩。

这一刻她们的身份不是国家级、省市级的女作家、女"写手"，不是书记，她们换上旗袍，就是林中鸟、山里花，有林鸟的俊逸，山花的烂漫。

活动的全过程见诸作家们的作品。她们用心感受北浴，把自己写进了作品，以女性之美、山水之美共同装扮北浴。每位作家都有作品，成果丰硕。

我浏览的作家们的作品，总计已经有四五万字，包括两篇报告文学，九篇散文、随笔。女作家们的眼光细腻而真诚，笔墨温情而芬芳。她们的观察独到，感悟幽微。悄无声息的清朝界碑，在作家姚兰眼里，横向是省际标志，纵向是时空距离，意象苍茫深邃。何其三是我熟悉的中国作协会员，她的古体诗词出类拔萃，堪称惊艳，报告文学《此乡宜业又宜居》也是潇潇洒洒。古体诗词和报告文学，虚写的约束与写实的包容，看似鸿沟，何其三在两者间自由地腾挪。淮北女作家梅一也是诗人，她的《山魂·水魄·路迢遥——罗汉山小记》有一万三千字左右。她这样写罗汉山："今夜，我携你的山色水声和三千文字，携秋天的第一次相遇和手心里的竹影，沿着彼此斑驳的往事与脉络，顺着山魂水魄的指引，进入时光遥迢的路口，等你。"第一次认识梅一，诗人外在的文静温婉和文字的激情火热，给我留下了较深的印象。

这次文化艺术活动很有创意，既体现了文学创作的主体性，又凸显了创作主体的个性——艺术的、唯美的场景化表达。暖秋如春，艺术采风融入才女们的旗袍秀，展示与被展示，历史与时尚，山乡与文学，在相互映衬中张扬，摇曳多姿。

北浴乡是一个革命老区。当年在这里扛起锄把、红缨枪闹革命的先烈，他们的期望，是穷苦的人吃饱穿暖，不受奴役。旗袍秀的场景，应该是已经远远超出了先烈对未来的憧憬。即使是今天，我们可以策划黄梅戏、广场舞、丝弦锣鼓，但我们可曾想到与山之阳刚相对应的旗袍秀？柔美如修竹，清澈如溪流，秀山秀水秀北浴。

女作家的旗袍秀是一次特殊的行为艺术。说之特殊，在于行为艺术的双主体，除了女作家，北浴的明山秀水、人文景观也是主体。用心、用情、用笔去表达和呈现，是一种方式。用秀美的身姿、柔曼的倩影融入和美乡村，呈现秀峰、古道、溪流、戏台、雄关，这是另一种艺术的方式。女作家们试图将身姿之美隐入山水，隐入云雾，化作背景做映衬，白云点缀蓝天，绿叶烘托红花。另一主体就是山水北浴。

也是一群知性美女和一个多彩季节的偶遇。北浴的人喜欢色彩，色彩也就进入女作家的文字里面了。英雄血染杜鹃"红"，红星闪耀，是北浴的骄傲。罗汉尖革命根据地纪念馆、观音卡战斗遗址、红军步道等是红色。大理石、滑石矿藏丰富，如白玉，千年磨砺，温润有方，而且滑石是最柔软的石头。山茶、油茶、瓜蒌、金丝菊，还有百草园的中药材，是绿叶，也有花的斑斓。高山茶有罗仙云雾、迎宾翠绿，都是绿色。山离不开水，石裂寨、龙潭瀑布、三面尖、廖河涵洞、珠宝寨都是山环水绕，山青则水绿。

此时是瓜果飘香的收获时节。春之明艳、夏之火热都成为这个秋天的收获。和美的北浴乡村振兴、山欢水笑，这一切也同时是女作家们的文学创作和行为艺术的收获。

在女作家的作品里面看北浴，尽显和美。过去称美丽乡村，现在称和美乡村，关键是人。茂林修竹，因为有了旗袍秀，就是和美。迎宾村的广场，吸引了邻省村民来唱来跳，人多了也是和美。北浴茶园多，茶好，阶梯式的翠绿、嫩绿、墨绿衬着白云蓝天，那是美丽。茶园里多了采茶的村姑，红头巾，红披肩，这是和美。

文化春风化雨。女作家的文字里面，山水林木、名胜古迹，在历史钩沉、乡风民俗中浸润了地域文化。文化的地域有形也无形。罗汉尖山峰在柳坪乡境内，从东北边登山就是从北浴境内登山。在北浴人的心里，罗汉尖山峰也是北浴的山峰。北浴有一个行政村就叫作罗汉山村。其实罗汉尖山和罗汉山是两座山，罗汉山在隔壁的陈汉乡九登山境内，山腰有罗汉禅林，山腰处称作罗汉宕。与九登山村相邻的村叫罗汉宕村，罗汉宕也不在村境之内。所以文化的边界是模糊的，文化是开放的，在资源的中心也可能边缘化，但文化共享、重叠、交错，边缘处也是中心。

北浴乡兴乡富民有长远的眼光，他们提出生态立乡、产业兴乡、旅游强乡，兼顾了文化保护、资源开发，好山好水，天地人和。

当年晃悠悠的小木船摇动着水波山影，无风无雨。在岁月静好中，山乡已经发生了巨变。同我当年懵懂着进山，又懵懂着下山不一样，今天女艺术家对山村的抒写，充满了文化的自觉和自信。她们发现美和美的底蕴，呈现美。风云激越，千年回眸，她们的作品是女性的、诗意的，又有阳光的味道。

刊于 2023 年 12 月 3 日《合肥日报》副刊

第三辑 枕边读书

呜呼高哉渊明风
——读朱书《规林》

伐荻射杀新洲蛇,司马天下夺自桓玄家。东灭鲜卑西取蜀,长安老羌亦就戮。功伐如此自称尊,虽云篡杀贼,岂同仲达与曹瞒?呜呼高哉渊明风,义熙之后竟无年!呼呼伤哉渊明心,义熙之后复何言!

——朱书

朱书(1654—1707)是倡导皖江文化的第一人,桐城派先驱,幼名世文,字字绿,别号杜溪,安徽宿松人。康熙二十五年(1686)以选贡入太学,康熙二十六年(1687)至康熙三十四年(1695)周游天下,足迹所至,占当时疆域的三分之二,作《游历记》数十万字。康熙四十二年(1703)登进士第,授翰林院庶吉士,参与纂修《佩文韵府》。

《规林》这首诗是朱书《仙田杂咏》十五首中的一首。《仙田杂咏》是朱书在受聘参与编纂《宿松县志(康熙志)》(刊印于1685年)时,感念家乡的人文风物、名胜古迹而创作的一组古体诗。

《规林》是一首怀旧诗。全诗借魏晋至南宋的兴衰、国之兴亡、帝之废立,赞扬陶渊明之"高风",以及给后世之启迪,抒发自己的家国情怀。

规林是安徽省长江北岸宿松县的一个村落之名,后改称归林村,现在属宿松县汇口镇。清朝同治《长江图说》记载:"归林滩,古桑落洲也。"桑落洲是古彭蠡泽的一部分。汉末,周瑜在桑落洲上种植九柳作标,种植桃树作志,以河网洲地形成卦象,建成了历史上有名的九柳八卦阵。当地百姓称此地为规林。1280多年前,陶渊明在一次回家探母的途中,到了这滨江村落,正想乘船,不料飙起了狂风,被阻于规林。陶渊明因此写了著名的《庚子岁五月中从都还阻风于规林二首》。"自古叹行役,我今始知之!"当年陶渊明在江陵随桓玄任参军一职,深知官场险恶,目睹民不聊生,发出了凄风苦雨、长道险阻,人生的意义难道是追求这些虚幻功名的感叹。他想归隐园林,回到自然中去,回到安心的地方去。几年之后,陶渊明果然辞官归隐田园,并曾在规林结庐暂住,其住房的门楣题名"归林"。

"规林"是一个地域文化的标志性符号,是因为陶渊明写了《庚子岁五月中从都还阻风于规林二首》而闻名于世。后来许多文人骚客都到过规林,或者吟咏过规林。陶渊明写"风阻规林"时三十六岁(隆安四年),朱书写这首《规林》时也在二十五至三十岁之间。相隔1280多年,这是中国古代两位优秀年轻人穿越时空的心灵对话。

品读《规林》一诗,先要了解陶渊明和朱书所处的不同时期的历史,特别是晋末时代交替的历史,了解诗中叙述的刘裕等历史人物和历史掌故。在此基础上,才能了解陶渊明的历史价值和文化价值,从而了解朱书在诗中所要抒发和表达的思想和情感。

《规林》不是韵律严格的"五言""七律",而是一首长短句结合、以文为诗的古体诗歌。这体现了朱书学习和借鉴唐代诗人韩愈的诗歌,开创的一种雄伟、以文为诗的"崇韩诗风"。

"伐荻射杀新洲蛇",讲的是宋高祖刘裕"伐荻射蛇"的传说。

刘裕被称为"伐荻人"。传说刘裕年轻的时候上山砍柴,用弓箭射伤了一条大蛇,当他第二天又路过这里的时候,发现有几个孩子在这里鼓捣中草药,他运用话术巧妙地套出真相,吓走了几个蛇孩,得到了蛇妖留下的珍贵草药。"司马天下夺自桓玄家"讲的是曹魏、晋、南北朝的帝国兴衰的一段历史。曹魏权臣司马懿,经过十年的蛰伏,发动高平陵之变,一举灭掉政敌曹爽,掌握了曹魏大权,架空皇帝曹芳。司马懿找寻借口诛灭曹爽及其党羽三族,其中一名党羽逃脱。东晋桓玄是这名逃脱追杀的曹魏党羽的后代,他一番征战之后封为楚王,成为晋朝的实际控制人。大亨元年(402),桓玄将晋安帝改封为平固王,建立桓楚,追封父亲桓温为宣武皇帝。在司马懿灭曹的154年之后,桓玄推翻了东晋司马家族的统治,成功复仇。

朱书看似是在叙述司马懿和桓玄如何争夺天下,实际是写刘裕。其时刘裕在桓玄的军中,"伐荻射蛇"的传说也预言刘裕称帝,所以实际上他的作品是在写刘裕南北征战、夺取天下。

"东灭鲜卑西取蜀,长安老羌亦就戮。"刘裕先后平定孙恩,灭桓楚,灭南燕,收复青、齐,灭卢循,收复广州,攻破江陵,灭西蜀,收复荆、扬二州,北伐攻灭后秦。朱书从刘裕的无数征战中选取了两个关键的战役。东灭鲜卑:刘裕为抗击南燕,外扬声威,于义熙五年(409)四月自建康率舟师溯淮水入泗水,抵下邳,过莒县,一路与慕容超所率的精骑激战。义熙六年(410)二月,晋军攻入广固内城。慕容超率数十骑突围而走,被晋军追获,南燕灭亡。慕容超被押送建康斩首。西征巴蜀:义熙八年(412)十二月,刘裕命朱龄石率领两万人伐蜀。晋军主力从外水进军成都,以疑兵出内水。义熙九年(413)晋军成功灭谯蜀,谯纵自缢而亡,巴蜀地区入南方版图。刘裕灭蜀后,下令减轻各地劳役，让人民得到休息。

"长安老羌亦就戮"一句中的"长安老羌"指慕容超。慕容超出生于羌地，其母亲段氏从秦国逃出后，携慕容超曾经羁留长安。就戮，即为杀头之意，是指南燕被灭、慕容超被斩首的历史。借两个经典战役来描述刘裕戎马生涯的壮美画卷，对刘裕金戈铁马、气吞万里如虎的征战历史进行了高度浓缩。

"功伐如此自称尊"承上句，指刘裕称帝立刘宋。篡杀贼，封建时代特指臣子夺取君位。这里有两个人物，仲达与曹阿瞒，也就是司马懿和曹操。"挟天子以令诸侯"这个成语典故虽然讲的是曹操，但对司马懿和曹操都是一样的。据《后汉书·袁绍传》，曹操亲自带兵攻入洛阳，把汉献帝"请"到了许都，开始了他"挟天子以令诸侯"的生涯。从196年曹操挟持汉献帝开始，就打着汉朝的名义四处征讨，终于在生前统一了北方。三十年后的249年，司马懿发动政变，篡夺了魏国的江山。这似乎是历史的循环，曹操的手段被司马懿效仿了。汉魏和晋虽然得江山的方法相似，结果却大不相同。魏国亡于司马氏篡权，少帝被废，而西晋灭亡于外部。317年，西晋灭亡。

魏武帝曹操和司马懿两个人都是挟天子以令诸侯，但是二人在史书上留下的名声不一样。曹操背负奸雄之名，在历史上争议较多，而司马懿则更多地占了乱臣贼子的骂名。

朱书将刘裕和司马懿、曹操进行比较，发问：同为从前朝手中取得政权，虽然都是"篡杀贼"，但是否一样呢？朱书对刘裕的评价是高于司马懿和曹操的。

为什么有这种不同的评价？首先是朱书的出身、经历和他的历史观，决定了他同刘裕的共情。宋武帝刘裕出身寒门，依靠手中握有的兵权和打天下的军功,建南朝宋而灭晋。刘裕在执掌政权到称帝的二十年中,在政治、经济、军事等方面采取一系列有效措施,力矫晋时弊政,加强集权,铲除分裂割据势力,努力繁荣经济。他两次实施"义熙土断",打击豪强,抑制兼并。他的儿子宋文帝刘义隆继承父业,从而出现"元嘉之治"的盛世。历史对刘裕的评价都很高。鲁迅曾说,刘裕是南朝唯一值得肯定的君主,是东晋南北朝颇有作为、成就最大、最有建树的皇帝。虽然司马懿、曹操都有历史贡献,但在出身寒门、体恤百姓、希望国家昌盛的朱书眼中,当然是高下立判。

"呜呼高哉渊明风,义熙之后竟无年!呼呼伤哉渊明心,义熙之后复何言!"朱书明写规林,实写陶渊明,写陶渊明又先写刘裕,写出晋末南北朝初期那个特定历史阶段的陶渊明。他把陶渊明分成了两个阶段,即晋代义熙年之前后。陶渊明辞官退隐,所以说"竟无年"。第一阶段的形容是"高风"的陶渊明,第二阶段的形容是"伤心"的陶渊明,这做何解?其实这是朱书在推己及人评价辞官前后的陶渊明。

陶渊明在义熙元年真正隐逸之前,做过江州祭酒、桓玄幕僚、镇军参军、建威参军等职,其间,或因妻亡、母卒,或因感遇不平,数次离开官场。在仕与隐之间,他的内心是存在着巨大的矛盾的。陶渊明生于369年,卒于427年,辞归彭泽时三十七岁。这个年龄选择退出必定是经过了痛苦的心灵折磨和思想斗争的。面对战乱不断、封地割据、天灾人祸、民不聊生的破碎山河,饱读诗书的陶渊明怎能不想有所作为?然而,上层官僚腐败和世道混乱使陶渊明心力交瘁,心灰意冷。因此,终是因"不堪吏事",选择了少自解归。陶渊明的进退之间,反映的是中国古代知识分子的渴望与忧虑、积极与无奈。

朱书肯定了陶渊明的选择,赞之为"高哉渊明风"。但对于退居田园之后的陶渊明，朱书则以"伤哉渊明心"来概括。只有站在历史的角度和立场上才能理解朱书。一般认为，陶渊明义无反顾地归于田园，站到污浊和腐朽的对立面，这是他心之所归，不应存在悲戚、失落与伤心。陶渊明别无他选地采取了归隐的抗争方式，就无须再去追求功名利禄，而只需要关心自己心灵的安放，以及生命存在的质量。特别是以他长传于世的田园诗，焕发了新的生命张力。朱书有着济世救民、报国图存之志，所以他认为陶渊明是不满足的，壮志未酬，心中存着报国无门、济世无路的苦闷和感伤。所以朱书既是在写陶渊明，也是在书写自己。

朱书生于顺治甲午年。清初是满汉文化融汇的特殊时期，占据统治地位的清朝贵族一开始入主中原，对汉文化是持排斥和打击态度的。朱书自幼在父辈的熏陶下，接受了良好的传统教育，深知民间疾苦，怀有强烈的民族情结。他的父亲还因为清初政权剿灭地方复明势力的影响而逃亡潜山避难。在他早期所撰著的诗文中，字里行间不难看出他的民族气节。朱书本想游历后隐居乡里，著书以终，但在十几年的游历考察中，他不仅深切了解了华夏历史，而且体会到了康熙王朝改变了前期的野蛮政策，缓解了民族矛盾，促进了生产力的发展。康熙四十二年（1703），朱书接受方苞等人的邀劝，参加了顺天乡试而中举。登进士科后，应诏入武英殿任翰林编修，参加了《佩文韵府》与《渊鉴类函》等书的编纂，从此为中国的历史文化书写了璀璨的一页。写《规林》诗时，他基本完成了思想转变。

朱书写规林，却不着规林一景一物；上下一千两百多年与规林关联的人事浩若繁星，他独写陶渊明。朱书的《规林》诗借古抒怀，要表达的思想和情感是什么？他描述的是激荡的历史风云，抒发的是内心强烈的壮志情怀。同是青年，同样饱读诗书，同样出自寒门，同样处在一个世代更替的历史时期，朱书怎能不从陶渊明身上去寻找自己？

  历史就是这样似曾相识。陶渊明的前半生和后半生两个迥异的阶段构成了他的人生。以三十二岁入贡为标志，朱书即开启了他步入仕途的后半生。朱书选择的，是与陶渊明不一样的入仕之路。同样，他们都同样经历了隐逸和出仕的矛盾和痛苦，不同的是一个是出仕、一个是入仕。朱书认为，陶渊明悠游于山水田园之间的时候，他的抱负和志向的火焰不曾熄灭。朱书正值壮志凌云之年，他踌躇满志，决定不走陶渊明后半生之路。

本文刊于 2023 年第一期《视野》

一朝风化清

魏晋名士阮籍，风清骨骏、个性飞张，他身上有许多感人的故事。一个故事讲的是阮籍到苏门山拜见名士孙登，他们没有用言语来交流，彼此用一种难以想象的、充溢于山野林谷中的吟啸声完成了心灵的沟通。还有一个故事：阮籍与司马昭闲聊，说自己到过山东东平，熟悉那里的风土人情。司马昭就顺水推舟让他出任东平太守。他也没有推托，骑上一头驴就到东平上任。他在东平，只做了两件事，一是把官衙里边重重叠叠的墙壁拆掉，改成"开放式办公"。这一来，官员们互相监督，沟通便利，效率大大提高了。第二就是精简了法令，使社会风气为之一正。花了十来天做完这一点儿事，阮籍就回来了。

为了这短短的十来天，四百多年后，中国历史上最有名的大诗人李白，专门写了一首诗来歌颂阮籍。李白一生很少佩服什么人，阮籍却让他佩服了，因为阮籍骑驴上班，仅用十来天就解决了东平的积弊。

李白的这首诗就是写给当时的宿松县令闾丘的，诗的题目是《赠闾丘宿松》。全诗是这样写的：

"阮籍为太守，乘驴上东平。剖竹十日间，一朝风化清。偶来拂衣去，谁测主人情。夫子理宿松，浮云知古城。扫地物莽然，秋来百草生。飞鸟还旧巢，迁人返躬耕。何惭宓子贱，不减陶渊明。吾知千载后，却掩二贤名。"

写这首诗的背景是，唐天宝十四年（755）十一月，安禄山在范阳举兵叛乱，李白自河南开封南奔至江西九江寓居，其间曾游宿松，并写下了《赠闾丘宿松》。看到宿松县令闾丘贤能清风，治理宿松有方，所以李白在诗中高度评价闾丘为官清廉，勤政爱民，品格高尚。李白既是用诗表达对阮籍的敬佩，也是以阮籍做比喻来赞扬闾丘。

　　因诗中有"一朝风化清"之句，后人在宿松城郊建起"清风亭"，其旁还有一方池水为"清官潭"。《安庆府志》载，"此后新官上任，至此必须下车"，以示崇敬。

　　至德二年（757）九月，经历狱难和病痛的李白再赴宿松，疗养身心。这时闾丘已经致仕弃官，住在城外的沙塘陂。李白前往做客，再作诗《赠闾丘处士》赞扬闾丘，首句诗曰："贤人有素业，乃在沙塘陂。"这里的"素业"指的是"清白的操守"。

　　在919年之后的一个秋日，清初文学家、被同代文学家戴名世称颂为"百世之人"的翰林编修朱书，来到沙塘陂缅怀闾丘。他用"莽莽秋草生，落落贤令去""隐者之心沙塘水，浮云去来长如此"等深情的诗句，表达对先贤的敬意。

　　除了把闾丘比作"竹林七贤"之一的阮籍，李白还用孔子的得意弟子、山东单父县令宓子贱，以及晋代大诗人、彭泽县令陶渊明比喻闾丘。李白认为，千年以后，闾丘贤明清廉的声誉将会超过宓子贱、陶渊明。《吕氏春秋》《孔子家语》中均载有宓子贱善辨下官的廉洁和腐败、敢于扶正匡邪的逸事。陶渊明任县令的彭泽县，老百姓都知道他"不为五斗米折腰"的故事。他的《归去来兮辞》表明了他不与世俗同流合污、清正廉明的决心。

　　阮籍、闾丘、宓子贱、陶渊明和李白，四个古代官府之人和一个古代文人，所处朝代、身份、经历虽各不相同，但同为有抱负、有志向之人。阮籍的志向不是做官，做十几天的太守只是宣示他的治理理念。他们的共同点是都有勤勉、爱民、清廉的为官之道。因时代的局限，他们的行为准则或许受到无为、寡欲、虚静、养生等儒释道观念的影响，同今天我们党要求的严于律己、为民用权的宗旨和共产党人一心为民的坚定信念不可同日而语。

阮籍拜见名士孙登，是去请教一些历史问题和哲学问题。他们引天长啸的心灵交流，是否包括护国佑民的宏大主题，我们不得而知。陶渊明的"大济苍生"、李白的"天生我才"的旷世之声，也不逊于他们的长啸。古乡贤闾丘、朱书的精神也将继续浸润山水，福佑桑梓。

考古学的用处

陈胜前用"横渠四句"概括了考古学和其他人文学科的共同点：为天地立心，为生民立命，为往圣继绝学，为万世开太平。他得出来的结论已经超出了狭隘意义上的"用"，指出考古学有着文化传承的作用，器以载道，考古学扎根深远，意蕴绵长，已非"学"以致"用"所能包含的了。

"横渠四句"是北宋张载的名言，出自张载《横渠语录》。2006年9月，温家宝接受外国记者采访时，曾引用"横渠四句"表达自己的心迹。

我想了解"考古学有什么用"却是很带有功利性的。我对地域历史文化一直感兴趣，同时更加注重本土历史文化的发掘和研究，平时注意搜集整理相关的书籍、资料，意图了解县域历史文化的整体轮廓，探其源流，把其脉络，做一些拾遗补阙的事情。在这个过程中，我也经常问自己，这么做有什么用呢？

陈胜前把考古学分为两个阶段：前现代考古学与现代考古学。他认为中国的前现代考古学是以 1926 年为开端，即以中国人自己主持考古发掘为标志（李济发掘山西夏县阴村遗址）。中国考古学的前身是金石学，器以载道是金石学暗含的前提，对应的是过去的"文以载道"。

陈胜前以世界的视角来分析现代考古学的作用,进而提出了"后现代时期的考古学"概念,在此基础上专门回答了"当下"中国考古学的作用。他提出,现代考古学兴起于17、18世纪的欧洲,分为三个源头:旧石器—古人类考古、新时期—原史考古、古典—历史考古。旧石器—古人类考古涉及人类起源和演化的问题,以实证的方式回答人是演化而来的,而非上帝创造的。随之,宗教的创世论及其支撑的意识形态体系崩溃。新时期—原史考古参与近代欧洲民族、国家的建构之中,回答了"我们之所以是一个民族,是因为我们有共同的祖先"的问题,从而为民族、国家的存在提供了文化心理学基础。古典—历史考古主要研究西方的古代物质遗存(包括文化艺术),构建西方的文化认同,培养西方的文化精英。

现代考古学发挥的现实作用,陈胜前概括为"三个指向":指向社会构建的意识形态或精神基础,指向新的组织形式(民族国家),指向新的阶级。他总结道,现代考古学是时代的产物,也是现代社会的参与者,它的作用体现在现代社会的构建上。兴起于欧洲的现代考古学由于关联了西方文化、资本主义、民族、国家等人文背景,对中国的现代考古学产生了正反两个方面的影响。

20世纪80年代,考古学进入现代时期,并在后现代思潮的推动下出现了"人文转向","历史研究的真正兴趣与最高任务不能只停留于恢复过去的原貌,而在于理解历史事件的意义"。人文转向之后,考古学将物质遗存赋予了更多的文化意义,物质遗存承载了社会关系的基本属性。后现代时期的考古学像金石学一样,承载了文化,包括文化之精髓——道。

陈胜前对"当下中国的考古学之用"的回答非常明了:一方面是

它的经济价值；另一方面是它的文化价值，而侧重点在于它的文化价值。经济价值体现在旅游文化、文博展陈。文化价值强调的是考古学传承和弘扬文化的作用。首先，中华文明探源是当前中国考古学热点中的热点，明确了文明探源中的文化维度。其次，探索中华文化的形成，这个追索的过程，决定所有的中国人如何看世界，包含所有中国人存在于世的根基。这是更重要的作用。

《考古学有什么用？》是宏观的叙述。回到我感兴趣也试图做些探究的县域历史文化的微观层面，其作用是否同考古学殊途同归？即弘扬和传承文化。具体来说，地域文化研究是以考古学提供的历史遗存为基础和前提的。地域历史文化之一滴水，终究要汇入中华文化浩瀚的海洋之中。它可以为中华文化提供哪怕是微不足道的贡献，也是值得肯定的。从个人的层面看，在地域文化这个坐标系中，也可以增加一些存世的方位感，明是非，辨真伪，知善恶。

芳心与佛心
——《夜雨秋灯录》读书笔记

读《筝娘》

年轻貌美的筝娘,不仅"能翘纤足作商羊舞,飞行突上柳梢头",且有贴地术。其父许诺:能有以两手抱之离地寸许者,即以女为妻。擅长演角抵戏的筝娘亭亭玉立,令无妻者萌生非分之想。这时,有两手能提铁铸石狮者,有两手抱两百斤石雕疾行八百步者都跃跃欲试。然竭力抱持,而玉人如山,大力士们像蚍蜉撼大树、魍魉扑金刚,在观者的哄堂大笑中羞惭而逃。却有一称云郎的青年,得即佛寺高僧指点,来到了垂慕已久的筝娘面前。云郎没有用多大的气力,俊朗的脸上目光斜睨,示之以情,望得筝娘双颊桃红,嫣然一笑,遂蓦地抱起。原来长老高僧面授神机,务必使美人一笑嫣然,只要芳心一动,即不得着力。

动心者不仅有芳心,也有佛心。有一高僧,冷坐一蒲,虽明明在室内,但人、鬼、神都看不见他。高僧八十岁了,寿龄将终,阎罗王差遣鬼卒送去勾魂牒,但遍刹搜寻,就是不见踪迹。去问伽蓝神,神说:此僧只有一缘未断,每日用一只古瓷瓶汲水,插花供佛,摩挲爱惜,犹切寸心。鬼卒听得神语,于是将茶几上的古瓷瓶摔碎了,果然僧人动了心，便显了形。

筝娘和高僧，皆有佛心，也有一颗平常心。佛心和定力可敬可赞，平常人之心性却尤为亲切。

读《沉香街》

蜀地有位首富人家的纨绔公子，叫金不换，长相俊美，带了银子去江南桃花巷，昵娼家女素娇。金公子身上的银子花光了，欲暂与素娇告别，归取重资回来娶素娇。素娇让他留下一件信物做凭证，金公子就忍痛拔下一颗牙齿交给素娇。素娇把牙齿收进梳妆匣内。金不换回家后，拿出重金来准备办喜事，还备了很多彩礼去接素娇。朋友劝他说，妓院的姑娘大多不重情义，看上的是你的钱财。金生便留了个心眼，把自己弄得蓬头垢面，像一个乞丐，来到素娇家中，称途中遇强盗被洗劫一空。素娇正坐在一个大富商怀中劝酒，问他："你到这里来，还想干什么？"公子说，来实现和你拔牙齿的盟约啊！素娇便大肆嘲笑他，说我怎么能做叫花子的婆娘，你赶紧走吧。金不换说，还请把我的那颗牙齿还给我。素娇命老婆子抬出一个大箱子，里面摆满了牙齿，说不记得是哪一颗，你自己找吧。金不换气得拂袖而去。第二天，金不换把船上的彩礼抬到素娇门口，其中有一张沉香木做的床。金不换纵火焚烧，十里外都能闻到沉香的味道。素娇闻之，遂自缢。从此，这条街就叫沉香街。

这是一个落入窠臼的故事，不需要做过多置评。素娘的薄情寡义，可以对应杜十娘的忠贞不渝。金公子的纨绔和意气，也可对应唐伯虎的风流和潇洒。特别是素娇的自缢，实在是编得勉强。随着世风和价值观的变化，这个故事即使搬到当下，也无多少置评的意义。首先是践齿盟约，尚有几多人还去相信？大约烧沉香床也不会让人接受。势利女子与纨绔子弟，哪朝哪代都有，不足为怪。

通篇只有《沉香街》这个题目倒是留下了一点意韵。据传沉香街位于南京夫子庙秦淮河南岸，东北起文德桥，西南至武定桥，明初因是国库所在地，故而现在已经改名为钞库街。

窄如手掌，宽若大地
——读余华长篇小说《活着》

春节期间，除了读书就是追剧，看了陈彦的《主角》，重读《明朝那些事儿》、许葆云的《王阳明的五次突围》，追了《王牌部队》《扫黑风暴》，正在追的是《雪中悍刀行》，够杂的吧。腊月二十九的下午看完了余华的《活着》，就有点透不过气来的感觉。这些书啊、剧啊看得都不轻松，进去了要慢慢才能走出来。还是陪陪亲人听听音乐，享受过年的欢乐吧。

在春节的欢乐中，偶尔还是忘记不了刚读过的《活着》，福贵和他的亲人在心幕上挥之不去，忘不了他们经历的苦难和那些流淌的血泪，还有一些说不清道不明的情愫。

夜深了，我在网络上搜索了的几篇关于《活着》的读后感，阅读者和我的感受基本上相同，对苦难者的同情与悲悯，对世事无常、生死由命的喟叹，对善恶、良知、亲情的拷问。然而，我的心情还是难以平复。《活着》中还有许多我无法体会和感知的东西：那份跨越时空的沧桑，那份浸入血脉的凄楚，那份力透纸背的沉重。

我无法排遣这份难以名状的寂寞和迷惘。灯影下，我再一次把余华在《活着》中的自序（1993年版），还有韩文版自序、日文版自序、英文版自序和麦田新版自序都看了一遍。从这些不同时期写给不同对象的小说正文之外的文字中，我看得出来，余华作为作家和《活着》的作者，对这部作品也有和我一样复杂的心绪。他似乎在历史和现实中挣扎，为了争取光明而书写黑暗，为了追求真善而书写残忍。作者当年是因为听了一首美国民歌《老黑奴》，而产生创作《活着》灵感和冲动的。他首先是想书写普通人的苦难，以及像黑人那样"家人都先他而去，而他依然友好地对待这个世界"的良善。他在"讲述了眼泪的宽广和丰富，讲述了绝望的不存在，讲述了人是为了活着本身而活着的，而不是为了活着之外的任何事物而活着"。然而，1996年10月他在韩文版自序里说的是，"《活着》所讲述的远不止这些"，"同时也讲述了作家所没有意识到的"。他同他的读者一样在思考和感知，只不过他更加深刻而已。到了2007年，作家余华对创作《活着》的心路历程再次回望，他告诉我们创作的"奇迹"是如何出现的。这源于叙事的结构和叙述的方式，故事由福贵第一人称来叙述，"我"这个第一人称只服务于结构，处于从属角色。作家在麦田新版自序中说："为何我当初的写作突然从第三人称的角度转化为第一人称？现在，当创作《活着》的经历成为过去，当我可以回首往事了，我宁愿十分现实地将此理解为一种人生态度的选择，而不愿去确认所谓命运的神秘借口。为什么？因为我得到了一个最为朴素的答案。《活着》里的福贵经历了多于常人的苦难，如果从旁观者的角度，福贵的一生除了苦难还是苦难，其他什么都没有；可是当福贵从自己的角度出发，来讲述自己的一生时，他苦难的经历里立刻充满了幸福和欢乐，他相信自己的妻子是世上最好的妻子，他相信自己的子女也是世上最好的子女，还有他的女婿、他的外孙，还有那头也叫福贵的老牛，还有曾经一起生活过的朋友们，还有生活的点点滴滴……

"《活着》里的福贵就让我相信：生活是属于每个人自己的感受，不属于任何别人的看法。"

作家的这段叙述的确打动了我，也让我相信这是我无法排遣和无法表达的东西。是的，福贵对苦难的血泪叙述，或许是有他的"充满了的幸福和欢乐"的，这是难以理解的。这种落差产生的巨大冲击力，依然是我作为阅读者的痛苦和悲悯。

我曾试图从宗教的层面去帮助福贵解脱。佛教视生、老、病、死为暂存（无常住），以"无常"摆脱人生苦痛。道家提出生命在自然运化中永生，"花非花，雾非雾"，人的终极归宿为"道"，天人合一，无惧生死。福贵在岁月沧桑中看透无常，冷对生死，他的那份"幸福和快乐"是通过什么来解脱之后，进入那个孤独寂寥的心间的啊？

余华对《活着》的叙述方式有一个自我颠覆的过程。余华的叙述中有两个"我"，一个是采集民间歌谣民谣的年轻的"我"，一个是苦尽一生的年岁已迈的叫作福贵的"我"。前面的"我"就像作家本人，串联故事，渲染情绪，揪住读书人的心往纵深处去；后面的"我"才是叙述故事的本体。作家在开始时采用第三人称来替福贵叙述，结果叙述不下去了。是啊，没有进入人生这种极端和无常，谁也无法进入福贵的内心深处，更无法用语言来代替福贵的叙述。福贵在叙述中忘我的心境，忘我地"活着"的"幸福和欢乐"，谁也不能来表达，除非福贵自己。这是余华称之为产生"奇迹"的叙述方式。

宇宙寥廓苍茫，生如流星野萤。《活着》中的福贵，经历了那么多亲人的死亡，对于苦难和生死的感悟，可以有自己的答案。那是一个多么冷酷的人世间！他命运多舛的遭际中，有恶有善，有软弱有争斗，有混沌有清醒。他生命中的一个个同受苦难的亲人，都悲苦地离他而去，最大的苦难莫过于看着亲人们就那样逝去。他已经没有了悲伤，没有了痛苦。他就像那头也叫福贵的牛一样，也有感知，知苦知累，知寒知冷，然后，看轻生死，看透苦乐，唯有的幸运是让亲人们先走，把最后留给自己。福贵是为了活着而活着，还是有属于他凄凉的"幸福和欢乐"，只有福贵知道。

　　《活着》呈现的是人间悲剧。悲剧是把最美好的呈现给观众，然后又残忍地摧毁这份美好。《活着》的时代背景跨越大半个世纪，他写了正义和邪恶，写了特定历史时期的人之善恶，更多的是善。福贵的父母、岳父、妻子家珍、女儿凤霞、儿子有庆、女婿二喜、外孙苦根，一个个在贫困、厄运中，无不闪耀着平凡老百姓的人性之善的光辉，包括牛和羊这样的牲畜也是通人性，懂感恩，有善根。《活着》写的就是一个个善良生命的死亡过程，这个过程就是"活着"。

　　多么美丽、聪颖的凤霞，多么纯净、坚忍的有庆，多么贤惠、无私的家珍，还有二喜、苦根……每个人都是至善的，都被作家用大量的细节充分地描写，正如他们的苦难。他们的苦难，连同他们所处的人世间都没有选择的余地，但他们善良的人性之光是与生俱来的，是融入血液里面的。这些苦难之人，他们无法改变世界，只能在命运之海中漂浮，就那么一段时光，瞬间即逝，似流星野萤，但他们都有光，照亮寰宇的璀璨的人性之光、生命之光。

　　茫茫星际，亿万年中的一个偶然间孕育了人类。这个至善至美的生灵，能感知冷暖，感知时空，感知痛苦、情爱、恩怨、美丑、喜乐，这是一个多么神奇的存在啊！世间的艺术、哲学、宗教都在追寻一个终极的问题——何为人生，何为生死？余华的《活着》或许也是在追问吧。

　　大年一过，春回大地，柳暗花明，我也需要放下这个沉重的话题，在云淡风轻中走走乡间的小路。

小镇书香

上海市松江区泰晤士小镇，有一家小小的书店——钟书阁。十几年前，我在松江区挂职学习期间，一到周末就会去钟书阁体验一番阅读的恬静和快乐。

挑一本喜爱的书，找一处木椅矮凳、阶梯，或者玻璃地面，只要舒适就行。灯光柔柔的，看书恰到好处。感觉疲了乏了，就把书放回架子上，放松着身体就离开了。要是舍不得丢下手中的书，买着带走也行。

松江的钟书阁有两层楼面，规模不大，是在一种唯美设计理念下的装饰。满墙的书架，透明的玻璃地面、阶梯，地面上是书，所见皆为书。除了随处皆可阅览，还安排了小小画廊、咖啡室等，有一种温馨的氛围。

不知不觉之中，度过了闲适的读书时光。走出钟书阁，便进入风格闲适、清新雅致的小镇。波光潋滟的水面、木桥、回廊、亭台、欧式教堂、郁郁葱葱的树木，还有街边住户阳台上繁茂的花草，都让你走不出书香阅读的柔美意境。

钟书阁 1995 年设立，现已经是小镇远近闻名的文化标志之一。在当时看来，走进钟书阁，坐下来专注阅读者十之一二，大量的还是走马观花的游客或阅读体验者。即使不能驻足读书，但满目皆书，总总能唤起你读书的回忆。虽来不及带走书籍，但能带走的，是满腹书香和温馨的艺术气息。

当年我挂职的单位是区文广新局。单位的几位同事知道我周末经常去钟书阁后，还专门邀约，陪我在附近的一处水边阁楼上聊天喝茶。大家一块谈论最多的是读书，各自交流读书心得，十分舒适惬意；有时候既谈读书，也谈松江的顾绣、广富林文化遗址等，还谈及松江的"草根明星"评选等群众文化活动。

其时，松江正在小镇举办慢生活广场文化节，主题与全民阅读有关系。这特别契合钟书阁的文化氛围。我还被安排参加了活动中的一些具体事务，也从中体味了"慢生活"的内涵。来到钟书阁，你再匆忙，也会陶醉于书卷的芬芳。你会停下脚步，调整呼吸，重新整理好欲望和向往，从而身心融合，尽享愉悦。

如今忆起钟书阁，愈加亲切。我爱读书，但目的性不强，只是用一种闲适的心态来读。钟书阁给我提供了一种个性化的阅读体验，助长了我散漫而尽兴的阅读习惯。古时候的文人书生，炉中焚香，方始读书；今天的人品茗读书，慢煮时光，不都是体验式阅读吗？

读书皆乐事，书香尤醉人。

陆游未尽的游兴

小孤山被称为"江上蓬莱""海门天柱",是长江上的"海眼"。明代的王阳明曾游历群山,他把最高的评价给了小孤山:"看尽东南百二峰,小孤江上有真龙。攀龙我欲乘风去,高蹑层霄绝世踪。"王阳明在历史上同孔子、孟子、朱熹并称"孔孟朱王",他赞誉小孤山为"真龙",相信自有他的道理。

历代的帝王将相、文人骚客,吟咏安徽宿松小孤山的诗文不计其数,其中南宋著名诗人陆游的《舟过小孤有感》特别值得一提。诗曰:"小孤山畔峭帆风,又见烟鬟缥缈中。万里客经三峡路,千篇诗费十年功。未尝满箸蒲芽白,先看堆盘鲙缕红。商略人生为何事,一蓑从此入空蒙。"这首诗同陆游"夜阑卧听风吹雨,铁马冰河入梦来",以及"死去元知万事空,但悲不见九州同。王师北定中原日,家祭无忘告乃翁"等诗句,表达的都是陆游壮志未酬的报国信念。

也许是因为这首诗,后来一些地方的史记,关于陆游与小孤山,多有"陆游舟过小孤"的表述。这被人误认为陆游只是坐船从小孤山旁边经过,站在船舷上观望了小孤山。

同样,在记载陆游写小孤山的文字方面,也出现过偏差,认为陆游写小孤山只有诗,没有文。

据考证,实际情况是,陆游不仅"舟过小孤",也曾亲自登上过小孤山；不仅写诗赞咏过小孤山，也著文描述评说过小孤山。目前知道的陆游写小孤山的诗有《舟过小孤有感》《观小孤山图》和《咏小孤》，写小孤山的文章就一篇《过小孤山大孤山》，并入选高中语文人教课标版中国古代诗歌散文欣赏的选修课文。

陆游在这篇《过小孤山大孤山》里记述，他在一天之内两次登临小孤山，一次是白天，一次是夜晚。

陆游为什么白天刚刚游过了小孤山，入夜了还要再次登上小孤山？教科书上的一种解读为"游兴未尽"。论常情常理，这或许也说得通，但如果是放在陆游的那个时代和特定的环境里去深究，我觉得有些不近实际。为此，这里进行简要分析。

陆游，号放翁，南宋诗人，我国伟大的爱国诗人，为"南宋四大诗人"之一。他的"山重水复疑无路，柳暗花明又一村""小楼一夜听春雨，深巷明朝卖杏花"等名句广为传诵。

陆游强烈主张抗金，收复中原，但是当时的朝廷苟且偷生。绍兴三十二年（1162），宋孝宗赵昚（shèn）即位，任命陆游为枢密院编修官，赐进士出身。陆游上疏抗金。他的建议并未被采纳，反而被贬到镇江去做通判，后又为建康府通判，到乾道二年（1166）干脆直接被罢官。乾道五年（1169年）十二月再度被任命为夔州通判时，陆游已经四十五岁了。他在家卧病休养，到1170初夏才携家带口从故乡绍兴出发，溯江而上，去重庆奉节赴任。

陆游曾经先后三次途经皖江，其中第二次在皖江及沿岸行走达二十一天，在皖江的最后一站是宿松县小孤山。可以肯定的是，陆游登小孤山，写《过小孤山大孤山》，就是去重庆奉节赴任的那一次。

陆游那次赴任，沿途写下不少日记，都被汇编进入《入蜀记》一书里面，其中有两篇日记，后来人们将其合成为一篇游记，取题目《过小孤山大孤山》。

陆游在游记中说，名满天下的金山、焦山、落星山，"峭拔秀丽皆不可与小孤比"，小孤山"碧峰峻然孤起，上干云霄，已非它山可拟，愈近愈秀，冬夏晴雨，姿态万变"，实乃"造化之尤物也"。

除了白天游小孤山，陆游记述当天晚上，他又乘小舟去了一趟小孤山。他那天夜宿的地方叫"沙夹"，距小孤山不远。古时候长江岸边以"夹"为地名的不少，"沙夹"为现在之何处，已不可考。陆游那天夜晚看的也不是山上的景致，而是从小孤山上看茫茫大江东逝水，看对岸隐约中的重峦叠嶂。陆游徘徊良久，不愿意下山。

这即是人们理解的陆游"游兴未尽"。

那是一个烽火狼烟的时代，也是家国破碎的岁月。陆游久病初愈，作为一个忧国忧民、壮怀激烈、富有家国情怀的诗人和政治家，此时会有那种纯粹的游山玩水的心境吗？这的确需要打一个大大的问号。

还是看这篇游记吧。这是当年的8月1日，陆游先是经过设置烽火台的江边小山，再到小孤山。南朝以来，许多地方都设置有报警的烽火台，用来传递报警的信号。陆游对小孤山观察得特别仔细，游记里面描述了许多细节，例如小孤山当时有守卫的士兵，山上的庙宇荒凉残败，等等。

陆游在游记的开始，就用许多笔墨写江边的烽火矶，又写到小孤山的山门有士兵守护。历史的背景是，宋南渡之后，金统治者并没有收敛南侵的野心，长江是南宋的重要防线。小孤山作为战略要地可能有南宋军队驻扎。这就告诉我们，陆游游小孤山时并不是在一个和平的环境里。抗金烽火四起，陆游的心头应该有着强烈的雪国耻、复中原的报国之志。

在陆游的描述中，我们或许可以得出这样的判断：作为诗人的陆游面对白天看到的奇秀山水，满腔热血激荡，心头难以平静下来，责任和使命给他以激情和冲动，连夜再去登山。夜色之中，看着大好河山，陆游的心中一定像长江水起伏难平。

那夜在庙门口，陆游还看到了一只老鹰追逐一只水鸟的争斗场面。联想到游记后面所写"俊鹘抟水禽"的场景，可以想见陆游当时心中极不平静。弱肉强食的景象是否触动了陆游的某根心弦？他心目中南宋将士个个都如"俊鹘抟水禽"一样，威武勇猛地杀向金兵。

陆游的"游兴"的确不在赏花弄景。他记述庙在西边山脚下，庙大门上有一块匾，写有"惠济"两个字，庙里面供奉着"安济夫人"。他提到，绍兴初年魏国公张浚曾修缮过，否则更破败。他觉得如果修建一些楼台亭榭并稍微装饰一下，小孤山的风物会更加和谐一点。

游记除了借登山览胜、描物状景之外，还引入关于庙宇的传说，以及李白、杜甫、苏轼的诗歌。李白的大量诗歌表达爱国情怀，杜甫诗更是忧国忧民，苏轼则更多的是"问汝平生功业，黄州、惠州、儋州"的家国情怀。李白、杜甫、苏轼的诗歌表达，又何尝不是此时此刻陆游的理想和抱负？

陆游为何入夜再上小孤山？我的回答是：这是爱国激情的驱使，是诗人一次奔放的诗歌行动。浪漫的诗人情怀和残酷的黑暗现实，在这个夜晚会得到尽情的燃烧和缓慢的释放。

刊于 2023 年 12 月 30 日《安庆日报》副刊

贤者之范
——读方济仁先生《松风斋杂谈》《宿松古今谈》

一

去年腊月的一天,我到县城桐梓巷拜望方济仁老先生。正阳当午,暖风和煦。九十三岁高龄的方老,精神矍铄,神清气爽。他前一个月左右刚"阳"过,体温一度升到了三十八九度,吃药后才降下来,身体恢复得很好。

方老的客厅满是书香气息,茶几、沙发上散放着书报。方老正在将自己撰写的关于地方文献、红色革命史方面的文章汇集成书,叮嘱我为书写序。我实在胆怯,说您老德高望重,小字辈哪有资格给您的书写序。方老说,你为你父亲的书写的序我看了,不是很好吗?我说那只是一些家常话。方老宽厚地对我一笑说,就写家常话,我也不喜欢言过其实。

二

方老1930年10月出生在宿松大赛湖之滨——千岭乡木梓村方屋。旧时的"穷乡僻壤、水旱频发"与今日的"青山掩映、绿水涟漪"相叠加,是方老的梦里故乡。方老书中的《缅怀双亲》我读过多遍，很久都走不出文字中的情感氛围。这是一篇至情至真的回忆文章，朴素如水，浓郁如酒，细致入微的细节，展示了方老父亲的憨厚诚实、心地纯良、品行端顺、勤劳俭朴，以及母亲的秀丽端庄、孝贤良善、任劳任怨、勤俭持家的形象。这是"无言的家教，有形的家风"，影响了方老的一生。方老深情地写道："父亲离开我已63年，母亲离开我已33年，音容笑貌、痛苦忧愁一直在我心中。虽然我也老了，想起双亲，我还是童年，总是依依不舍，念念难忘，无数次梦中相见，还是那样慈祥……"

良好的家教和家风是方老的人生底色，也是方老一生为人、为文、为"官"之贤者风范的基石。

三

好的家风影响了方老的一生，而方老为人处世的贤者风范也树立了方氏一族的新风尚。我看过方老写的《往事悠悠》一书，回忆了他读私塾、做农民、挑江堤、做村干、当脱产干部和领导干部的经历。溪水一样清澈见底的文字，记述那些清贫又有温度的生活中的点点滴滴，让我看到方老如何尊老爱幼，如何持家处事，如何待人接物，如何勤奋工作，彰显了一位贤者的家国情怀。

方老在《勤劳俭朴家风代代传》一文中，记述了一些家事。家事虽小，足见其为人。文中有这样的记述：方老一家衣食住行从简，住的房子仍然是"秦砖汉瓦"般的老旧，室内没有华丽装饰，没有一件奢侈品。衣服不穿名牌，只讲究整洁，外衣不穿破的，内衣能补则补。家庭的婚丧嫁娶一律简办。儿子的婚事，不送彩礼，不要嫁妆；女儿的婚事，不要彩礼，不办嫁妆。对亲戚朋友，不受礼，不送礼，不请客，邀请至亲好友在一起聚个餐，算是儿子结婚，女儿出嫁。方老的儿孙辈传承家风，工作勤奋，生活俭朴，遵纪守法，爱岗敬业，在各自的岗位上认真履行自己的职责。

方老的这些文字叙述，像他的内心，总是平静的、安稳的。

方老七十岁时作《夕阳赋》曰："不钻营利禄，并非厌恶利禄，必须取之以道义；不追逐功名，并非嫌弃功名，应当成之以德才。"这篇展现方老文采和笔力的文字，也道出了方老的人生观和生死观。距写《夕阳赋》已有二十多年了，方老依然如当年的仁慈、达观与喜乐。方老真正是"仁者寿"啊！

四

这之前，我陆续读过方老的一些文章和诗词，主要是方老退休之后创作的诗文。他喜欢读书写作，注定了一生的诗书之缘，退休前主持报社工作和退休后主持社团工作，更是直接同文字打交道。文字伴其工作与生活，相互浸润，犹如秋荷滴露，杨柳春风，实在是密不可分。方老的诗文经过岁月的打磨、浸泡和过滤。这样的文字，不似药之艰涩，酒之浓烈，水之清淡，只似春茶一杯，淡而有其味，平而有其韵。

方老是中华诗词学会会员，著述成果丰硕。他自著诗文集六本。主持县诗词楹联学会二十年，主编诗报八期，诗刊二十期，主编诗文集六本。他担任县乡贤文化研究会会长六年，编书六本。方老退休后撰写诗文及主编出版诗文集有八百万字以上。其中编著有《松风斋吟草》《有鉴于斯》《江山揽胜》《往事悠悠》《百年赞歌》《松风斋杂谈》《宿松古今谈》，主编有《宿松吟苑》《宿松诗词楹联选》《小孤山古今诗联选》《石莲洞诗联荟萃》《南国小长城白崖寨》《黎河园碑林集》《宿松千家诗》等。方老的个人著述及主编的诗书广泛在海内外流播，影响深远。

文以寄情，文亦载道。方老少有单纯吟风弄月的文字，更没有无病呻吟的篇章。他记述现实生活，抒发真切情感，所观所感，见人见物。其记述的花草树竹，既为自然科普，也呈现出天人合一的和谐之美。方老不仅诗文中不抒写"小我"，还十分注重提携奖掖文字后辈。办报、办刊、编书，亲力亲为；亲自组织各种采风、酬唱活动。大量批阅年轻人的诗文习作，撰文评论，亲自为之写序。

《松风斋杂谈》和《宿松古今谈》基本上是方老 2022 年以来撰写的文稿。《宿松古今谈》有七万多字，主要是介绍宿松地域历史文化。《陈独秀一门三杰为建党早期作出重要贡献》《我为什么要写百年赞歌》《有关作风的一些见解》《作风关系官吏的清廉与贪腐有史可鉴》等，则是生动耐读的党史教材。他还写了自己的创业历史，写孝亲故事，写家风旧事，写节气、农事、习俗、亲情、乡情、友情……不用抒情笔墨，却尽在其中。

方老对地域历史文化的书写占了一定篇幅。优秀的松兹文化代代相传，浸润于血脉之中，而抢救、保护、传承是我们的责任和使命。轻视和忽略地域历史文化，视千年文化为敝帚，随意弃之毁之，令人痛心。方老的书深入研读宿松置县与县名变更、县治变迁、县城墙的修建与拆除、古今名人、进士等地域史料，有关文章文史价值非常厚重。他视宿松优秀传统文化为至宝，用笔轻轻地拂拭岁月的尘埃，让它们熠熠生辉。

五

　　方老20岁出任宿松筑墩乡乡长，然后任九姑区委宣传干事、九姑区委书记、宿松报社主编、安庆地区纪委副书记、宿松县人大常委会主任，退休后担任过县诗词楹联学会会长和县乡贤文化研究会会长。《宿松报》1960年停刊，三十五年之后复刊，复刊四年后，我曾担任过报社总编。方老也是我在事业上的前辈。

　　方老以前的文章，对从政的经历和感受都有记述。在现在的书里面，《有关作风的一些见解》《我为什么要写〈百年赞歌〉》等篇章也有叙述，写"一堤两渠"工程纪实等回忆文章里也有涉及。方老从政时间长，基层工作经历丰富，同老百姓有深厚的感情。看得出，他一生为"官"的名利心不重，不计较权力和位置，不在乎个人得失。在"文革"期间，他受过无端迫害，被打成"牛鬼蛇神"。无论何时何地，他对党的忠诚不变，勤政为民、清廉为"官"的信念不变。

　　方老在中国共产党建党百年之际，创作二百四十首（阕）诗词，总名《百年赞歌》，赞颂革命英烈和党在主要历史事件中的辉煌壮举。全诗分"开天辟地""改天换地""翻天覆地""新天新地"和"领袖、开国元勋、英烈、英模"五个篇章，包含了中共党史和中共宿松地方党史两方面的内容。创作《百年赞歌》真是一件了不起的事，也是以平常之心难以想见，平常之力难以完成的。我觉得，《百年赞歌》既是方老为党的生日送上的一份厚礼，同时也是一次系统的对党史的回忆和宣传，更是方老作为七十年党龄的老党员，在为自己为什么初心不改找寻力量之源。

方老把《作风关系官吏的清廉与贪腐以史为鉴》一文放在《我为什么要写〈百年赞歌〉》之后，关联的意味十分明显。作品中所列的中国历史上二十一个清官和六个贪官，犹如正反两面镜子。二十七个历史人物不是简单的资料收录，有情节，有形象，示范和警醒都带有一定的艺术冲击力。方老援引唐朝杜牧《阿房宫赋》最后的段落作结，得出"官之廉腐决定于爱民还是害民"的结论，令人信服。清廉这个主题在方老的诗文中有充分的文化表达。像《古典诗词是推动宿松文化发展的一支源泉》，就引用了宿松古乡贤廖修立清廉为官的例子。廖修立是民国时较有名的文人和清官，20世纪30年代曾任太平、蒙城、宿松的县长，任上有好的政声。离任时，当地百姓依依惜别，他以《七律》留别："检点归鞍快着鞭，来朝走马亦陶然。问心只饮仙源水，回首欣无俗浊缘。两袖清风飘白地，一肩明月印青天。殷勤父老多珍重，幸有新来令尹贤。"

方老认为廖修立的品格与诗联的陶冶有关。古代为官的文人不少，辞官时留诗以明志者常见，像李汰（明朝）的"义利源头职颇真，黄金难换腐儒贪。莫言暮夜无知者，怕塞乾坤有鬼神"。还有于谦的"清风两袖朝天去，免得闾阎话短长"。他们是清官，也写出了不可多得的好诗。

六

贤者，是指贤明的人，高尚的人。贤者之道，是《老子》阐述的六道之一，包括修身和养生。贤者具备善良、仁爱、真诚、正义等优秀的品质。现代的贤者是那些热心为群众服务、德高望重的人，在县域被尊称为乡贤。

　　岁月的风霜，征程的磨砺，形成了方老作为宿松贤达的风范。与宿松旧乡贤不同，共产党人的初心使他饱含着新乡贤的时代禀赋。即至上寿之年，他还身体力行，研究和传承宿松乡贤文化。在《新乡贤是乡村工作的助力》一文中，方老对这段工作进行了翔实的梳理和总结。

　　方老以八十七岁的高龄出任县乡贤研究会首任会长，主持编写了《宿松历代乡贤》《宿松历代乡贤（续编）》《宿松家训》《宿松民俗》等多种书籍。在《宿松历代乡贤》一书的一百四十八篇稿件中，有三十五篇稿件是方老亲自撰写或编译的，个中劳苦艰辛，自不待言。2020年12月，方老被评为安徽省离退休干部先进个人，受到省委组织部、省老干局的表彰。

　　在我心目中，方老是一个亲切随和的长者。宿松的大人、小孩见方老，都亲切地称他"方嗲嗲"（方言，爷爷）。方老的风范，尊为贤者！

刊于2023年7月22日《安庆日报·宿松周刊》

乡贤石长信：修身立言　励志立功

石长信（1854—1918），字恂如，号厚庵，别号鱼吉，清朝覆灭之后自号禾庄蜕叟，宿松县五里乡万元墩石家新屋人。宿松县秀才。光绪十四年（1888）中举之后，江西南昌郡督学梁仲衡（字湘南）欣赏石长信的弘广通达，聘其担任了襄校（教习考务官）一职。闲暇之时，梁仲衡还经常邀石长信一道探讨经史百家之书。他们朝夕徜徉在山水之间，日升月落，神清气爽。

石长信光绪二十一年（1895）登进士，同年授翰林院庶吉士，是继朱书、石葆元之后，第三位进入翰林院的宿松县英才，被宿松志书称之为"旷代一逢"。光绪二十四年（1898）四月，石长信登第入庶期满，被光绪帝引见，钦取一等第四名，授职翰林院检讨，不久担任国史馆协修，后晋级纂修兼任编书处协修。光绪二十六年（1900）春，石长信改任京师大学堂教习。慈禧太后与光绪帝自西安返回北京后，石长信考取了御史，补浙江道监察御史，再任湖南道监察御史，后升任都察院给事中，正五品。光绪三十四年（1908），石长信再次得到光绪的召见，陈述了自己的为政之见，获得"平日章奏均中时弊"的褒奖。宣统三年（1911）三月，他又被摄政王载沣接见。

石长信自小敦厚聪慧，喃喃学语时声音就十分洪亮，教授给他的诗词很快就能诵读。他少年时期，父亲和叔叔相继过世，与叔母一道悉心照顾母亲。咸丰末年,他侍奉母亲和叔母闲居在遍地水草和芦苇的彭泽,努力让老人过得欢心舒畅。他勤奋好学,即使生活颠沛也不放松读书,这为他一生的成就打下了坚实基础。他崇尚美德,尊老爱幼,体恤弱者,舍得救济需要帮助的人。他居京城二十多年,过的是清贫生活,一心研读古籍,并早有归隐之心。

石长信一生以高风亮节的标准要求自己,崇尚堂堂正正做人,痛恨为名利而钻营,不卑躬屈膝,厌恶拉帮结派。他谨严慎重,敢于直言,不畏强势,认准要办之事意志坚定,排除阻力去实现。石长信有不少奏疏存世,其中《谏止广西迁省南宁》《请饬皖省丁漕加捐毋庸改钱为银》和《请旨废铜官山逾限矿约饬部坚持收回土地自主权》三疏被称为清朝"名奏"。他的奏疏中影响最大的是《奏为铁路亟宜明定干路枝路办法》。

民国初,石长信退职回乡,与族辈清御史石镜潢回到安庆,经理安庆"义园",充任安徽高等学堂监督。石长信任职期间,整顿教务,提高教职工待遇,教师的薪资成倍增加。他廉洁为政,每月的夫马费仅十元。有在外地为官之人馈赠他丰厚的金银,他坚决拒收。他晚年以此事教育子女,才为世人知晓。

一、石长信关于铁路国有的奏疏,深深影响了中国的铁路事业。

宣统三年(1911)四月初七日,石长信上奏《奏为铁路亟宜明定干路枝路办法》,深受清廷的重视。他上书几天之后,在邮传部大臣盛宣怀的推动之下,清廷颁布了"干路国有"令,宣布收回各主要铁路干线,由国家承办。从某种意义上说,这篇奏折是清政府铁路国有政策的理论来源。

由铁路国有引发的保路运动是辛亥革命爆发的导火线,而辛亥革命则让最后一个封建王朝成为过去。而"铁路国有"政策的出台又与石长信有着直接的关系。从某种意义上说，是石长信的奏疏引发了辛亥革命。

石长信对于铁路重要性有独到的看法，是当时社会上力主修建铁路的代表之一。他在奏折里指出：在一个时局艰难的时期，人民生计困难，商务衰退，军事、实业、财政、民生都要受到交通的影响。他提出当务之急是边防需要，"若国家不尽快将东西南北的主干铁路次第兴筑，那么，一旦强邻四逼，就会出现无所措手的情况，人民不足责，其如大局何？"

石长信认为，铁路国有势在必行。他针对地方和士绅各自修铁路的诸多弊端，在奏折里指出，这些已办未办的铁路，要么由于资金欠缺造成了工程的停顿；要么亏本造成了众多股民的观望；要么因民间生计困难，导致了民间集股不能踊跃；要么是由各省绅民狭隘的乡土观念让铁路支线未能全盘考虑。所以石长信提出，在一个幅员辽阔、风土民情各异的国家，只有通过铁路的联络贯通，才能进行行政统一；只有铁路国有，才能推动其他事业的发展。石长信在奏折里还指出，张之洞与美国公司的毁约之举是固执的，比较含蓄地表达支持借外债修路。这种开放思维在当时也是难能可贵的。

"铁路国有"政策的出台，激起了鄂、湘、粤、川等地绅民强烈反对，引发了保路运动，导致清朝的灭亡。这是清廷和石长信、盛宣怀等铁路国有政策的直接策划者意想不到的。虽然如此，进入民国后，铁路国有这种趋势并未改变，直到1916年，除广东以外的其他各省，先后与交通部订立了赎回合同，铁路国有化才算基本完成。

就在石长信上奏的第二年，孙中山发表了《中国之铁路计划与民生主义》。从时代发展与世代更替而言，孙中山和石长信是对立人物，但在铁路重要性、铁路国有、引进外资等认知方面，却有非常多的相同或相似之处。孙中山的思考和论证，带有对石长信观点的继承和发展。在铁路的重要性方面，石长信强调行政和国防，孙中山侧重民生；在铁路国有方面，石长信强调其对政令统一的影响，孙中山侧重于铁路的社会整合；在引进外资方面，孙中山的态度更为明确；在修建铁路规模方面，石长信的想法具有务实性，孙中山则带有浪漫色彩。

二、石长信勤奋苦学，著述丰厚，既抒发了建功立业的人生抱负，也显现修身养性的情趣和修为。

石长信居京城二十多年，年逾不惑授新科进士，入翰林京师，饱读经史，学识渊博，辞章恢宏而有华彩。如所撰《汉武伐匈奴得失论》，被后人形容为"质若中郎，体似孟坚，形似子云，神似相如"。所撰太学六堂铭及叙事本，也被后人形容为"模唐楷虞，甄陶殷周"，给予很高评价。他写的诗结体汉魏五言，独遒七律，如《草堂遗音》《太学三咏》等均被认为是上乘之作。他创作了不少留别感怀的诗文，言为心声，芬芳悱恻，有着国风敦厚、小雅怨诽的韵味。在安庆禾庄写的《白莲花叠韵》数十首诗，也是表洁含芳，笔墨天成。

石长信著述颇丰，包括《谏垣疏存》《广业堂杂著》《诗古文辞集》《拟古集》《仙田集略》《谏草遗编》《国史馆五臣列传稿》等。《谏垣疏存》汇编了石长信任翰林掌台谏晋阶给事中时的封章奏事之作。奏章中有《请立分科大学博士》一折，提出了致力培养专门实用人才，把进士改为博士，不再沿用原来的学习科目等建议。他的这一教育改革举张立足强基固本，有一定的超前意识和时代价值。还有关于请旨定铜官山逾限矿约作废的奏章，提出铜官山不要长期赎约合办、乘机收回国家土地自主权的意见。这是从国是大计出发,并不仅仅是为安徽一省争利。还有《请饬皖省丁漕加捐毋庸改钱为银》一疏,通达治体,洞悉舆情,立足于达到"民安其便,吏乐其简,苛细不生,捂克无藉",也是有较大影响的名奏。

回到安庆之后,他深居简出,地方官吏很少能看到他。民国三年(1914)的冬天,政府清史馆发函,收集各地方清代著述。石长信接受宿松史官的礼请和委托,纲罗众制,搜辑成编,同时依据宿松道光志所载三国至明代的集目,拓展内容,合著为《仙田集略》。此著述汇集了宿松历代先辈著述、诸家书目及传略,为四部著录。《仙田集略》一卷抄送清史馆。

广业堂是国子监太学六堂之一。石长信在这官设的学府之中,勤于所学,下笔为言,所著文章编入他的《广业堂杂著》。这些文章熔铸经学、选学、荀子及淮南子学等百家之见,所涉经义、治事,文采斐然。

石长信在晋级纂修并兼任编书处协修时,还承旨撰写列传五篇、附传一篇,稿成后藏之典司,后由他个人汇集为《国史馆五臣列传稿》一书。

清朝覆灭后,石长信偏居安庆排山,以翰墨诗卷自娱,薇蕨终养天年。他整理了自己的诗书文稿,精择慎取成书,书名《蜕叟集》。《蜕叟集》收录有古文、骈文、六朝体四六文、古赋、古今体等,诗赋、附文各一卷。后人据此评赞石长信"老树扶疏,著花自艳"。

宫花里的世故人情
——《红楼梦》读书札记（1）

《红楼梦》适合冬天读，冬夜更好。夜深人静，那些人情世故、家长里短，才能字字入眼。读到深处，虽不能解得其中味，却知道，即使是贾府这样的大户人家，每个人也都是在寻找着自己心灵的安顿之处。贾府不是仙界，府内飘荡的也是人世间的烟火气。

《红楼梦》第七回《送宫花贾琏戏熙凤　宴宁府宝玉会秦钟》，写到了薛姨妈安排周瑞家的到荣国府里送宫花。十二朵宫花分送给迎春、探春、惜春、黛玉和王熙凤，除了王熙凤四朵，其他每人两朵。

周瑞家的捧着宫花一路走来，各色人物尽入读者的眼底。由宫花串联起来的一幕幕悲喜剧，道尽了人情冷暖，厚薄炎凉。

宫花，本是皇宫庭院的花木，这里指的是"宫里头做的新鲜花样儿"，用纱堆缝制成的花朵。这是一个可有可无的小情节，看似是为了体现薛姨妈办事周全，会做好人。薛姨妈安排送花的"周瑞家的"，是她的陪房，一个普通人物。但是一路走来，让读者看到的场景和人物，就知道并非如此，送宫花不简单。

送宫花串联起了梨香院薛姨妈住处、王夫人正房之后、凤姐处、黛玉房中等一个又一个的场景，让宝钗、香菱、迎春、探春、惜春、平儿、凤姐、宝玉、黛玉等，还有周瑞家的女儿、智能儿、几位丫头悉数登场。凤姐有四朵花,她转送两朵给秦可卿,又把这个特殊人物,以及同凤姐的关系带出来了。周瑞家的虽然是小人物,但见多识广,处世圆滑,也会里外周旋。她人脉熟,这一走动,书中几个重要细节、有趣的背景就交代出来了,例如宝钗的冷香丸、香菱可怜的身世、冷子兴的案子,还有贾琏、王熙凤小夫妻的私生活,等等。周瑞家的转一圈,这么多场景就自然转换,天衣无缝,一气呵成。

  白先勇先生称《红楼梦》为天书,说它既无闲笔,更无废语。确实如此。这一回就整本书而言,还是刚刚拉开故事的序幕,荣宁两府的兴衰悲剧,主要人物要纷纷登场,还要不断地铺陈交代背景,还要草蛇灰线埋设伏笔。这样下来,弄不好就要堆砌许多文字。现在周瑞家里走出来送宫花,穿针引线,自然而然地让我们知道人物的出处、人物之间的关系等,行云流水。如贾母对几位孙女和宝玉、黛玉的起居安排,水月庵同贾府的关系,不着痕迹地进行了交代。周瑞家的看到惜春和智能儿玩耍,惜春说明儿要剃了头跟智能儿去做小姑子"要剃了头,可把花儿戴到哪里"的"戏言",也预伏了惜春"独卧青灯古佛旁"的悲剧命运。周瑞家的花送给迎春、探春,两个姑娘在下棋,这也不是闲笔,埋下的是两个人被家族当作棋子利用,命运堪悲的结局。

  周瑞家的送的宫花,虽然是新鲜的花样子,假花,也没有交代花的颜色,但宫花代表了青春和生命。十二朵也可能是对应十二金钗。送宫花带出了薛姨妈说的宝钗不爱花儿、粉儿,只爱冷香丸,突出了宝钗冷艳、理性的个性。周瑞家的把宫花送到了黛玉那里,黛玉、宝玉在一起,正在解九连环玩。这也是让人联想宝玉、黛玉的情感纠结,一生也像九连环一样解不开。宫花是剩下的最后两枝,周瑞家的有心无心不知道,只能是下意识地忽略了黛玉,所以放到最后。黛玉敏感、多心、孤傲、性子也直,所以她冷笑着说,我就知道,别人不挑剩下的也不给我。林姑娘一点不留周瑞家的面子,个性全部出来了。不同人物接宫花态度都不一样,全部写活了。曹雪芹笔下,细节、人物、故事也没有大小的区别,都是有血有肉的芸芸众生。

薛姨妈安排送宫花,没有想到会生出这么多事情。周瑞家的通过送宫花,让偌大的荣国府人物、环境风生水起。宫花里面见世道,见人心。

香菱学诗
——《红楼梦》读书札记（2）

妙玉和香菱都是命苦的女孩。两个女孩都生在姑苏，出身官宦或乡宦之家，小时候都遇到和尚要度化，香菱没有出家，妙玉带发出家。两人还都有诗缘，只不过普通诗词佳作皆不入孤傲的妙玉的法眼，只有那句"纵有千年铁门槛，终须一个土馒头"受妙玉赞叹。香菱对于诗却是入痴入魔，入大观园学诗的时间不长，就写出了好的咏月诗，并且得宝玉宝钗探春的夸赞。

栊翠庵"奉茶"，是妙玉首次出场，曹雪芹只用了一千多字；写香菱学诗却用了近四千字。这两段描写虽都是《红楼梦》绝妙的笔墨，但意韵不同。香菱学诗应该还是有点基础，没有进大观园，她就留心找点诗书自己琢磨。她既有诗心，又有悟性。宝钗把她带进园里，又不愿她学诗，她就去找林黛玉。林黛玉无疑是个优秀的老师，对香菱学诗是给予信心，教授方法，将王维、杜甫、李白的诗作为她"取法乎上"的典范，让灵秀聪颖的香菱学诗少走了弯路。如香菱般乐学、善学、苦学的，世上恐怕也不多见。香菱学诗的执着一定有种发乎心灵的东西。她学诗的苦与勤，真正是"茶饭无心，坐卧不定""挖心搜胆，耳不旁听，目不别视"，到了痴狂的地步。她冥思苦索，已近入魔，终于精血诚聚，梦觅佳句。

曹雪芹在这里称香菱为"慕雅女"。对香菱这种至纯至真、空灵澄净的女子,她的"慕"是一种向往和追求,"雅"即是一种艺术之美和文化之高洁。虽然写的是香菱写诗,但集中刻画的是香菱独特而丰满、闪显人性之美的人物形象。这里香菱无疑是主角,但围绕着她学诗的情节铺陈,也映衬出了黛玉的温暖善良、率直热忱。

曹雪芹的用意肯定不止这些。还是先看他写妙玉。"槛外人"妙玉身居栊翠庵,喝的是雨水雪水泡的茶,用的杯盏是碧玉斗。作者用字不多,但极尽笔力写"妙玉奉茶"时的清高和洁癖,其意味,还是照应着太虚幻境中妙玉的判词:"欲洁何曾洁,云空未必空;可怜金玉质,终陷泥淖中。"写"香怜写诗"亦相同,放在整部《红楼梦》中,这依然是作者的"残忍之笔墨",即把美毁灭给人看的悲剧的写法。这如同暗夜的天幕上,黑云层叠,却从云的缝隙处透射出月亮的光亮来;也仿佛走进黑室之中,屋顶的瓦隙间漏出一束阳光,正好投在一幅美人的画像上。

香菱命运多舛,历尽沧桑,饱受凌辱,令人怜惜。似乎世间所有的倒霉事都让这个美丽而柔弱的女子碰到了,命运对她也从来没有过公道。香菱的判词是:"根并荷花一茎香,平生遭际实堪伤。自从两地生孤木,致使香魂返故乡。"这已预示了悲凉惨淡的结局。这样形成的强烈的对比、巨大的落差,给人以极大的震撼和冲击。"香菱学诗"的美好时光太过于短暂,一切的灵秀、纯美都将是昙花一现,都被风刀霜剑所摧残。

贾母的明月中秋
——《红楼梦》读书札记（3）

冬夜读《红楼梦》，万籁寂无声。昨晚读了第七十六回《凸碧堂品笛感凄清，凹晶馆联诗悲寂寞》，贾府中秋夜宴赏月的精彩叙述，把人带入凄清感伤的心境。于是放下书卷，想些过往喜乐、故交良友，调节自我，并胡诌赠友四句：明禅水悠悠，远山意未酬。无心赏明月，独步下高楼。

今日还是想着《红楼梦》过中秋的一番场景，尤其是贾母这位老太太，闻着悠远的竹笛，黯然流泪的情状。这么精明睿智、洞察世情的老人，为什么非要那么用心、固执、投入地操持这个中秋之夜呢？

其实贾母至少有这么几个可以不办中秋夜宴和赏月的借口。首先是贾府有"家丧"，宁府贾敬的三年丧期还未满。其次是人也不比往年，凑不齐，有的生病，有的避讳，可谓月圆人不圆。最会逗老太太乐的王熙凤病了，能闷头理事的李纨也病了。薛姨妈因为贾政、贾赦在不方便过来，就又少了宝钗和宝琴。三是家境也不比往年，生活有点拮据，连王熙凤这个内当家也把自己的金项圈拿出去当银子。年成不好，红稻米粥也不能随意多吃。当然还有贾母不知道的方面，例如王夫人、邢夫人、王熙凤们刚刚抄捡了大观园，拉开了这个家族衰败的大幕。

贾母却是决意要办中秋家宴，要赏中秋圆月的。此时正传来甄家获罪抄家的消息，这对贾府也不是什么愉快的事，然而贾母却说："咱们别管人家的事。且商量咱们八月中秋赏月是正经。"贾敬的丧期未满，应无法度、家规和本族的先例，也算不得理由，况且贾珍、贾蓉不用到荣府来参加，只尤氏做了代表就行，也算是两相照顾。至于人不齐，但这次贾政回来了，贾赦也参加，同以往的全部一律的内眷过节又有不同，贾母也更加在意。日子不似以往好过不是问题，贾母也提醒了节俭着办事。

真正的心事藏在老太太的心中，没有说出来。以贾母之睿智，里里外外的事她什么不知晓。五十四年的贾府生涯，从重孙媳妇，做到了家族塔顶，是真正的大家大族的主心骨。最近一件件不遂心的事出来之后，贾母是会比任何人都能感知到四伏的危机，她的心中一定是十分凄凉的。她在儿孙面前反复强调"今儿高兴"，何尝又不是强颜欢笑？借这个中秋满月团圆的日子，给儿孙们打打气，给府上府下冲冲喜，恐怕是老太太心中的真实想法。

中秋来临，贾府张灯结彩。贾母吩咐把家宴摆在大观园，安排在凸碧山之峰脊之上。老太太最会造气氛，击鼓传花，讲笑话，写诗联句，赏桂饮酒，拿月饼打赏……可是偌大的一个贾府里面，除了三姑娘探春，有谁懂得老太太的苦心？正人君子贾政失口讲了个"黄段子"，贾赦又暗讽贾母偏心，王夫人、邢夫人在打些自己的盘算，家宴基本上是不欢而散。心中有了不舒畅，但贾母不动声色。这么一个预示着贾府由盛变衰的中秋夜，就靠这老太太苦苦地支撑着。

贾母不是俗人，她高雅的品位，恰能衬托贾府一族许多人的庸庸碌碌。第五十四回，中秋月夜贾母听芳官唱《寻梦》是用箫，那是为了给薛姨妈、李婶娘以及外头的戏班露一手而写的。这回她让"十番"

乐班的女孩吹笛，却是完全地自家在听。书中写笛声"呜呜咽咽，悠悠扬扬"，又说笛声悠远婉转，让听者在明月清风之下"万虑齐除"。这种描述是有点矛盾的，可能是作者有意而为之。许多的表象都不是真实的，只有贾母闻笛声而暗自流泪是真实的。这个富贵人家、儿孙满堂的老太太，此时此刻的孤独、忧伤有谁知道啊？即使王熙凤在身边，也只是那位在元宵夜效彩衣娱亲、在螃蟹宴说笑话逗乐贾母的凤丫头，她还懂不了真正的贾母啊！

这个悲喜万千的中秋夜，和这轮长空冷月，注定只是属于贾母的。这也是探春在贾府的最后一个中秋，孙儿辈中也只有探春陪贾母赏月到了最后。探春陪着贾母坚持到四更，接近天亮，她们要守的是一个家族最后的团圆，也是想守住整个家族梦一般的繁华。

我挺喜欢贾母这个雍容华贵、气度非凡、和蔼可亲的老太太。在普通人家，她也是一个有福气的老奶奶。夜深露重，鸳鸯姑娘来为她添衣裳，催她歇息，她却像一个老小孩一样赌气："偏今儿高兴，你又来催。难道我醉了不成？偏到天亮！"太可爱了！也有点让人怜悯。她心心念念中的中秋团圆、子孙天伦，以及其中悲欣交集的缘由，只有老太太自己知道了。

虽然这个中秋的圆月属于贾母，但是子孙庸碌、大厦将倾的败象却是不能改变的。就像大观园既有凸碧堂，也有凹晶馆，一明一暗，一上一下，既有月满西楼，也有抱残守缺，此事古难全。在这团圆夜，还有两位寄居贾府、才情出众的女孩——黛玉和湘云——仿佛被人遗忘了。两人独处秋水边上，感伤联句，写下了"寒塘渡鹤影，冷月葬花魂"的悲寂诗句。我相信贾母不会忘记黛玉和湘云。老太太为什么今夜不去用心照拂一下两个可怜的孩子，就像她今夜难以言说的诸多心事一样，或许，她有她的苦衷。

刊于 2022 年 12 月 29 日同步悦读公众号

秦可卿之死与贾元春晋升
——《红楼梦》读书札记（4）

《红楼梦》第十三、十四、十五回集中笔墨写秦可卿之死以及丧葬过程，接着第十六、十七、十八回又用主要篇幅写贾元春"才选凤藻宫"以及建大观园和元妃省亲。秦可卿之死和贾元春晋升贤德妃两个大事件离得很近，读者自然会联想其中的关联，曹雪芹也用"曲笔"写出了这两件事情上隐藏的绝对关系。贾元春之所以晋升贤德妃，同宁国府为秦可卿举办的葬礼、北静王的亲临等应该是有联系的。

秦可卿死时托梦给王熙凤，告诉贾府即将有一件大喜事，但是秦可卿在梦中说天机不可泄露，说得隐晦，王熙凤不清楚到底是什么事。秦可卿形容是"烈火烹油、花上着锦"的喜事，又暗含了贾府由盛即衰，繁华将尽，为接下来贾元春晋升、省亲的大事埋下伏笔、提供关联。

宁国府操办秦可卿葬礼，有几件越规逾矩、过于高调的事，包括原来是准备给忠义王的寿板给了秦可卿，托太监为贾蓉买了个龙禁卫的官，停灵七七四十九天的犯忌之举，以及北静王僭越出席了葬礼等，这些都是惹下祸根的主要原因。特别是卷入了皇权之争和宫廷内斗，使贾府—北静王—宫廷太监戴权—皇帝—贾元春形成了关联的链条。

从后来贾元春的悲剧落幕和贾府被抄家都可以知道，贾元春晋升贤德妃非喜是祸，不是一件好事。而这件事之祸兆却与秦可卿之死有直接关系。秦可卿的棺材动用的是忠义王千岁的棺材板，已经逾矩，同时贾珍为葬礼隆重还购买了宫廷禁品，与太监勾连为儿子买官，由此落人话柄，落入陷阱，他们已经落入了一个早就设好的圈套之中。北静王和皇帝的关系并不好，甚至瞧不起皇帝，这些在书中都有笔墨暗示。他也可能有着登临皇位的野心，暗地结党营私。北静王僭越出席葬礼，虽然说给了贾府风光荣耀，也自然引起了皇帝关注。所以研究《红楼梦》的一些学者认为，贾元春之所以晋升贤德妃，恰是皇帝表面上的安抚和麻痹北静王，一旦皇权占主导位置之后再进行"秋后算账"。这从元妃、北静王、贾府的结局和故事的逻辑上，也是站得住脚的。

尤二姐之死,胡君荣是庸医还是帮凶?
——《红楼梦》读书札记(5)

读《红楼梦》第六十九回《弄小巧用借剑杀人 觉大限吞生金自逝》,对吞金而死的尤二姐,读者都会生出无尽的同情、悲悯,更憎恨、愤懑于吃人的宁、荣二府。无疑,王熙凤、贾母、秋桐,还有府中的一帮势利小人,直接或间接地逼死了尤二姐。还有一个人物,他的行为摧毁了尤二姐最后一丝生的希望,让这可怜人对世间再无留恋地走向死亡。这个人就是叫胡君荣的医生。

《红楼梦》写胡君荣给尤二姐的诊断病情,写得细致,却又写得十分诡异。胡君荣本已经给尤二姐把了脉,而且给了气血不畅的诊断结论,还又想着揭开纱帐看看尤二姐。在这里,曹雪芹用了一处让人无法理解的细节描写。庚辰本是这样写的:胡君荣提出"医生要大胆,须得请奶奶将金面略露露,医生观观起色,方敢下药"。"贾琏无法,只得命将帐子掀起一缝,尤二姐露出脸来"。胡君荣看后"魂魄如飞上九天,通身麻木,一无所知"。贾琏就陪他出来,问是如何。胡太医道:"不是胎气,只是瘀血凝结。如今只以下瘀血通经脉要紧。"于是写了一剂药方,作辞而去。胡君荣开的药调服下去,尤二姐腹痛不止,竟将一个已成形的男胎打了下来。于是血行不止,二姐昏迷过去。贾琏闻之,大骂胡君荣,命人去打告胡君荣。胡君荣听了,早已卷包逃走。

即使是《红楼梦》的另一个版本程乙本写得和缓，但给人的感觉还是诡异的，不能理解的。胡君荣为什么非要看尤二姐一眼，为什么露出那么一副大惊失色的表情？看过之后怎么样？不还是维持原来的诊断结论？！尽管胡君荣诊断过程显得非常细致入微，给读者的感觉是认认真真走过场，因为结论是预设好的，没有改变。书中明确写了胡君荣是太医，这身份就是官医，不是一般的医生。尤二姐是贾琏的"二房"，请医生是贾琏安排"总管房"去办的，不是随便叫得一个医生。照常理，太医把喜脉，算不上疑难杂症，怎么会轻易出错，何况到了胎儿已成形的时候，所以让人不能不对胡君荣的行为生出疑问。

首先得排除胡君荣不是庸医。庸医的结论是一种误导。因为许多的读者想到了第五十一回《薛小妹新编怀古诗 胡庸医乱用虎狼药》，同样是一个姓胡的医生为晴雯看病，认为他们是同一个人。如果是同一个人，那自然就是庸医了。这一回的题目是给这个胡医生定性了，是一个庸医，贾宝玉也认定他是庸医。但这一回只讲了胡姓医生的姓，没有讲他的名，也没有说他是太医，文中称他是"那大夫"，可能是街上请的一个普通的医生。同时"那大夫"是不是庸医其实也很难说。因为贾宝玉觉得女人都是水做的骨肉，娇嫩柔弱，用药不能重，他说的庸医是他情绪化的观点。后来请来给晴雯看病的王太医也没有否定前面"那大夫"的诊断结论，只是他在下药时放轻了，没有那么猛。或许这两个医生，一个求稳，一个求快，所以用药的轻重不一样，并不能说前面的一定是庸医。这样推断，为晴雯看病的和为尤二姐看病的，不一定是同一个胡医生。而且即使是同一个人，也不能推断他就是庸医。

剩下的问题，就得问曹雪芹了，为什么把这件事写得如此诡异，疑窦丛生？写得明明白白不好些吗？仔细去琢磨曹雪芹这位文学大师的意图，他应该是有意而为之的，就是让读者去猜，猜胡君荣是不是庸医，猜他是不是故意用错药把尤二姐怀的胎儿打下来。从艺术角度看，探究胡是庸医还是帮凶，原本就是一个伪命题，小说没有写明就没有结论。曹雪芹写的是小说，小说把什么都写明白了，就没有读者琢磨的空间，就不好看了。

　　进一步想，曹雪芹的创作意图，在这里可能更加复杂和深刻一些。小说是刻画人物的，写胡君荣诊断下药势必牵涉其他如王熙凤、秋桐等人物形象。为什么？曹雪芹的本意是写有人不希望尤二姐的这个孩子生下来，以王熙凤的狭隘和秋桐的浅薄，这基本上可以肯定。贾琏的心机不深，不会把尤二姐怀孕的信息瞒着，他会告诉总管房等请医生的人。这些人，哪个不是王熙凤的心腹和眼线？王熙凤在对待尤二姐，一直就是笑里藏刀，心狠手辣，什么手段都敢使的。到这里，她的阴险、狠毒、刻薄，甚至残忍，怎么形容都不为过了。所以读者一般不会怀疑这中间有秋桐的什么事。胡君荣作为一个小人物，他此时的心态也是矛盾的，既有受命于人的不安，又有一探究竟的好奇。当他看到尤二姐的容颜，面对如花貌美的尤二姐，他则是震惊于自己的行为的残忍，增加了一份惶恐与惧怕。作为一个悬壶济世的医生，在巨大的认知反差冲击之下，他对自己的行为的后果极端担忧。此时，曹公故意而为之，留下这样一个让人猜想的情节，增加了故事的跌宕起伏，更丰富了对王熙凤、胡君荣这几个人物的想象，让读者一起来进一步创造故事、塑造人物。这或许就是《红楼梦》的魅力之处，也是为什么读者对胡君荣的诡异的行为的探究，总是挥之不去的原因。

《黎歌》眉评摘抄
——读作家胡竹峰《黎歌》

  写海南黎乡的风景人文,又不全是,还写了世间万物,人生百态。想写的,只要有意有韵,能入诗入画,都写进《黎歌》。觉得写得好"散",天马行空,跳跃式思维,脑筋紧跑慢赶也跟不上《黎歌》的趟,是诗的写法。

  我想的也许是对的,就是用诗写文,写歌,写《黎歌》。歌相较于诗,又进了一层,比兴、音律、节奏高于诗。选择了诗和歌的古瓷瓶,装得了如此多的历史、风情、掌故……万千世界进入黎乡黎歌,如古瓷瓶装酒。

  绽开一颗火星,轻轻松松跳到另一个事物上,两个看似不相干的事物都被点燃了。《黎歌》多有这类笔法。关键是能点燃的,大家的笔尖信手一钩,就来了,这是功夫,内功。犹如垂钓,我钓的是蹦蹦跳跳的鱼,高手钓的是自在、闲适、优雅。

  读书不求甚解,眉评粗浅。

  《江山大美》:《江山大美》尽往"小"处写,草木、村落、村名、跳舞、长桌宴,甚至细致罗列饭桌上每道菜名;又写黄牛、驿站、山兰稻、山兰酒,只要有野趣。琢磨如何写到了梁启超、顾炎武、宋朝秦观,没琢磨透彻。不显得生硬,什么都可以写啊!

《船形屋》：散得很开，又聚得很紧，还有此般写法。

《五指山》：一句写青蛇在绿叶中藏身，转而写"我辈读书藏身、文章藏身，有人杯酒藏身、茶香藏身，甚至有刀背藏身，权谋藏身，稼穑藏身……此可谓"转笔"？可学可学。

《遍地草药》：近年，我也曾经花费时间边采野菜边琢磨家乡的野菜。野菜大多入药。细节处见文趣。写文章的人，求趣之。

《呀诺达雨林》：写"几只鸟在歌唱，细尾獴跳来跳去，一时机敏，跳高跳低，一时憨实，静卧如猫"。如果写一只"小动物"跳来跳去，大约就无趣了。

《走七仙岭》：由山形写到了笔架、笔搁，写文房雅器，写杜甫的"笔架诗"，写"宋人说远峰列如笔架……"可谓"散"。散文写成了诗，跳跃性。

《托南日瀑布》：1. 由"黎语"到"礼遇"，谐音，似乎有一个说"礼"的话头就可以了。通篇说克己复礼、君子之礼，还是大大方方地"散"说，并不突兀。此篇可以，其他篇可以，其他人来写也可以？2."托南日"，意为仙女。远远看去，河水果然"像仙女卧倒在那里。仙女没见过，最难忘《红楼梦》中史湘云宴饮后的醉卧：山石僻处的一个石凳子上，用鲛帕包了一包芍药花瓣枕着，香梦沉酣，四面芍药花飞了一身，头脸衣襟，红香散乱，手中扇子在地下，半被落花埋了，一群蜂蝶闹嚷嚷围着"。只在寻找画面，唯美即可。似乎散，也不勉强。即可。

《牛酒日》：有"牛"为题，当然写牛，也写黎人乡野图，画中有牛。写琼黎风俗，离不开牛。只需美，皆入文章。

《树犹如此》：1."桫椤像一柄伞，生来空心，古人用它制作笔筒。或许因为虚其心而延其寿。《庄子》杂篇录孔子问道渔夫事，再拜而起曰：

'丘少而修学,以至于今,六十九岁矣,无所得闻至教,敢不虚心!'老夫子尚且如此,我辈敢不虚心?能不虚心?王安石说诸葛亮,不是虚心岂得贤。"桫椤空心、虚心,庄子、孔子、王安石、诸葛亮都要写。就一小段文字,有多少层意思啊。2. 引入一段《儿女英雄传》的故事,故事好。"灌木安分守己,不惹是非",人也"安分守己、清白良民"？3."无所可用,却也无所可伤,远离了刀劈,远离了斧削"。浓缩了的文字,有哲思,美,不易得的句子。

《黎陶八记》：记得小时候,村里有砖瓦窑,常蹲在地上看牛踩窑泥,看师傅制砖坯、瓦坯。一个人,一头牛,冷窑的时候此处最寂静。烧制的青砖青瓦,古气,寒气。

《一只汉罐》："陵水,老街,各色店铺,人流不断。小楼密密匝匝落在老街上,琼山会馆也在。一百年前的旧房子,阳光照过,一切都是新的。身着长袍马褂的商贾走远不久,屋内好像还残留着烟火和茶水混杂椰汁的气息。身佩刀枪的几个青年也刚出门,喧哗的人声兀自回响在屋子里。童子军笔记本上有毛笔字,言语见大道……"琼山会馆、商贾、青年童子军,寥寥数笔,压缩了时空,留存灵气、活气。

《过鹦哥岭》：先写鹦鹉好学,想起祖母容不得好吃懒做,再是《红楼梦》,甄士隐的岳父岳母埋怨女婿好吃懒做。这是行文的逻辑。因为有了《红楼梦》的加持,文字就更加好看。

《黎锦记》：如果直接写黎锦,恐无生气,亦无趣。穿插了古人刘熙的《释名》,东晋王嘉《拾遗记》将锦绣作天外来客,名人张汀送毕加索门神的掌故,文气就上来了,字字有趣。用"锦绣文章"作结,歌之有韵,余音袅袅。疗疾养生的功能。端午插艾蒿、菖蒲,饮雄黄酒,其民俗中就有"大医治未病"的养生之理。

后记

即将退休的日子，就像缓缓流淌着的河流，远处是山，近处是水。河水流到这里变得缓慢了，就是一处风景。几时能这般悠闲而自在地打量周边的山山水水，以及乡村屋舍的模样？

这本小书基本上收录的是将要退休的这一两年写的一些零碎的文字，记述的是与家乡的自然山水相关的一些历史和人文。文学性的抒写和考究地方历史，我都说不上擅长，但在浅层次上把两者结合起来倒是我的一点长处。这是我的工作经历和我的文学爱好的一种结合。

陆续写了这样一些以家乡历史文化、乡土风情为题材的随笔、散文，有的在杂志、报纸副刊和相关文学公众号上刊发过，得到了众多乡友的鼓励和肯定，也提出了诸多意见、建议。我逐渐意识到，这是大家对家乡乡土文化的认同，大家似乎都有了解家乡历史文化的情结。存在于史乘、典籍、族谱上的地方历史文化，应该让自己和更多的乡友知晓。我知道自己浅显的文字达不到存史的标准，只是想用这种方式唤醒人们对历史的记忆。我进行的是发生在这片山水上的历史记忆和当下人们集体回忆的个人化书写。

这也是我把这些文字结集成书的一个理由。

还有一个理由，是基于我的一个认知：一个人的历史方位感的形成，除了历史学意义上的知识积累，往往也离不开自己出生和成长的那块土地，那些阡陌小道，那些垄上烟雨。就像代数上的坐标系，纵向是从远古走过来的时间，横向是山山水水组成的空间。仿佛只有家乡那一点一滴的过往，那古往今来、繁星点点的人和事，才让自己知道此刻身在何处，来自何方。

取书名《仙田随笔》也是想学学古人。清朝乡贤张际和著《仙田纪事略》、石长信著《仙田集略》、朱书辑四卷本《仙田诗在》，都是以"仙田"涵盖县域乡土。仙田铺作为松兹侯国的府地，彰显着古风古韵的文章气度。宿松历代乡贤都注重传承乡土文化，清末民初贺人寿就编写了《宿松乡土史》一书，1911年由安庆昌明书局印行出版，作为乡村学堂的教材。《宿松乡土史》从"松之古代"到"大清开国及立宪时期"，介绍宿松四千年历史，作为"桑梓蒙稚之用"。

说实在的，要写好乡土历史方面的文字，我的准备还不够充分。我缺少对地域历史文化的系统研究，对家乡的历史、人文、地理风情知之不多。在文史专家面前谈论宿松地方史，我是不可以大声说话的。在确定以文学或诗意的方式来品读家乡历史文化时，我有过一段时间的犹疑和惶惑。说服自己继续往前，使我相信，即使是狭隘的、浅显的、碎片化的文化表达，也一定能激发和影响更多的人对家乡历史人文的注视。这种对人文、历史的集体注视，或许能形成乡村的一股文明教化之风。有这点就足够了。

我就是这样说服自己的——宏大的历史叙事没有能力驾驭，中外历史学这门大课想补也来不及了，就笨人笨办法，努力把家乡历史的来龙去脉弄清楚，忠于史实，落笔有据，也就不错了。写作大家写小处也写出大境界、大情怀，我的短处是越写越小，终是跳不出来。

我前面两本书是以《望月》《山月》取名，这本书名也曾想带上"月"字。月亮是乡土和童年的最美记忆，是我心中母亲的形象，包含了诗意、纯静、秀美、空灵、憧憬等想表达却表达不出来的一切一切。如果月亮的清影映在露珠上，希望我的文字是露珠的记忆。但这本书的内容的确少了一份月之轻盈，任何历史都会有一份无法过滤的沉重感。如果只是轻盈飘逸的历史阅读，那么写这些文字就失去了意义。

《仙田随笔》得以成书，有许多人的帮助。感谢我的家人对我看书写作的理解和支持。感谢杨庆春先生为书作序，我家孩子有幸同杨先生在京城住一个小区，我这算是近水楼台先得月。感谢文友许洁兄联系出版事宜，感谢陈晓城先生为书名题字。方济仁老先生和朱亚夫文友仔细审读了我这本书，提出了宝贵的意见。一并致谢！

吴云涛
2023 年 10 月 16 日